U0094479

太阳鸟文学年选

2023 中国散文精选

丛书主编 阎晶明

主 编 李林荣

一个人的现场

辽宁人民出版社

图书在版编目（CIP）数据

一个人的现场：2023中国散文精选 / 李林荣主编 . 一沈阳：辽宁人民出版社，2024.1
（太阳鸟文学年选 / 阎晶明主编）
ISBN 978-7-205-10979-0

Ⅰ . ①一… Ⅱ . ①李… Ⅲ . ①散文集—中国—当代 Ⅳ . ①I267

中国国家版本馆CIP数据核字（2023）第248767号

出版发行：辽宁人民出版社
　　　　　地址：沈阳市和平区十一纬路25号　邮编：110003
　　　　　电话：024-23284300（发行部）
　　　　　http://www.lnpph.com.cn
印　　刷：辽宁新华印务有限公司
幅面尺寸：145mm×210mm
印　　张：9.375
字　　数：191千字
出版时间：2024年1月第1版
印刷时间：2024年1月第1次印刷
责任编辑：贾妙笙
装帧设计：丁末末
责任校对：吴艳杰
书　　号：ISBN 978-7-205-10979-0

定　　价：58.00元

让文学闪烁出更加多彩的光泽

◎ 阎晶明

辽宁人民出版社的太阳鸟文学年选丛书又要跟读者见面了。

以体裁划分类别，以年度为选编范围，为正在发生的文学进行优中选优的筛选，这是一件读者需要、文学界人士热心为之的工作。各类年选纷纷推出，它们绝不属于选题重复的原因是，当下中国，每一年发表和出版的文学作品不计其数，只有"海量"一词可以作为"定量"描述。即使再热心的读者，哪怕是专业的文学工作者，要从中立刻识别出优与劣，筛选出有价值、可称上乘的作品，也绝非易事，特别是那些散见于文学刊物及报纸副刊的作品，很多人恐怕连接触的时间和机会都没有，文学的年度选本于是应运而生。从众多报刊中选出若干作品，提供给为工作而忙碌、为生活而奔波，却又愿意为文学腾出一点时间、从文学中享受阅读快乐的人们，就是这种年选工作的目的。通过集中阅读与欣赏，读者又可由此打开一个更大的界面，去阅读、欣赏更广泛的文学作品。辽宁人民出版社坚持做这项工作已逾二十年，在读者中建立起了良好的信誉。继续做好这一工作，努力做到优中选优，为读者负责，是编委会的共同责任。

新出版的太阳鸟文学年选，分散文、杂文、短篇小说、小小说、随笔共五卷。承担每一卷编选工作的编委，都是从事文学创作、评论、编辑工作的专业人士。他们具有广阔的阅读视野，是文学动态的及时追踪者，对所选门类的创作有较多介入和较深理解。当然，即使如此，要完成好这一任务也非轻而易举。编选者必须对本年度文学创作全局具有广泛了解和全面掌握，同时还必须具有专业眼光，从大量的作品中寻找出确实能够代表本年度创作水准的作品来。他还应具有公正的态度，处理好个人审美趣味与兼顾不同艺术风格的关系，能够在一个选本里多侧面地呈现和反映过去一年中国文学发生的变化及其多样性。出版社也是基于这些考虑而聘请并组成编委会的。我们希望这些选本能够为读者喜欢和认可，让这些浓缩的精华可以最大程度地展现出中国作家取得的最新创作实践，最大程度展现文学创作的新风貌。

我们正处在一个急剧变化的时代，生活总是展现着新的、更新的一面。经济社会在发展，人们的生活方式在变化。中国与世界的联系越来越紧密，同时也出现许多新的复杂现象和问题。科学技术的迅猛发展极大地改变着我们的生活。全面、深入地了解时代，反映现实，饱满地、准确地描摹生活中的变与不变，绝非易事。但我们仍然要相信，文学是最能够形象生动反映时代生活的艺术。作家是时代脉搏最敏感的感应者，是时代生活的生动记录者。作家从广泛的素材积累中凝练题材主题，通过个人的情感过滤来抒怀，从个人的思想出发对所描写的人与事作出评价，表达态度。这一切的过程中，又无不烙印着时代的痕迹，刻写着社会发展的趋势。从小中总会看出大，小我总是交融于大我之中。党的二十大报告指出，文学艺术要"坚持以人民为中心的创作导向，推出更多增强人民精神力量的优秀作品"。"增强人民精神力量"，就成为对优秀文艺作品的本质要求。文学总是作用于人们精神的，根本上应该是积极的、向上的，满怀着理想和执着信念，给人以力量的。在作家创作与读者需求之间，如何便捷地、快速地嫁接起这种沟通的桥梁，让作家的表达和读者的心声形成呼应，产生精神上的共振，编辑在其中发挥着重要的、不可替代的作用。而我们这些从已发表的作品当中再进行筛选的编选者，同样承担着重要职责。我们希望自己的工作能够体现出这样的真诚，能够让读者感受到这种责任意识。当然，我们更希望的是，读者从这些选本中读到一个特定时期中国当代文学的优秀作品，从中看到一个广阔、丰富的人生世界和情感世界，获得广博的知识和信息，得到美好的艺术享受。

　　太阳鸟在阳光照耀下展现着精美而多彩的羽毛。愿我们的文学闪烁出更加多彩的光泽！

　　是为序。

阎晶明

2022年10月18日

"解放散文"未有穷期

◎ 李林荣

照着出版社提示的进度，把这本散文年选编排停当之际，还正值暑热未退的国庆长假期间。为它写下这篇小序的现在，却已是天寒地冻的隆冬时节。看看日期，其实前后只不过差了两个月的光景。但重新浏览书稿目录，想到列在第三篇的《〈疼痛史〉序》的作者周涛先生一个月前猝然病逝，本打算等全稿通过终审后跟他联系的念头，就这么倏忽间从一个实实在在的期待，变成了永无机会兑现的一份空想，不由得感觉有些沧桑。

作为诗人、散文家和小说家，以至评论家的周涛，留在文本中和文坛上的姿态、形象和气度，一贯地潇洒旷达，也一贯地纵横决荡，光彩独具而又个性鲜明。三十多年前，文坛内外，浮躁凌厉的阵阵热风乍起乍落，各体创作都面临呼应社会情境急剧变化的新契机和新挑战，向来低调的散文领域一时显得更加沉闷。就在这样的背景下，周涛提出了"解放散文"的主张：

一、决不按照现今的一些散文家的样子写散文，因为在我看来，他们的文学装腔作势，面目可憎。

二、现今的散文已经死了，真的散文正在将生未生之际；应该努力恢复三十年代以鲁迅为代表的作家创建的散文（杂文也是散文）传统，摆脱虚假文风的影响，给散文注入活力。

三、散文是一种很好的文学形式，是一个有作为的领域，它正期待着获得新的生命。

中国有数千年的散文传统。这种最自由、最诚实的文体，总是被浮华、虚假所禁锢，因此解放散文不仅是文学的事，它必将对整个社会的文字风气产生积极有益的冲击和影响，所以解放散文是一件有社会意义的事，它对文牍主义、八股文风、假话空话、标语口号和文字图腾必将产生作用。

只有真正的文学家痛感文风虚假、世风萎靡，也只有他们有力量把一种文学形式从束缚下、从可笑的花拳绣腿下解放出来。他们的无拘无束的生命活力投向哪里，哪里就呈现出活泼泼一片生机、一片光彩！

所以我对散文只有一句话：解放散文！

最初从《中国西部文学》杂志 1990 年第 9 期登载的一篇周涛散文研讨会纪要中披露的这番"解放散文"的宏论，对散文的现状多有恨铁不成钢的冷峻指责，同时，对于通过释放散文的文体活力来振拔文风世风的前景，却又满含热切期待。事实上，今天回望上世纪九十年代文化散文、学者散文和新散文潮起潮涌、波浪竞逐的"散文热"局面，论其成型的时间点，也恰在高远的西部文坛上响起"解放散文"的号角之后。

确如周涛当年所说，我们眼前的散文，承源远流长的传统而来，随丰厚驳杂的现实而行，然后，又将奔苍茫辽阔的未来而去。每一位置身当下时代语境的散文作者和散文读者，不论自觉还是不自觉、有意还是无意、主动还是被动，都游走在传统、现实和未来的衔接地带，扮演着时间隧道里的信使和历史长河中的见证人的角色。在动态的历史脉络和神形流变中，散文的命门始终紧扣着的是不落窠臼、不拘定势的一团滚滚升腾的鲜活气。凭着这股鲜活气，像宁肯描述的那样，注定只能由作者或者读者独自沉浸其中的斟词酌句、调配想象的"一个人的现场"，也就有了关联全世界和收缩全世界的奇异力量。

三十年前，我还是个刚刚准备把散文研究当成自己主攻方向的学生，看到周涛疾呼"解放散文"的报道后不久，发现新创刊的《美文》杂志上，也亮出了贾平凹召唤"大散文"的旗号。当时我的感觉是，虽然他们立论的名目和调门不太一样，但他们之所以会有这些貌似标新立异的说法，想必都是因为对散文把握现实的力道和深广度正在严重衰减的情形产生了强烈的不满，以至不得不挺身而起用力叫喊几声，哪怕矫枉过正也在所不惜。三十年来，中国散文创作整体格局和整体气象的实际变化，已经可以确凿地证明，周涛的"解放散文"和贾平凹的"大散文"都是播洒在散文园地里的及时雨和清醒剂，他们的口号没有白喊、论说没有白费。

即使在新世纪第二十三年的散文创作收成里，我们依然能够清晰地辨认出风采各异的文本中，还是蓬蓬勃勃地流转着"解放散文"的精神气息。

2023年12月4日于北京

目录

我的一个奇迹

◎ 冯骥才

一

我的一个奇迹直到今天才发现，我的这个奇迹非要到今天才能发现，这就是我的一辈子都生活在一个城市——天津。我从未离开过天津。我把一生的起承转合，喜怒哀乐，所有的、各种颜色的日子都放在自己这个城市里。这样的人生有何特别之处？

大部分作家至迟到了青年时代就背井离乡了。他们外出求学或谋生闯荡，大多是在经历许多磨难，对社会人生深有感悟后，才拿起笔来成为作家。这样的例子古今中外比比皆是。我则不同，我从出生、童年、少年、求学、工作、初恋，到后来的婚姻、就业、生子、交友、生病、丧父、迁徙、转业，还有种种顺逆与祸福，种种急转弯和不期而遇，都在这座城市里。相比那些攥着一支笔走南闯北甚至浪迹天涯的作家，我几乎是站在原地一动没动。我的人生没有变换过场景。我是一个没完没了的独幕剧中的主角。然而这样原地不动，日复一日，我的人生会不会空间有限或器局狭小？我笔管里的"生活"是不是早就该枯竭了？

单凭感觉来说，我对自己的城市过于熟悉，有如对自己的家庭。无论把我放在这座城市里的任何地方我都不会迷失。相反，许许多多冷僻的城市角落反而都给我留有深刻的记忆，无论是时代性的烙印还是隐私。我人生大部分时间是在生活深邃的皱褶里。对于我，这里才有生活真正的精髓。每每在街头听人说话，那声音就像听家人说话一样。我的很多难忘的故事是和某一个街名混在一起的。城中的老巷老屋老树老墙，就像我家里的老物件，与我差不多已经融为一体了。我认识的各种各样的人——那些不能忘却和已经忘掉了的人，像群鸟一样散布在熙熙攘攘的市廛与万家灯火之中。老熟人们想见就见，老房子不时出现在眼前。即使不见它们，它们也在身边，这让人感到一种温情、一种熨帖、一种踏实。这样的城市何处还有？什么样的城市可以替代我的天津？

　　一次偶然碰到一个小学时的同学。太久未见他分外热情，但我完全不记得他的名字。这使他显得有点突兀和莽撞，那一瞬间我们都有点尴尬。他为了证实自己确实是我的老同学，一口气讲了四五段我们同学时天真无邪和意趣横生的往事。他讲的真切无疑，而且无比亲切，我却完全不记得了。由此我明白，自己过往的人生，并没消失，而是有声有色保存在与我们共同生活过的人那里，保存在自己的城市空间里。如果对它用心，一定能找回不少自己生命留下来的美好和深情的足迹。

　　我在天津一共搬过十次家。搬家的原因各不相同。搬家的感受也全不一样，有甜有苦，有大喜有大悲。可能由于我画画出身，过往生活留给我的总是一些画面。这些画面里有往日极其逼真的景象、鲜活的形象、珍贵的细节，可以时光倒流般地唤醒沉睡的记忆。比如父母与妻儿不同时期的模样，过世好友曾经的面容，救助过我的贵人并让我动容的那一瞬……还有昨天、前天、消逝而远去的岁月中的那些美好的画面。这些画面都离不开我住过的老房子，离不开我那些独特和独有的生活空间。城市深情地为我留下了历史。

但是，我有一种奇怪的心理：我在自己城市里最不想去的地方，又常常是以前生活过的某一座老房子。我说不清这是一种什么心理。是一种心理障碍吗？是由于一种不能承受的历史之重？

历史是沉淀下的生活，是沉重的。然而，这沉重不一定都是苦难，往往是一种百感交集。

二

我国地势西高东低，水往低走，所以江河东流，泻入大海。这些由西向东的河流是自然的河流；而由南向北的河流，多是人开凿的运河；运河之所以伟大，是它们把大地上自然的由西向东的河流，南北贯穿起来。于是四面八方，全部疏通，宛如一张闪闪发光的巨网覆盖了神州大地。

在这张巨网的每一个枢纽处都有一座城市。

古人临水而居，择水而憩，其实世界的名城的诞生大多源于一条江河。可以说所有城市都是由一条江河养育起来的，而我的城市天津则是凭借着五条大河而生。这中间有自然的河流，也有运河。天津是京杭大运河的北端。

五条大河，汇成海河，波光粼粼，倾入渤海。一片浩无际涯的放纵人的情怀的蔚蓝色是我的城市东边的极地。

如果从海上瞭望我的城市，辄是一个散发着浓郁的千古不变的东方乡土气息的田园，一个帆樯如林的北方最大的漕运码头，一个充满活力又平静的古城；可是，它又是一个由外部世界最快捷地抵达京都紫禁城的登陆地。这是它天生的幸运，也是命定的不幸。因而，自从十九世纪中叶，它便成了中西之间兵戎相见的交恶之地。

　　我想，曾经一代城市的祖先，一定不明白为什么那么多金发碧眼的洋人突如其来，有如天降；不知道自己惹下怎样的"天怒"而在1900年惨遭灭绝性的屠城。历史总是任凭后世的嘴巴纷说，现实只能由小百姓去经受。如今谁还会记得那一代小百姓的亲身感受？

　　我承认，我对城市的历史情感是沉重的。

　　谁来弄清历史的是是非非？

　　城市对于我，不是一个单纯干活吃饭的地方。这可能由于我不是外来的打工仔，这里是生我养我的地方。它像母亲，我从它的生命中诞生出来。我感受到它如巢一般的温暖、柔软、亲昵。我能闻到它醉人的生命气味，能听到它血液流动的声音。

　　我的生命里记着它一天天从早到晚小贩们穿街而过的各种吆喝声，夜间由远处传来的沉闷又悠长的火车或轮船的鸣笛声，街头急雨般自行车的铃声，大年三十子午交时连天的鞭炮声，还有风声、雨声、雷声和窸窸窣窣的落雪声。这里所有的人对于我都有一种近乎亲人的感觉。我出生在和平区新华路临街的一座小楼里。这小楼是一座私人产院，为我接生的是一位名叫邓志恩的女医生。她留学日本，医术很好。产房在医院三楼。由街上仰头看，大面的玻璃窗映照着蓝天白云。据母亲说，我出生的当夜风雨大作，狂风吹开窗，冷雨浇进来，而且窗子单薄，玻璃大，我睡的摇篮床就在窗下。母亲丝毫没有犹豫，勇敢地扑过去把随时可能撞碎的窗子关上，表现出年轻母亲的一种本能。这个细节使这幢红灰相间、普普通通的砖房在我眼里有一种异样的神奇。这里是我生命的原点。

故乡有一种神奇感。你的父辈甚至祖先的故事都在那里。再有，便是童年天真无邪的生活。我们入世愈深，就会愈怀念自己儿时的率真与无忧无虑；我们离昨天愈远，愈清楚无法再回到过去。然而昨天的时光被故乡、故里、故居、故人收藏着；它们的保存方式是无言的、缄默的、含而不露的，等着你去叩问。

成长于天津的人，一定是在浓得化不开的民俗氛围里生根、发芽、长大。中国的大城市很少有如此密集的民俗。

天津城市文化不是精英文化，而是一种市井的生活文化。人们酷爱丰饶的吃穿，妙趣横生的言谈话语，温暖亲和的风习，自娱自乐的生活文化。正像北京人爱说老舍，上海人爱讲周璇和张爱玲，天津人爱谈马三立和骆玉笙。

天津人把每一个民俗的日子里该吃什么穿什么玩什么这些繁缛的小事叫做"妈妈例儿"。这里说的"妈妈"就是女人，因为日常生活的事向来都由女人做主，习俗都是由女人张罗，由她们嘴里念叨着，尽职尽责操弄着，不差分毫。然而，民俗不是谁规定的，更不是强迫的，一切由百姓的心愿。百姓要用种种习俗，使自己的生活多些讲究，多些仪式，多些说道，多些滋味，于是各种惹人喜爱的乡土艺术到时候自然都会派上用场。而我对乡土文化与艺术的热爱似乎是我与生俱来的。从写作上看，它是我小说的资源；从精神上看，它是我后来做遗产保护秉执的文化立场。

它也是我与这个城市不离不弃的一个深层的秘密，一种精神情感的秘密。

乡土艺术是一方水土独有的花。它们是从土地深处开出来的，更是从这地方人们的心中开出来的。因此，它们夺目地张扬人们的生活情感与热望，也迷人地表达本地特有的审美气质。精英文化显示个人精神，民间文化表现地域特征。鲁迅不代表绍兴文化，绍兴戏才代表绍兴文化。只有真正爱上这个城市特有的文化，才与这个城市的灵魂神交。

为此，二十岁出头，远远在我写小说之前，我竟然开始用笔对城市本土文化——年画、泥塑、剪纸、风筝、砖雕、木雕等等做田野的调查、记录和文化整理。没人叫我这样做，我自己要做。没人教我怎么做，全凭个人摸索。比如，那时城市的老建筑已经过时不建了，曾经辉煌一时的砖雕被人冷落乃至遗弃。我便骑上一辆破旧的飞鸽牌自行车，背一架相机，把散落于城市各处的砖雕普查殆尽。这是不是我最早或最初的遗产抢救？可那时还没有"文化遗产"这个概念呢。我的行动完全出于热爱。一种朴素的、非功利的、纯粹的、一厢情愿的乡土情怀。非理性常常是本质的、原发的、生命性的、就像土地里窜出来的碧绿的草。

三

我的城市对我魅力最大的是老城。

原因是我的城市在世界上绝无仅有，它一半是老城，一半是旧租界地。老城的历史六百年，典型的中国北方本土城市，一切传承有序。租界是1860年后西方人在天津城东南硬建起来的一块"殖民地"。列强在天津划地自辖，所建房屋都是各国自己的样式。租界中的一切都是由各国搬来。这一分为二的城市，俨然是两个世界。

老城那边地势高，俗称上边；租界这边地势低，俗称下边。老城那边是清一色灰暗和低矮的砖瓦房，租界这边则是高低错落、千奇百怪的小洋楼。老城那边到处是冒着袅袅青烟的、大大小小的寺庙，租界这边是响着洪大钟声的、尖顶的教堂。我出生并一直生活在旧租界这边。小时候，老城那边穿长衫短褂的多，租界这边穿衬衫制服的多。老城那边都是天津本土的居民，都说那种语调特别、齿音很重的天津话；租界这边的中国人大多是开埠以来由南方来做洋务和实业的移民，都说国语。辛亥革命那会儿，一个穿西装的人走进老城，会引起围观。我家里若是偶尔来一个客人说天津话，我会特别有兴趣，会站在一旁听，因为天津人说话幽默好玩；他们人人如此，好像说话就是为逗趣的。

最初，老城与租界之间来往不多。我很少去老城，对老城那边的世界充满好奇。这是城市的一半对另一半的好奇，好像男人对女人的好奇。反过来也是如此。这种城市感觉极其特别，很性感。记得我第一次去老城好比出国。那次是随着大人坐着胶皮车从租界去往老城东面香烟氤氲的天后宫去买年货。城市中最大的年货市场一直在宫前大街的广场上。此时，宫内外充满着中国人大年特有的亲切感，丰饶又拥挤，热烈又神奇。我感觉眼睛都被炸开了。这记忆太深刻，我曾一次次把它写进散文与小说里。我在长篇小说《单筒望远镜》中所写的那个法国姑娘莎娜第一次走进老天津时惊艳的感受其实就是我自己的亲历。

青年时代为了谋生，我到老城那边找活干，识得了这块地域特异的历史、风习、地理、生活、典故，结识了一些形形色色、说天津话、地道的天津人，熟稔了本土百姓的气质、性格、性情、好恶、规矩、讲究和禁忌，等等，这对于生长于租界中的我有些异样，但我渐渐喜欢上他们。我不知道他们什么时候进入了我的笔管。等到上世纪八十年代笔头最热时，他们就自然而然地一下子全冒出来了。于是我有了《神鞭》《三寸金莲》《炮打双灯》等等。

因此说，我对天津的认识不同于其他作家写自己的乡土。

我是从租界来看来写老城的。一半是自己写自己的城市，一半像外人写自己的城市。我与老城之间是有距离的。这个距离也可被称为"文化的距离"。这是我的优势。站在租界这边，反而可以清清楚楚地看到老城那边的文化风景、本土人的集体性格，以及老天津的形象。站在老城里反倒会视而不见，就像自己看不见自己。

认识一个地域的文化，既要深入其中，又要保持距离。深入其中，得其情感；保持距离，产生理性。正是由于我的城市华洋杂处，土洋各半，我才获得了这样的认知的优势；并将其升华为审美情感，升华出一种文化情感。这种文化情感和审美情感是更深刻的一种情感，是不是后来我保护它的一种深层的根由？

我称这是一种情怀。

同时，由于我生活的城市"华洋杂处"，是两个完全不同的文化空间的并存，它直接造就了我写作中的两个"世界"、两种人文景观、两套笔墨、两种审美；一以《俗世奇人》为代表，一以《艺术家们》为代表，因使我"与众不同"。

我的城市竟然如此奇特又深刻地影响了我。

四

上世纪九十年代的中国，一种横空出世、惊心动魄的城市景象，便是在建筑的外墙上划一个巨大的圈儿，圈里写一个粗野的"拆"字，再在上边打一个霸气的叉。它赫然入目，处处可见，凶悍蛮横，势不可挡。它是时代性的狂噪，是急切加速更新城市的粗鄙的标志，也是历史建筑的死亡符号。

城市有史以来，一直线性发展，记忆渐渐叠加，文化不断积累。但这一次是中断性的、颠覆性的、自我终结式的，一切推倒重来，史无前例地要对所有城市进行一次全新的再造。它令我们猝不及防。特别是当这些"拆"字愈来愈多出现在我的城市里，出现在我所深爱的意蕴隽永的城市的文化风景中，我便像被猛地戳了一刀。刀尖扎在我的生命之根上。我仿佛听见一幢幢带着独特记忆与历史美的老房子向我求救。戈登堂拆了，原奥租界拆了，南市拆了，老城全面拆了……我拿出救火的速度也挡不住城改的燎原之势。在我抢救将要覆灭的老街估衣街时，我看到当地居民拉了几条过街横标，上边用激烈的言词表达对我的行动的呼应与支持。那一刻，一种火热的东西填满我的胸膛，我感到自己在与城市共命运。

二十年的文化遗产抢救中，我感觉自己像水一样融入城市中。我喜欢这种融化和融合。这是一种命运与共的融合，精神与情感上的融合。这融化与融合的深处是一种爱，爱的深处是责任。我的文化保护的行为已经本能化了，不必问我，为什么放下笔去从事文化遗产保护。

我分不出，我因写作而更深爱我的城市，还是因文化保护而与我的城市更加共存共生。它们分不开，就像托尔斯泰说的，一辆马车从山坡愈来愈疾地冲下来，是因为马拉着车，还是因为车推动着马呢？

今岁壬寅，是我的伞寿。在这个第八十次"生命的节日"的清晨，我在我的城市里自然醒。春天的阳光静静地将床对面的一只老柜子的一小部分照亮，其他部分还在窗帘遮暗的橄榄绿与深褐色交混的阴影里。我喜欢生活的朴素、单纯、自然、日常、平静。唯有这样的日子才适然，才安宁，才是生活的本色。

故而，我不喜欢过于热闹的、套路化的、世俗的拜寿。但我一生的交往太多，止不住亲朋好友各种方式的祝贺纷至沓来，渐渐使我落入被感动的情感的漩涡里。

还好，现代人的交流多在手机上。

我只给自己一个特殊的安排。便是在生日当午，去母亲住处，与母亲共享一顿生日午餐。

母亲长我二十五岁，今年她奇迹般地一百零五岁。我要感谢母亲生我，把我养大成人，并一直与我相伴相依，不离不弃，我八十岁还能叫"妈"，还能感受到做儿子的福分；还能在江行千里之外，回过头来，望见生命的源头依旧活力澎湃。

就像我的城市与我一直不曾分离。我和妻子也是青春为伴，穿过半个多世纪岁月的高山深谷，刚刚过了绿宝石婚呢。怎样的情意才如此永恒般地相守？

没有玉盘珍馐，只是寻常百姓的生日面。打卤、松花、五香花生、炸面筋丝；还有天津本地爱吃的肉末炸酱和素菜码——白菜丝、黄瓜丝、胡萝卜丝、芹菜丝、豆芽菜和亮晶晶的蒜瓣。今天母亲的保姆把菜丝切得特别精细；再有便是白水煮面、一点点贺兰山的红酒了。然而这就很好——像一大丛蓬松而清新的野花烘托起生日的欢欣。我说："今天不光是我的日子，是我和您共同的日子。"母亲会意，笑了，举起酒，轻轻与我碰杯。

没有任何人为的、隆重的仪式，没有花言巧语，没有刻意营造的欢乐氛围；寻常饭菜，日常衣衫，只是说话都避免怀旧内容，以免母亲感物伤怀。装了一个世纪岁月的生命里，会有多少的感触。重要的人生日子一定要平常过。然而，这样的平淡却不平凡的生日多少人会有，这不是上苍对我的厚爱吗？于是一种宏大的敬畏之情不知怎样表达和向谁表达。

今天还有两个生日活动。一是学校的领导和师生为我庆贺，一是儿子冯宽为我邀来十来位朋友一聚。老朋友们大多结识几十年，彼此笃诚相待，此刻自然全是无拘无束。与师生所谈全是未来，与老友聊的全是人生。这样的生日叫我收获满满。老母、妻子、孩子、老友、年轻人全靠拢身边；过去与将来全在今天汇集。人生最高的境界是无所求，这才叫做福如东海了。偏偏此时，好事又向前跨一大步。

手机上忽传来一个视频，身在北京的好友美林和妻子周建萍在他们的画室商议着，说"今天是大冯的生日，送什么礼物？"美林说："大冯属马，给他画马吧！"说着说着，心血来潮，说大冯八十岁，我画八十匹马送给他。

　　美林就是这样的性情中人。他抱来一大摞各色的卡纸，说干就干，激情上来，灵感飙至。手起笔落，一匹匹骏马奔到纸上，它们神情各异，有的雄健，有的骁勇，有的刚烈，有的肥硕，有的俊逸，有的轻盈，渐成一群，而且愈来愈庞大汹涌。美林年长我六岁，干活却像汉子，画累了，建萍就站在他身后捏肩膀。此情此义，谁还有？一个多小时过去，八十匹神骏齐集，打着响鼻，喷着热气，摆头甩尾，站在美林的画室里。美林说，快请"顺丰"送过去，无论如何今晚把它们送到天津！

　　是夜，京津公路群马奔腾，蹄声嘹亮。

　　晚上我全家正在吃生日蛋糕，门铃忽响，门一开，八十匹骏骥飘着长鬃站在我家门口。我笑道：

　　"美林叫我仍像马一样奔腾向前。"

　　这时忽想，这样美好的生活怎样才能把它记下来。不只是记这些事，还要记下这些珍贵的细节、真切的气氛、亲切动人的感觉，这才是人生最宝贵的。谁给我记？怎么记？它们五光十色地一闪而过，抓不住啊。其实我不必着急，这一切我的城市都帮我记住了，就像它清晰地记着我曾经全部的历史。

　　只要我们有心，去叩问它，默默与它对话，它都会全部告诉我们。

　　谁还会对我们这样有心？

曾在庆祝天津六百年的一次聚会上即兴写了一首诗：

生我养我地，
未了不了情。
世上千般好，
最美是天津。

正因为这样，我对自己的城市总有一种亏欠感，我还要为它再做一些事。为了我爱它，为了叫别人也爱它。

2022年7月24日

（原载2023年1月6日《今晚报》第9版副刊·讲述）

冯骥才（1942— ），祖籍浙江慈溪，生于天津，作家、画家、文化学者，新时期"伤痕文学"潮流代表作家之一。著有《铺花的歧路》《雕花烟斗》《珍珠鸟》《神鞭》《三寸金莲》《炮打双灯》《市井人物》《俗世奇人》等。

失敬了，伊洛瓦底江

◎ 蒋子龙

翻箱倒柜，查找一份急需的资料，无意中，却翻出一叠将近30年前访问缅甸的照片和日记，勾起许多美好和有趣的记忆，沉浸其中，不能自禁。

1993年12月，来到缅甸历史上最著名的塔城蒲甘。蒲甘是缅甸著名的佛教圣地，曾有400多万座佛塔，佛塔形式各异，大小不等，千姿百态，雕刻精巧。

蒲甘的原野铺满热带植物，槟榔树扫天，棕榈树扇地，落落出群，青青不朽。仙人掌、万年红这些北方的盆栽植物，在这里也长成巨树，排成高墙，围在农田的四周或大道两旁。绿草碧树托衬着座座佛塔，佛塔或尖顶披金，或粉雕玉琢，或红砖砌就，或黑如铁铸，错叠间置，仙姿灵态，既壮丽奇伟，又恬澹幽静。

下榻在底律毕萨耶宾馆——译成中文就是吉祥宾馆。住在"万塔之城"，有佛佑护，又怎能不吉祥如意？吉祥宾馆就坐落在伊洛瓦底江边，真是天意要成全我。一个喜欢水且每天都要游上一千多米的人，有几天不游泳就会觉得身上发干、发紧，甚不舒服。因此，我外出必带游泳裤，无论江河湖海，只要有下水的机会，就绝不放过。而且，宾馆是一片散落的别墅式建筑，位于江岸上边的漫坡上。岸边芳草连绵，奇花层层，异树蔽空，在疏影微香里，有一幢幢美妙可爱的小楼。我们几个人分别住在不同的小楼里，楼跟楼之间隔着草地、花圃与大树，我去游泳不会惊动了别人，行动极为方便。

不惊动别人这一点很重要。当地政府十分好客，我们一离开宾馆的房间，就有警车在前面开道，警卫随行，不是出于安全的需要，纯粹是一种礼仪。蒲甘城总共只有三万多人，车辆并不很多，前面不要警车，道路也是通畅的。至于警卫就更用不着，来了这些天，甚至听不到有人在公共场所高声喧哗。想丢点东西也很难，我的眼镜丢在了商店的柜台上，而且彻底忘记了，直到售货员还给我时才回忆起来。钱放在写字台上忘记收起来，出外活动一天回来分文不少。倘若让这么好客的主人知道了我要下江游泳，他们很可能会阻拦。如果不阻拦，就会前呼后拥地跟到江边保护我，那我宁可不去。

唯一的办法就是自己悄悄地下水，后果自负。我对自己的水里功夫还是很自信的，虎穴不能说敢闯，到龙潭里游一游谅也无妨，何况只是一条江。

毕竟身处国外，不怕一万，就怕万一。第一天没有机会，第二天上午游览博巴山，中午回到宾馆，大家都很累了，要多休息一会儿。其实，下江游泳，堪称解除疲劳的最好方法。我将此意悄悄地告诉了翻译。那名翻译是刚刚大学毕业的年轻姑娘，不会游泳，即使我真的在江里出了什么事情，她也不能救援，只是作个见证，是我自愿投江，与他人无关，更与对我们照顾细致周全的主人无关。

回到房间休息了一会儿，换好游泳裤，外面围上的浴巾，倒有点像缅甸男人穿的筒裙。赤脚穿拖鞋，头上戴草帽，拿着从博巴山买的缅甸竹笛，一路吹着，好不惬意，直奔江边。虽然国内正是冬天，但蒲甘这里中午的气温仍接近30摄氏度，骄阳烈烈，空气燥热。江边野旷、幽静，泥滩上长满灌木和齐腰深的粗草。宽阔的江面上没有船，更没有游泳者。不远处有一株巨大的椿树，浓荫翳日，树下坐着几个缅甸青年，突然都转过头来，有两个还站起身，大概我的样子太古怪了，引起了他们的疑虑。我的笛声又告诉他们，我是个快乐的人，是来戏水的，不是想自尽，他们终于没有走过来。我把草帽放在拖鞋上，将T恤衫、浴巾与竹笛放在草帽里，小心翼翼地拨开灌木丛，走过烂泥，扑进了伊洛瓦底江。

　　江水不算太凉，但力道很大，涌流、漩涡不少，从各个方位绞缠着我，推我，拉我，让人服从它的方向。而我的方向是横渡，和江流的方向正好十字交叉。因为几天没游泳了，又是刚下水，我的力道也不小，瞄准对岸目标用自由泳的姿势急游。越接近江心，水流越急，我听到了一种声音，这声音从我的身体下面发出，在我的四面八方响起，轰轰隆隆。是伊洛瓦底江在呼吸，在吟唱。"飞湍鸣金石，激溜鼓雷风。"我不觉对缅甸这条最大的河流肃然起敬，在旱季，它的水势尚且如此汹涌澎湃，赶到夏天雨季，它的气势又当如何？

　　这些水是从哪里来的呢？此时，我对有关伊洛瓦底江的数字才有了真切的感受，它全年的总流量是430立方公里，相当于密西西比河全年总流量的五分之四——我之所以能记住这个数字，是因为第一次见到用"立方公里"作单位来计算一种物质的体积，想象不出一立方公里是个多么大的四方块，难怪缅甸人称它"生命之河"。伊洛瓦底江从北到南流贯缅甸全境，全长2000多公里。其东源头在中国西藏察隅县境内。陈毅的诗真是传神："我住江之头，君住江之尾。彼此情无限，共饮一江水。"

不投身水流之中，是难以真正认识一条江河的。在江水里游泳才能跟江水交谈，才能阅读激流。在飞机上、在江岸上观看伊洛瓦底江，觉得江面平缓，像缅甸人一样温文尔雅。想不到，它体内蕴蓄着这么大的力量。它这样"不舍昼夜"地流了千百年，还会继续这样流下去。

我感到了自己的孤单和渺小，前面浪滔滔，后面滔滔浪，身体被激流涌浪所裹挟，如同一根树枝，一片落叶。如果我放任自流，很容易被江流吞没，或者随波逐流被冲进安达曼海。我是学测绘的，目测伊洛瓦底江在蒲甘的江面宽度不过两公里左右。我曾在风雨中不停歇地连续四次渡永定河，然后，又顺流而下游了近十公里。一个常游泳的人，在活水里借助水流的力量是不容易疲劳的。

那天，我如果游到对岸再游回来，至少要向下游冲出去五公里，下午三点钟集合外出是赶不上了，会打乱全团的活动安排；唯一的选择是"回头是岸"。

翻译不知什么时候来到了河滩上，表情深奥，似乎批评我不合适，不批评我几句也不合适，万一我出事她也难逃干系。我赶紧在河边捡了几块石子送给她，希望能堵住她的嘴。江岸上的树荫下，聚集了一群不同国籍的游客，有人还用生硬的中国话说：

"带劲儿!"不知他们是指什么"带劲儿",此时,我的心里只有惭愧与遗憾……

失敬了,伊洛瓦底江!这次未能横渡过去,未能对你进行更深刻更全面的了解,却永远不会忘记你,盼望后会有期呀。

(原载 2022 年 12 月 23 日《河北日报》第 10 版文化周刊·布谷)

蒋子龙(1941—),河北沧县人,以短篇小说《乔厂长上任记》和中篇小说《开拓者》《赤橙黄绿青蓝紫》等作品推动了新时期"改革文学"潮流,出版有《蛇神》《子午流注》《人气》《空洞》等长篇小说和《蒋子龙文集》8 卷本等。2018 年荣获党中央、国务院授予的"改革先锋"称号。

《疼痛史》序

◎ 周　涛

　　现在是一个时兴养生、保健康、追幸福、盼长寿的时代，人们讲究这个了。忽然有个人冒出来，讲起自己的或别人的"疼痛"，不管是身体的还是精神的，都会使人觉得亲近几分，何况此人是黄毅呢。

　　认识黄毅也已经有了近四十年的时间，其中以20世纪90年代的一段儿最为密切。那是一段难忘的岁月，自从杨牧、章得益分别回了故土成都和上海，"新边塞诗"的第一轮战役结束之后，以军区总医院图书馆为基地的第二梯队正在毫无自觉地形成。没有口号，没有目的，更没有任何纲领性文件，几个爱好文学的朋友打打麻将，喝点儿小酒，聊天吹牛而已。周军成是庄主，北野、黄毅、刘亮程，再加上年龄比他们大十多岁的我，当时谁也没有想到这么几个气味相投、性情相近的人，以酒为媒，以文学为缘，以麻将为中介的人，实际上搞了个文学讲习所，甚至于有了那么一点儿"竹林七贤"的味道。

　　二十多年过去了，时间证明了，这几个人各自都对得起文学，如果说"不忘初心"，文学正是他们的初心。周军成有《半截老城墙》，北野有《马嚼夜草的声音》及其他多部作品，黄毅有《新疆时间》和即将出版的《疼痛史》，刘亮程这些年成绩最大，有了《一个人的村庄》《凿空》《捎话》等大量作品。如此看来，许多有目的、有计划、有步骤去做的事，未必就一定比顺其自然、瓜熟蒂落的好。

这四个人当初我暗自更看好的是北野和黄毅，性格活跃，外形俊爽，善饮能歌，有诗人气场；反而对周军成、刘亮程两位有些误判，未能看出二位日后的精进。文学和一个人的性格关系密切，但并不是绝对的；更多的、更深的可能是和一个人的内心和视野有关。如果拿新疆常见的动物做类比，北野和黄毅接近马性子，军成和亮程接近驴性子。马的才华容易看出来，驴的本事就藏得更深一些。

现在，黄毅在疫情封闭的日子里写出了这部《疼痛史》，我一看书名就觉得捕捉到了什么。"疼痛"这两个字关乎人生、触及生命却往往被人们忽略。当它降临，人们尖叫呐喊，哀伤哭泣；当它过去，人们又常常会好了伤疤忘了痛，假装它从来没有造成过什么伤害。人们怕它，不愿意提起它，疼痛、屈辱、灾难、恐怖……这些损害生命的东西，人们总愿意离它们越远越好，但愿一辈子也别碰上它们。可是谁又能保证自己永远不碰上它呢？哪怕一根手指头被菜刀切破，也是疼痛啊！所以，既然养生啊健康啊幸福啊长寿啊什么的可以大讲特讲，疼痛当然也值得说一说。黄毅触动了这个众人较多回避的命题，我以为这是他的一次大胆尝试，其中《酒殇》《阳光不曾漂白的日子》《屋顶》《甜》《去看马老师》诸篇我都细心读过。七月流火，听旷野长歌，昏花老眼，面对激情文字，一下把人拉回到另外一种时空。成吉思汗在青河山峦上留下的那条大石头通道，我1982年曾经走过，蒙古人唱起古歌，闻之令人泪落；遗留在喀纳斯湖畔的两千图瓦人，世世代代他们在守护着什么？还有迷离的旧战场，还有和布克赛尔的女王爷，这些都是黄毅留下的故事和哀伤……如今，这个生在新疆，长在新疆，血管里却流淌着广西壮族血液的人，已经年过六旬，两个故乡肯定会在他的身体里不断打架，不断争夺，谁知道那是一种什么样的"疼痛"。

答案他自己说了，在最后一篇文章《生为新疆人》中，他有这样一段话："我不是一个极端的人，但我是一个认真的人。生活在边地的人似乎都有些委屈，而这委屈多了时间长了，往往就让人变得坚韧。一个人生在哪儿长在哪儿，既是宿命也是必然，我一向不认为一个美国钉皮鞋的修鞋匠，比新疆沙漠中的和田玉鉴定家更尊贵，更幸运。"

对这个不是问题的问题，我也有个说法，借此话题说出来与黄毅共勉。什么叫边远地区呢？为什么会这么说呢？从历史上看，所谓远是离皇帝的都城远；所谓边，是离皇朝的边界近。谁给山河大地分出了远近？当然是历朝历代的统治者，因为他们从来都自命为中心。其实地球是圆的，地域是平等的，还是平衡的，各有风貌，各有作用的，从来没有什么远近高低！如果有中心的话，每个人生活的地方都是中心！

是为序。

（原载《新疆艺术》2023年第1期）

周涛（1946—2023），祖籍山西，诗人、散文家、军旅作家，新边塞诗派主将、文化散文代表作家之一，出版有诗集《神山》《周涛诗年编》，散文集《稀世之鸟》、《周涛散文》（三卷），长篇小说《西行记》等。

山影奔腾

◎ 张锐锋

巨大的山鹰从地上起飞，它有不可阻挡的力量，翅膀张开，尖利的鹰喙撕开了夜空，它的影子的轮廓线上被银辉包围，银辉好像来自它自身，实际上来自另一面大海的反光。一颗佛头露出了群山，他从高处俯瞰人世，却看不见他的面孔。他不是来自遥远的佛国，而是来自人间，来自巨石的阴影，同样是大海的反光，雕刻着他的形象，让他的暗影边沿镶嵌了一圈光晕。这里的每一座山都有着自己独特的样貌，都有着对人间的事物的暗指，有着大自然深邃的寓意。它们在夜晚的星空下排列，似乎呈现各自的灵魂。这些山峰奇特、奇异、奇绝，我们从它们的身边走过，石头铺筑的走道不断提醒人们要抬头仰望，仰望不断出现的身边的山的奇迹。

是的，它们一直保持着沉默，却用另一种声音发声，用另一种眼光审视世界。它们有着各种树木的喧哗，有着草木的沙沙沙的波动，有着星光下的晦暗不明的深沉，有着一种用巨大的形象组合起来的无边力量。天空被连峰分割，似乎群山不安于地上的生活，要用这样的幻象般的姿态从夜晚飞向白日，白日是灿烂的、明亮的、充满了斑斓的色彩，但现在的夜晚用深情挽留它们，用手牢牢地抓住了它们的脚踝，并用鲜花的香气诱惑它们，让这里的一座座山峰在这暗夜的香气中翩翩起舞。仔细观看它们的每一个舞姿，都带着地上的欢欣或忧伤，带着几千万年、几亿年前的痛苦的孕育中的彷徨，也带着最原始的大自然的巫术一样的有力扭动和自我祝愿。一切都在变化中生成，又在变化中成长。

山峰连着山峰，它们都不是笔直的，而是微微倾斜，这在夜色中尤其明显。这样的倾斜赋予了山峰以运动的姿态，它们都是奔跑者，从一个基座上向着自己的方向奔跑，而山脊线上的辉光将这样的动感进一步推向极致。它们有着同样的幽暗服饰，却有着完全不同的身姿。它们自动形成了一定的间隔，好像彼此为了同行而彼此靠拢，甚至在很多时候几座山峰的身影叠加在一起，我们只有从身影的浓淡中分辨它们的层次，确认它们不是同一座山峰。山峰之间的间隙被夜空填充，它们共同构建了一个有界而无限的宇宙，类似于物理学家对宇宙的理解。因为山峰的形象，广袤的夜空也有了自己的形象，它不仅点燃无数的亮星，也用一弯残月装饰着黑暗，这样，一个完满辉煌的天穹完成了与大地山影的拼合对接。

它们完全是梦幻组合，奇特的夜景在可能与不可能之间，就像一幅构思精妙的木版画，没有豪华的彩色，却能够引发观赏者无限的遐思。它似乎违反我们的日常经验，颠覆了我们对山的认知，却在真实和虚幻之间建立起不朽的连接。它的层次错落和高峻挺拔，它的变幻莫测和惊险陡峭，它的穿崖巨壑和奇峰飞扬，它的超绝大气和平地惊雷般的撼人心魄，它的高低比例中蕴含的视觉风暴和美学合理性，乃是出于大自然的精心缔造。它的非凡的哲学暗示和丰富寓意，它的对人世的俯瞰身姿，它的层层构筑的边沿光感，乃是人间圣者光辉的显耀。它的一切一切，消解了我们内心所有的主观判断和雄浑主题，却将所有可能的判断和宏巨的或微小的主题尽收其中。

这是古代书法家怀素曾来过的雁荡山，他是不是发现了自己的狂草原型？山势蜿蜒、山峰飞动、连峰奔呼、草木飞扬、飞瀑流畅而雄奇、流水日夜喧哗、奇石旁逸迭出，这不是他所追求的自由吗？这不是他所向往的狂放不羁吗？这是旅行家沈括曾来过的雁荡山，他发现了深藏不露的奇峰，发现了飞奔的河流，他发现了万山回应的自己的声音——雁荡经行云漠漠，龙湫宴坐雨蒙蒙，前瞰大海而背靠大地，山巅雁湖而芦苇丛生，诗人谢灵运不曾见过的奇山奇景，他看见了，谷中大水冲击而沙土尽去，唯有巨石岿然挺立，他的目光里，无论是大小龙湫，还是水帘初月，无论是水凿之穴还是高岩峭壁，都被深谷林莽遮蔽，古人不曾看见的，他看见了。他是一个真正的观赏大自然的美学家，是一个用双眼扫视大自然的伟大旅行家，一个在大自然中独享自由的人。有大自然的美景相伴，还有什么寂寞和孤独？还有什么惆怅和虚无感？

这是清代思想家黄宗羲曾来过的雁荡山。他思考土地和赋税，思考朝代的兴衰，思考经史和地理，思考圣人之说和人民的权利，也思考天文历算和教育，却在这里找到了置身于世外桃源的人生审美理想。盈天地皆心也，他也意识到大自然和人的心性之间的联系。他写道："千峰瀑底挂残灯，雾障云封不计层。咒赞模糊昏课毕，乱敲铜体迎归僧。"他看着瀑布和残灯，云雾挡住了远眺的视线，晚间的佛课已经完毕，归去的僧众敲打着铜钵，这是一种怎样超然的生活！然而这样的生活不能代替世间的生活，真正的生活仍需要思考。但是在这样的环境中，人间的一切似乎变得遥远和渺茫，而大自然给予的启示却将转化为人间的智慧和思想的源泉。

这是无数人来过的雁荡山。因为它意味着地球演化和漫长历史的在场。它包含着过去、现在和未来。中国近代文学家和翻译家林纾精于文辞，以文言文意译域外小说著称于世。他还是一位山水画家，其画作精细灵秀而美趣淋漓。他在《记雁宕三绝》中以一个画家的细腻观察记录了他眼中的雁荡山。他用自己熟悉的古色古香的言辞写下了雁荡山的惊险和雄浑，他笔下雁荡山乃是绝壁四合、天地纯绿的雁荡山，是空立而隆、危云积雨、行客惊骇、万竹梗道而不知所穷的雁荡山。是连云叠嶂、龙湫云横泉直、涧水寒碧、石亭久圮的雁荡山。而同样的景观在著名思想家、政治家康有为看来，则有另一番趣味。他毕竟有着更大的视野，先历数自己所见的印度的须弥山、美国的洛基山以及欧洲的比利牛斯山和阿尔卑斯山等山岳，然后将雁荡山放到了世界山景的坐标系中，以作比较认定。他的结论是——上则群峰峭壁，与青天白云相摩，目相接于奇石之色，丘壑之美，以吾足迹所到，全球无比，奚独中国也。而另一位著名学者、教育家蔡元培也得出了同样的结论——域中山岳之至奇者，尽于此矣！

1934年4月，黄炎培从天台经临海到海门，坐长途汽车行半小时到黄岩的路桥，又乘坐汽船经过两个多小时的行程抵达温岭的大溪，还要坐轿三个小时到乐清的大荆。他夜宿大荆，第二天经灵峰到灵岩寺，接着经马鞍岭观看大龙湫……他写下了一副对联：

未必道可道，来寻山外山。这一对联说出了山与道的联系，也许没有道可以说出，却可以找到山外山。因为山外有山的景象说出了变化和无穷，那么真正的道也在这变化和无穷之中。许多山看起来是相似的，却有着各种不同的差别。没有完全一样的山，就像没有两片相同的树叶，甚至没有完全相同的两片雪花——有一本书中统计了两千四百多种雪花，但这也仅仅是一个更大数字中微不足道的一部分。当黄炎培用对联说出自己的感悟时，就已经告诉我们，宇宙的道也许就在我们眼前的山影中，尤其是雁荡山梦幻般的变化和静止、蜿蜒和精微、沉重与飘逸、风轻云淡和草木浩荡、单一和无穷、危石悬空和巧妙的平衡稳定，已经是道的显形。老子说水接近于道，而山又何其不是道的化身？

对才华横溢的现代作家郁达夫来说，印象最深的乃是雁荡山的秋月——海水似的月光，月光下只是同神话中的巨人似的石壁，天色苍苍，只余一线，四周岑寂，远远地也听得见些断续的人声。奇异，神秘，幽寂，诡怪，当时的一种感觉，我真不知道用些什么字才能形容得出！起初我以为还在连续着做梦，这些月光，这些山影，仍旧是梦里畸形；但摸着石栏，看着那枝谁也要被它威胁吓倒的天柱石峰与峰头的一片残月，觉得又太明晰，太正确，绝不是梦里的神情……是的，郁达夫如痴如醉地望着雁荡山的秋月，"竟像疯子一样一个人在后面楼外的露台上呆对着月光峰影，坐到了天明，坐到了日出"。这一切，符合他的性格和气质，符合他的柔弱和刚强，符合他的忧郁和惆怅，也符合他面对大自然的心境。那么漫长的夜晚，那么寂寞的月光，他究竟对自己说什么呢，是失落的爱，是残月暧昧的暗示和意味深长的温柔和冷漠，是人世的虚无和命运的不测，还是融化于神奇诡异的异梦里的幸福、愉悦和哀伤？这是内心充满了矛盾冲突的、剧情复杂的戏剧，是一个人独自与世界的对话，是自我的发现和重新理解，是被月光的一次完全的洗涤，是一次与熟悉的月亮和陌生的月亮的邂逅与重逢，也是一次与自我相约的会聚。平原上的秋月和山间的秋月是不同的，河边的秋月和乡村的秋月也不相同，林中的秋月和荒沙中的秋月有着更大的差异，同一轮秋月，在我们的眼里望去，将有完全不同的诗意和寓意。而此时的雁荡山的秋月，乃是郁达夫的秋月，他的心中的秋月和雁荡山的秋月完全重合了。

他在白天看见的，是大龙湫的壮丽——一幅帘，至上至地，有三四千丈高，百余尺阔……立在日光斜射之处，无论何时都可以看得出一道虹影。凉风的飒爽，潭水的澄清，和四周山岭的重叠，是当然的事情了。更重要的是，他看见了瀑布近旁的摩崖石刻，但没有一幅刻字题铭可以写出大龙湫的真景。是的，这样的瑰丽和生动，这样的雄浑和壮观，这样的变幻和震慑，什么样的诗句和词语可以概括和提炼呢？但这些摩崖石刻，毕竟代表了前人的观感，毕竟代表了一段消失了的时光，毕竟在追寻前人内心不朽的渴念。这是历史光阴的雕刻，是文人面孔的镶嵌，是诗情的突然爆发中的显现的灵感，然而这又怎能替代高山流水的真景？这时，他也和这瀑布所伴随的幽深的历史场景融为一体，和这瀑布旁边的铭刻融为一体，和高处落下的流水融为一体，感受到了瞬间的永恒。

文学家看到了远古以来的明月的忧愁和孤独；科学家看到了群山的巨大体量和山石的纹理精微，并试图从中发掘事物的原理；

而在画家眼中，雁荡山乃是美的化身，它不仅是它自身，还是均衡、稳定、奇异、偏离、惊危、充满了变化的非凡、似梦非梦的真实、天然的布局严谨和线条隐含的力量以及不可能的可能，面对一座座高低参差的排列组合，面对四季变异的色彩，面对山顶的劲松和飞度的烟云，也面对万涧激荡的奇景，胸中的波澜汹涌而起，大自然的笔墨远甚于宣纸上的人工画痕。近现代画家黄宾虹曾居住在灵岩寺，他经常面对眼前的大山凝视。天柱峰、双鸾峰、展旗峰等众峰耸立、各呈姿态，又互相照拂、彼此辉映，他渐渐发现了静止中的运动，发现了山峰的变化之中含有生龙活虎的跳跃。他对别人说，我懂得了什么叫万壑奔腾。

雁荡山的静中之动启发了他笔墨的变化。他在《雁荡仰天窝图卷》中充分展示了自然变化的精髓，让笔墨酣畅淋漓地行走于构图之中，草木与农舍、奇石与山势的绝妙配置，远山的淡影和空白对距离的暗示，笔锋与浓墨的变幻莫测和自由舒展，给我们呈现出画家激情四溢、难以抑制的感受以及中国画飞扬的精神延展于无限的审美盛景。而他的《雁荡山色图》同样用极少的笔墨展示了雁荡山的神奇。山岩的变化乃是在树影的变化之中，墨色的运作展示了奔放不羁的才华和造化的奇迹，这种静止中的飞动是对雁荡山神韵的非凡领悟。在画家看来，一切灵感和技巧都深藏于这些神奇的山影里，画家仅仅是用一支画笔将其从空白处挖掘出来。

黄宾虹在雁荡山居留期间，曾冒雨翻过谢公岭以观赏东外谷的老僧岩。明代诗人王守仁曾在老僧岩写下自己的感受：老僧岩下屋，绕屋皆松竹。朝闻春鸟啼，夜伴岩虎宿。这样的诗歌是朴素的，却说出了老僧岩的野性的环境和置身自然中的惊险体验。可是对于画家来说，这正是寻求视觉冲击的好地方，只有这样原始的野性之中才有着捕捉绝世画稿的可能。为了能够找到孤绝的自然摹本，他浑身被雨淋湿，却因看见了雨中的奇峰怪石而获得了内心超凡脱俗的欣悦。这是一次难得的观赏，他对大自然的虔敬之心，获得了山川神的入驻，并不断得到提升画境的秘诀。雁荡山让他痴迷，让他沉醉其中。一天夜里，黄宾虹独自走出寺院，很晚没有回来，寺院的僧人生怕在这深山出现意外，就去找寻他，结果看见他在夜路上一个人入迷地观看暗夜中的山影。

　　在这里，一个画家可以从千姿百态的山峰启示中看见绘画的局限。大自然的神工鬼斧和精微设计远胜于人在纸质平面上展现的笨拙的细腻和精工描画。可是人必须从自己的精神世界中获取属于自己的自然景象，也必须从一个二维世界里找到传导三维世界真实感的经验力量，这必定和一个真实的立体世界有着难以克服的差距，这就需要一个优秀的国画家运用充分的笔墨和色彩营造一种非凡的视错觉效果，以便让阅读绘画的人从这样的视觉差中重建内心的真实。这一点，没有比在夜幕中感受的山影变化更接近我们的内心真实了。这些山影的模糊性增强了阅读的歧义，也触发了我们展开想象的逻辑枢纽。这些山影让我们看见了人间万象。一个个或远或近的影子里既有稳重厚实的性格力量，也有飞扬、跃动、喧哗的青春气息。既有危险的倾斜，也有几座山峰之间的吸引和靠拢。既有双手合十的祈祷也有抬头仰望的形象。既有万物狂奔的山巅幻象的奇迹，也有绝对的宁静和孤寂。总之，这些变化无穷的山影，处处充满了暗示，每一个形象都意味着一个寓言、一个故事，都和人世的一切相关。人们通过这些自然形象看见了自己，看见了自己的内心世界，看见了自己的追求，自己的审美理想和哲学思想，看见了自己已有的文化精神以及对自我的种种理解，并试图将这一切放在自己的绘画之中。这样的绘画之中，外貌的相似已经不再十分重要，重要的是精神意义上的描摹，是移步换景、昼夜交变、奇峰环拱和雕镂迷离的物象和自我的吻合，因为万物之貌中含有的乃是元气淋漓的自然之性和内涵之神，画家对自我灵魂的认知要从其中汲取。

一张二十世纪三十年代以雁荡山为背景的老照片中，一排八人的手持礼帽的游客中就有著名画家张大千先生。这是一群画家，他们都被奇诡的雁荡山峰迷醉。合掌峰、天柱峰、展旗峰拔地而起、直耸云霄，浑然天成的观音洞以及水铺珠帘、飞流直泻的大小龙湫，让画家们目光迷离、神魂颠倒。张大千凝视铁城嶂峰深褐色的横波水纹，对同行者说，我断定雁荡山在几千万年至一亿多年前原是火山地带，后来沉没海中，岩石受到海水的侵蚀，再后来逐渐露出海面，再再后来又遇到冰河期，遭到冰川洪水的侵袭，岩石又进一步崩解和剥蚀，形成了现在怪异巍峨的绮丽山貌。张大千不仅对雁荡山峰的形成做了科学的猜测，也在这瑰丽奇特的山景中沉醉，饥渴地将这纷繁复杂的山貌纳入记忆。这一次游山的成果之一，是同行者一起合作了一幅流彩飞逸、泼墨成影、丘壑跃动的雁荡山色图。其中一人方介堪飞刀刻章一方：东西南北人，对同行者的来历作了高度概括。这是一个优雅的赏山画山的现代典故，一段绝美的雁荡山文人佳话，一个和雁荡奇峰相匹配的人间趣事。多少年后，方介堪根据记忆创作了一幅雁荡山色画，好友谢稚柳忆起当年同行共画雁荡的情节，题诗一首：曾揽浓光雁荡春，萍浮暂聚旧交亲。画图犹认当年屐，已散东西南北人。

民国名媛陆小曼的老师贺天健曾说，世界上有三个山水境地：一是人间的山水实境，一是唐宋历代诗里的山水境地，一是画里边的山水境地。在中国文化中，这三个境地何曾有过分割？实境乃是存在于虚境，虚境乃是实境的幻化，实境和虚境的叠加乃是山水诗的灵魂，山水诗的灵魂又在山水画中显现。著名画家潘天寿在二十世纪五十年代前往雁荡山写生，他试图将更多的民族性灌注到自己的山水画中，从而完成诗境到画境的转化和重生。雁荡山的景观和中国画的形式是多么契合。他的雁荡写生图将水墨晕染和轮廓勾勒进行了优雅的、有力的融合，在山水实境、诗境和画境之间完成了互相转换、彼此组合和互生，工笔与写意结合呼应，设色明媚而层次分明，景致清雅而浓淡相宜，传统笔墨的丰富性和真实景物之间的巨大张力，以及线条走势和苔草皴擦和前后景布设的气势神韵，在一气呵成之间再现了佛国山水浑然一体的古刹钟声、落花流水的自然禅意。

正如张大千的推断，雁荡山起源于几亿年前的地质变迁。那时洪荒时代的巨变在恐怖的意象中呼啸，海潮推起了一个个巨浪，雷霆在咆哮，闪电一次次从高不可攀的天穹贯穿了乌云，地火从岩层下突然升起，浓烟和火焰笼罩了大地，暴雨和飓风交相摩擦，漫长的时间沉浸于暗夜，星月晦暗，大地在翻天覆地的痛苦中叫喊。冰川在凝结，在消融，在运动，在漂移。河流在溶蚀，在冲刷，在奔腾。火焰在冷却，在冷凝，在重新提炼形象。岩石在形成，在崩解，在重新组合，在锻造诡异和奇景。一场颠覆乾坤的、伴随着阵痛的孕育和自我改造，席卷了世界。这一切，都是为了几亿年后诞生的人类，都是在为拥有灵魂的人类预备浩渺纷繁、山影变幻和奇峰迭起的视觉盛宴。而尚未出现的诗人、画家、旅行家、游客、农夫、樵夫和所有对雁荡山的渴望者，在遥远时光的另一端，耐心地等待。

（原载2023年5月6日《人民日报》海外版第7版，有增订）

张锐锋（1960— ），山西原平人，山西作家协会副主席，新散文运动发起人及代表作家，出版有散文集或长篇散文《幽火》《被炉火照彻》《皱纹》《蝴蝶的翅膀》《世界的形象》《祖先的深度》《卡夫卡谜题》《古灵魂》等。

春晒头

◎ 庞　培

　　冬天来的时候，起先是一种声音。周围安静，桌椅安静，厨房的壁纸和砧板安静。角落里粘蝇纸上偶尔还残留着几只秋蝇死尸，尚未来得及清理，现在你小心地伸出手指，去把这张纸捡起来落进垃圾桶。而在脏兮兮的粘蝇纸完全消失之际，空气里有一种仿佛客人落座之后的安静祥和，那就是冬天来了。明黄的太阳光，渐趋雪亮。这是完全不同于以往的一种白昼的安宁，些微的镇静，些微的平淡和寒凉。天空看起来比往常更加空旷、敞亮，云层稀薄，就像吃早饭时从精钢电饭锅盛进碗里的香米粥。冬天这一碗粥，要比秋天那一碗更加稀薄，米粒的液汁部分更多。吸吮在嘴里头、碗边头的声音更响亮。如果说夏天是一大碗热热的、烫嘴的稠粥，秋天则半干半稀，而一旦进入冬季，明显只剩下米粒少、米汤多的薄粥了。有时候人更乐意喝点薄的，吴方言，叫"薄浪汤"——一年中最饥肠辘辘的时节大抵过去了。市镇上，行人把眼光更多地投向了诸如"藏书羊肉""单县羊汤"和"淮南牛肉粉丝汤"之类的冬令进补食品上面了。一年一度的羊肉店生意又开始热络起来。事实上屠夫杀一只羊，从活羊到剥皮去骨脱肉，全过程仅四分钟。有些羊肉店，夏天一过，九月初就张灯结彩开张了。然而更多的熟客们涌进店堂，照例还是在立冬节气的那几天过后。

　　冬去春来。春节一过，春的音讯，在城乡村镇之间，就越来越明显了。春风轻吹。春天来的时候，起先也是一种声音：一两种小鸟儿啁啾。声音在阳光下，听起来幼嫩、明黄，仿佛孵化中的小鸡出壳；野草、庄稼，渐渐从僵寒的冻土带开始拱破野外湿答答的薄冰层。寒冷而漫长的冬夜，就这样永远落在了这黑暗的冰穹之下。在冬和春的边界，在最冷的地方，春的讯息最明显。空气开始流动，一旦流动，就十分快捷，好像自然万物，又再次蹑手蹑脚，轻嘘出一口气，获得了年轻的心性。一切大地上的趋势，都全往年轻上走。山林、河流、公园、广场、城乡新开发区、溪谷、动物园、户外露营的餐厅……颜色、声音、形状、光线，瞬息万变。本来不动的，突然跳跃起身，唱机上蒙尘的唱针，猛地加快了转速。在寒流中昏昏欲睡的，刹那间翻身坐起。小区的一天，充满了很多、各式各样的窗户，有居民家的门窗，有办公楼的窗户，有洗车行的窗户，有变电所的窗户。一扇又一扇的窗户，在行人眼前晃动。他追赶着眼前飞驰而去的地铁车厢，发觉那其实是一扇又一扇接踵而去的行驶中的窗户。一下子城区的千百幢高楼大厦，都晃动起各自在都市汪洋中的作为海平面的波涛汹涌的窗户。最初，春天的建筑材料是玻璃，钢化的幕墙玻璃和普通居民别墅的门窗玻璃。各种玻璃的反光折射闪烁不定，从早到晚一整天未曾停歇。光源和光亮，暂时还是寒凉、冷飕飕的，暂时还让人缩下脖子，竖起挡风的衣领。空气中暂时还流淌着一种生命避寒的本能，但很快……衣领，脖子，本能都不再瑟缩畏惧，发生了某种轻微、肉眼不可见的变化，令各种动物欢喜、唯独人类犹疑迟钝的变化：死者已证明彻底死去，活人还将完好无损地活下去。春天最初显现的地方，竟然是社会生存的边界地带：火葬场、医院、监狱、幼儿园、林场、常年恒温的游泳场馆。鸟儿啁啾，仿佛往空气中添加上了一两行柳条叶，将一两行明黄的颜色涂抹成字句。大地冰封一季，然后解冻。一小支口红从床头柜上滚落在地。小鸟突然挣脱了冰雪的那种如释重负感，迅捷无比，仿佛电源开关一下子被接通了：早春二月。没有喜悦，但有比喜悦更重要的内涵：真理和真相。这就是市井百姓人人心口一致的说法：来年开春。已经不是来年了，而是今年——此刻。

事实上，冬天有时候就像早春，而早春也更加的酷似冬天。在严寒的大地上呼呼吹过的和煦微风到了某一天晴朗的午时，人们骤然之间，感知到风里面温度的微妙变化，把眼前吹过的风称为"春风"，那就是仿佛女孩子们嘴唇翕动般的明媚的春风。在江南，最初的春风就这样仿佛出自行人想象般地在严寒料峭中莅临。春和寒冬相互夹杂，相互搀扶着一同上路，迈出去的脚尖几乎是同一行人的左右双脚，一先一后不分伯仲，难以分辨出来彼此。人们说，田岸头上的野花长出来了，有的零星开出花了。那些野花在过年前夕，最冷的腊月里就长出了幼嫩的绿色枝叶，只不过没去看见的乡民不敢相信罢了。

大地回春，原野上的一切都在颤抖，小花小草，河水岸滩，篱笆电线，空气风寒，都被一股贴地的暖流弄得时冷时热，吹拂得前心贴后背，晕乎乎的。那股暖气流，恍若恋人耳畔最初的许诺试探，有时候只是轻微示意，根本算不上像样成型的句子，甚至只是脸颊耳根之间的一次靠近，或呼吸之间骤然加快的心跳，但却是心比天高的郑重肯定。一个时刻即将来临，事实上已经来临。只有沉默不作声的恋人自己心知肚明。虽然一切都明白无误却又情不自禁，对周围的一切保持高度敏感和警觉。相信是迟疑、命定的；不信任或某种程度的难以置信却是天生、自然而然的。寒冷和大地开春之间的这种耳鬓厮磨，用恋人这一形象来形容，真是再合适不过了。有时候，相爱的双方事实上只剩下了互相折磨。那是多么迷人、羸弱的田野风景：前方能够看得见的田埂，全部碎了，被一整个严冬封冻成了酥松、光流泪不会说话的一长溜阳光下的碎土，仿佛田野曾经在隆冬的深夜尽头下跪过，最后，膝盖骨都跪碎了，才换来今天可以起身站立的号令——无疑，完全站不起来了。周围阡陌纵横的平原旷野，无一例外，全部一样。风把一阵裹挟着冰屑的碎土吹起来，那小股扬起的田野上的风，仿佛一张张讣告，长夜尽头的讣告，吹起，落下：今年冬天，零度冰点的日子，实在太漫长了，太多了，而春风下的太阳光，又实在太过耀眼！令人颇感委屈的酸涩生还啊。

河水新生。河床新生。奔涌的泥浆新生。老人脸上的皱褶一行行新生。酒坛和苔藓新生。孤独唱片新生。深埋于地下的音乐唱片行新生。电影制片商新生。银幕新生。银幕之下的座席新生。博物馆门票新生。道路新生。脚步新生。白云新生。古老的婴儿新生。药剂师窗口新生。万无一失的杀手新生，充满了精确的技术细节。项目策划人新生。大楼新生。屋顶狙击手在一颗射出的流弹中新生。钻石、戒指、匕首在动荡不宁的大海上新生。"摊开地图/飞出来一条龙。"（罗大佑）光阴的故事新生。正午刚过十一点新生。烧了一壶咖啡的厨房新生。货架新生。库房用的拖车新生。沿着山坡向下的汽车松开的离合器新生。一块五成熟、拌上了生菜色拉的阿伯丁安古斯里脊牛排新生。

大冷天，空气清寒。春晒头，万物生长。各种植被食物的气味，又重新蓬勃开放，四处漫漶。大街上的茅坑厕所，又重新有了熟悉、热烘烘的臭气。蜜蜂飞来，嗡嘤忙碌，带来萝卜、青菜、油菜花零星的幽香。那时候的街巷里弄，也常见前院后宅一小块一小块的私人菜园，园子里也会有不规则的油菜花田，澄黄耀眼的一块块，一畦畦，生长出喜人春光。县城里照例能闻到油菜花香。吴方言，"春天"叫"春晒头"，韭菜、蓬蒿菜、莜麦菜、秧草头上市，蓬蓬松松，碧绿一片。二月份，长江里的刀鱼上市，新鲜的刀鱼出水即死，湿淋淋一片银亮。水产行门口全是人。买的人少看的人多。江海渔业社出海捕回菜市场的鱼，十几大箩筐装满了全堆在路边上。空气里冰冷的鱼腥气味清新活泼到令人惊诧的程度，和冬春之交的河水味道，如同冰雪消融般掺杂在一起。你简直不能想象，新鲜鱼腥在人们的感官中也会光可鉴人，银亮耀眼。当你经过水产行门前，看见了一大堆鲜鱼，又重新走回到浮桥头街弄口，沿街屋檐头融化的雪水正在"吧嗒、吧嗒"被太阳光晒化，一汪汪滴落下来，而与此同时，你耳朵、手背、脚跟上的冻疮开始发痒。这时候，早春二月如同路人身上发痒的冻疮，一点一点开始让人心神不宁，欲罢不能。

那时候，家家户户都是弄堂几进深，或沿街的平房，每户门前都安放一枝折下的竹竿做成的丫杈头，斜倚在江南人家房门前。大白天家门大开，从不避讳盗贼小偷，也没多少值钱的家当。家里的抹布、鞋子，都习惯进门之前，顺手拿起挂到"丫杈头"伸出的枝杈上。鸡鸭鱼肉、蔬菜之类，上河滩洗刷之前，也多集中挂放在此。人们长年累月挂在丫权头上的，一般总有一只洗刷用的小板刷、淘米筲箕、丝瓜筋筋之类。到了早春二月，刀鱼季节，也就二三十天的光景，县城寻常的一景就是，家家户户门前，一串串刀鱼悬挂在傍门的丫权头顶上。鱼味道，跟竹竿的清气混在一起，闻起来既有水乡特有的韵致，又有水色粼粼的竹林气味，格外沁人心脾。刀鱼的鲜味，先是用鼻头闻见，再让眼睛看见：三两重的刀鱼刚出水（长江水），尾巴还往下滴水，看起来真像是精美绝伦、雪白耀眼的一尾尾宝剑。

江南人家杀刀鱼，一根细筷儿头从鱼腹尾部捅进去，轻轻一钻、一转，拔出筷儿，鱼内肠就跟着全部清理净尽。刀鱼的血也鲜嫩欲滴，殷红殷红的，落在井台上，像杀死了一只小猫。

刀鱼清蒸，用盐、葱、姜三样足矣，有时淋上一点儿酱油，味极鲜嫩。长江边的船上人家吃刀鱼，常常敲一枚钉子把鱼钉在木头的烧饭锅盖背面，开始煮饭，待米饭煮熟，锅盖开，盖上只剩余下来一条完整鱼骨，所有鱼肉悉数脱化融入喷香的米饭中，撒几粒盐，或淋一小勺酱油，考究点的渔家，掘小块猪油上去，米粒油亮，鱼肉混在饭锅上，俗话说："打上十八个嘴巴子也要吃。"二月的江风彻骨寒，渔民们整日出没风浪中，虽全身上下棉帽兜皮裤，仍冻得面红耳赤，冻疮累累。吃一顿中午饭，全凭此尤物自我慰藉酬劳。

闻名遐迩的"长江三鲜"，刀鱼、鲥鱼、河豚，尽随此春潮春汛溯游，从远远的海上游到内陆。刀鱼最早，过完春节到正月十五一过就上市，紧随其后的是最为名贵的鲥鱼。鲥鱼来时，渔船往往三五成群，几十上百只在江面"一"字排开，每只船舱中间安放一只大鼓，用系上红绸的鼓槌准备开捕，待某个下午或白天的时辰，远远朝下游东首的江面盯视，有经验的老渔夫站立船头，远远望见江面尽头慢慢出现一片晕涸的桃红色，就立即大手挥下，示意船民们开始集体槌鼓，鼓点由低而高，从慢到快，盖因每一年鳓鱼现身之际，其周围尤其鱼群前方，会有更大数量的一种红色小鱼为之开道，成群先行，以壮行色。鳓鱼并非一条一条单个游出，而是一种准群体性鱼类，性喜成群结伙出现，而且一听见附近渔船上的鼓乐声，就纷纷大喜，肾上腺素飙升，兴奋莫名，个个争先恐后跳到空中，跃出水面，仿佛为了争抢到邓丽君演唱会的一张门票。人们说，世人从未看见过活着的鳓鱼，只亲眼看到出江水的鳓鱼跃入空中，闪亮登场，在落下来的过程中，半数重入江流，不一会儿，随着渔船中激越的鼓声，又再次起跳，反复多次，直至最后精疲力竭，落入江面上数不清的船舱中。那些作为开路先锋的神奇红鲱鱼，有经验的渔民们则往往一路放行，任由它们继续往上游去。如是，鳓鱼就自行留在了江面捕鱼鼓乐喧天的船舱里。而且，这种名贵的鱼性极刚烈，一旦落进船舱，脱离了它们赖以生存的大江激流，瞬间即死。鳓鱼全是整条整条三斤以上的大家伙，渔民们说，古往今来从未见过个头小的鳓鱼，但也从未听说有六斤以上的，通常都是两三斤到六斤之间的个头，齐刷刷的，个个出自鱼类中的西点军校，而且一条条自生下来就是鼓声的拥护者，铁粉，视死如归。

刀鱼汛，鳓鱼汛，紧接着是素称有七十四种品类的河豚汛。刀鱼银亮。鳓鱼雪白。河豚娇憨。人们说，清明节一过，刀鱼刺就硬了，鱼价大跌。鲥鱼最贵，一九七〇年的春天，也要卖人民币七角一斤，远比猪羊牛肉贵，是老百姓眼里最贵的东西。味道好呀，红烧鲥鱼分段装碗，一条五斤重的鱼，可分装好几大海碗。连鱼鳞带肉一块儿下锅，肥嫩异常。人们说，刀鱼鲜，鲥鱼油（肥），河豚嫩，各有各的绝妙。长江鲥鱼，现在是吃不到了，一九九八年江阴长江大桥落成通车，鲥鱼一夜之间，就从一百多公里长的下游段集体消失了。鲥鱼每年总是集体地来，乡下人赶节场似的，如今也集体性消失，彻底绝迹了，这真是大自然、大江大河令人费解的奥秘啊！因而在美丽的"长江三鲜"中，鲥鱼是唯一现象级的品类。往常，它们随着每年的春汛和江面的寒风，成群结伙游过崇明岛，游过南通港和太仓、德积，游到黄山席帽峰下的江阴水域，正好身上的盐分悉数退净，肉质也丰腴鲜美，不瘦不肥。它们集体到贴近悬崖的长江南岸产卵、休养，接着再奋力上溯，游过扬中、镇江、南京，最远的鱼群，一口气可游几百公里，游到荻港、芜湖段，再往上就没有了。然而，能游到南京的刀鱼、鲥鱼、河豚，身体都精疲精瘦了。如同登珠峰的运动员或户外爱好者们，一般而言，抵达大本营（江阴、靖江）时，身体状态最佳，越往上攀爬，越脱离人形。而江阴靖江之间的水域，正好有一个十里长山（古称石岱山），十里长山的大小湾，往西，又有一个韭菜港，滚滚东流的江水，在此形成一个天然回流湾，此地曾经是世界闻名的扬子江造船厂，原来的厂区、船坞、码头，现已改建成风光秀美的"船厂公园"。韭菜港，往西是黄田港。再往西是著名的夏港、申港。申港有季子（札）古墓。申港再往西，到远近闻名的桃花港。

长江三鲜中，刀鱼、河豚现在还能吃到，自然价格不菲，属于半野生半人工养殖吧，纯粹野生的基本上看不到了。这几年长江正在实施环境大保护，今年，恰好是十年禁捕期的第三个年头。刀鱼、河豚勉强存活了下来，鲥鱼呢，如此决绝地不回头，可以说，是在江水中追随老旧的靖江、江阴县城而一去不复返了。

江南的繁华落尽矣。

河豚清蒸、白烧、炖汤，可以说，省外之人根本无法想象。饭馆酒楼，多见的是红烧。自古江阴有"拼死吃河豚"一说，此说也铸就了一地一城民众的脾性品行。也有风趣的谚语，叫"河豚可退而不退，刀鱼可进而不进"。《本草纲目》上有："河豚性至毒。惟江阴人食之不死。"大意如此。江阴人红烧河豚，底下往往设一层绿油油的嫩秧草，草头的鲜味，亦丝丝渗透到鱼肉里头，鲜甜异常。靖江人烧河豚，也红烧，也炖汤，手法多样时髦。江阴人不赶时髦，忠实于古法、老法头味道。南通人烧河豚，介于红烧和白炖之间，我到狼山脚下，也吃过两三回。之后比较有名的烧法，是扬中岛上人的，也用绿嫩秧草，外加笋尖、笋片、火腿，更加的华美丰饶了。苏东坡当年吃河豚，在武进乡和桃花港一带，后人猜想，也是酱香的烧法吧。

我小时候从浮桥头大弄口跑过，尤其沿河的后街一带，见家家户户门口头的丫杈尖梢上，都挂着一大清早捞上来的刀鱼，尾巴往下滴水，跟屋檐滴下的雪水呈同步节奏。弄堂的石板破损，地面坑坑洼洼，各人家的门洞，刀鱼的眼珠圆溜溜朝上瞪着，乌黑发亮。用稻草绳系牢的一串串刀鱼，少的一两条，多者六七条。一般人家门口，至少挂上一串刀鱼晾干。富裕人家，丫杈头上下挂满七八串的也有。我每每会停下脚步，好奇地一条条去审视刀鱼头上的大小短长，去看鱼的眼珠，再认真地听一听屋檐的雪水声音。那就是春天到了。早春二月，春天是从寒冷、手背手心的冻寒开始的。春天是从街头巷尾闪闪发亮的鱼鳞开始的。那时大街、阴沟、井台，马路边头，电线杆底下，全是各式各样的鱼鳞，有青鱼、马鲛鱼、草鱼、鲫鱼、鲢鱼、混子、火舌鱼、白鱼……整个县城都被各种江河湖海的鱼类占满了，就像县城里里外外的墙面贴满了的大字报。刀鱼的鱼鳞最小，汪（流）进阴沟之前，最易令小孩子的眼睛一眼认出。弄堂前后飘满了一上午或一下午的刀鱼晾挂出来鲜陈不一的鱼腥味，那味道又跟其他食物草木不一样，出奇的轻快、洁净，沾着江河水流的清水味道，恍若临终的遗言，令人惊恐，又肃然起敬。小小年纪（六七岁）的我，于是，仁立在黄昏的运河边，默默受教于这自然万物的离奇教诲和春的养育。古旧的街巷，刀鱼仿佛游向了另一个更加幽深的人间的水域。一阵寒风吹过，窗台屋脊的积雪簌簌。挂在屋檐头上的，几近于冰的刀鱼，亦有此"簌簌"声响。一条刀鱼，起水半天之后，一半冻成了冰鲜，一半还淌着水。鱼嘴微微昂扬着张开，上年纪的居民去菜市场买鱼，只看鱼鳃，凭鱼鳃的鲜红耀眼，立判出该鱼出水被捞的时间。但最为神奇的，仍是刀鱼滴溜溜圆的黑眼睛，嗅闻在鼻子里，恍若一捧雪，枝干虬结的梅花雪。

我最后一次看见鲥鱼整条的卖，是在一九八七年，我二十五岁。三四月里一个晴朗的黄昏，江阴步行街西首，那时候还有一个临时的菜市场，叫"虹桥菜场"。一条整的鲥鱼，五斤左右，出水很久的样子。有六七个人围观，很快，因为临近下班时间，围观者成群结队。有人冷漠地走开，有人走了一会儿，又回转来重新加入此围观，鲥鱼白嫩华贵，肥实，有刚出生的婴儿那般大小。鱼贩子开价十五元，一分不少一分不减。我记得，我也停下来好奇地张望了几分钟，见没人买，随即就半带讥笑地在心里想，卖这么贵，恐怕只好贩子自己吃呢。同时隐隐约约觉得，今天不买（也没那么多钱），以后总还可以再碰得到。我转身离开，此后再没在世上的任何地方见到过长江鲥鱼。那大鱼平躺在地面，鱼腹微微鼓起，看起来是条雌鱼。死亡正在它的身上迅捷飘走，恍若暴雨来袭之前天空的云影。每一秒钟都比上一秒钟死得更彻底、无望、坦然。鱼贩子所展示的，仿佛博物馆地面层精心还原的出土现场，一小块夹杂着中、日、英、韩文字的告示牌。

（原载《红岩》2023 年第 2 期）

庞培（1962—　），本名王方，江苏江阴人，诗人，新散文代表作家，出版有《四分之三雨水》《低语》《数行诗》《五种回忆》《乡村肖像》《童年册页》《途中》《中国书写》等诗集或散文集。

走过鲁迅小道

◎ 沈轶伦

真可爱啊，鲁迅。

你总能想象一个横眉冷对千夫指的神色严肃的先生，你能想象一个会在百货公司里逛街、挤玩具柜台的先生么？那也是鲁迅。

许广平在《鲁迅先生与海婴》一文中写道："从前这书呆子的他，除了到书店去，其他的什物店是头也不回地走过的。有了海婴之后，他到稍远的地方，一定要到大公司的玩具摊上，留心给小孩拣选玩具。"

他这么有品位的人，会为孩子挑选什么呢？在如今对外展出的周海婴的玩具珍藏里，那些小哑铃、玻璃弹珠、九连环、智力套圈和算数盘里，究竟哪一个是鲁迅亲自买的呢？他自己说过的，"这孩子也不受委屈，虽然还没有发明'屁股温冰法'（上海也无冰可温），但不肯吃饭之类的消极抵抗法，却已经有了的。这时我也往往只好对他说几句好话，以息事宁人。我对别人就从来没有这样屈服过"。

他服软。服软的鲁迅多么可亲。他到上海来，他战斗、他写文章、他支持青年、他振臂高呼，他也为这个小宝宝买药、种痘、晒太阳、称体重、过生日，他亲力亲为地带这个受了"三家邻居警告"又多生病的淘气包去医院或请医生来家诊治。1935年1月4

日，鲁迅在给萧军和萧红的回信中说："……知道已经搬了房子，好极好极，但搬来搬去，不出拉都路。正如我总在北四川路兜圈子一样。"你在照片里能看到他在上海昂首挺胸去高校演讲时的步态，却想不出这位斗士怀揣着玩具在上海走回家时的表情。

他是沿着昔日的北四川路，今日上海虹口区的四川北路来来回回走着的，走了十年，从景云里到拉摩斯公寓，从内山书店到大陆新村，还有木刻讲习所旧址、中国左翼作家联盟会址纪念馆，鲁迅去过的每一幢建筑分明都还在，只是那个牵着儿子手"回眸时看小於菟"的老虎爸爸，不在了。一切，化作了一条"鲁迅小道"，每隔几米，在地砖上，镌刻着指路的标识。如今任何一个游客，只要踏上这个区域，只要沿着地上的指示标志，就能和鲁迅先生的足迹，在这座城市里交会。

我时不时会去这条路上走一走，想这一刻是多么幸运。上海有外滩、梧桐区、各类购物场所，有无数漂亮摩登的网红打卡点，但上海不仅仅是这样，上海是"中共一大"会址所在，上海，是一座有过并永远留住了鲁迅的城市。

那是1927年的10月3日，鲁迅与许广平乘坐太古公司的轮船到达上海。来到上海的第二天，周建人、孙伏园、林语堂等即来探望，鲁迅邀请他们吃饭并合影。5日，鲁迅就走进了内山书店，仅1927年10月5日到10月31日期间，鲁迅就前往内山书店10次之多。10月8日，他迁入景云里。

1930年，在内山书店主人内山完造的介绍下，鲁迅迁入拉摩斯公寓，住三楼。当时，公寓里的住户身份颇为国际化。柔石、冯雪峰、郁达夫、史沫特莱和内山完造成了鲁迅新家的常客。

正值国民党白色恐怖最盛时期，鲁迅不顾个人安危，在1932年让一度担任中共最高领导人的瞿秋白及其夫人在家里避难半个月之久。是年12月，陈云奉命前往鲁迅先生家转移瞿秋白夫妇，匆匆与先生见过一面。这是陈云第一次也是最后一次见到鲁迅。1936年10月，正在莫斯科共产国际工作的陈云听到鲁迅先生逝世消息后，即以"史平"为笔名，写了一篇题为《一个深晚》的文章回忆这次会面。其中写道：

"大约是深晚十一时许了……秋白同志就指着那位主人问我：'你们会过吗？'我和那位主人同时说：'没有。'秋白同志说：'这是周先生，就是鲁迅先生。'同时又指着我向周先生说：'这是×同志。''久仰得很！'我诚恳地尊敬地说了一声。的确，我是第一次见鲁迅。他穿着一件旧的灰布的棉袍子，庄重而带着忧愁的脸色表示出非常担心地恐怕秋白、之华和我在路上被侦探、巡捕捉了去。他问我：'深晚路上方便吗？''正好天已下雨，我们把黄包车的篷子撑起，路上不妨事的。'我用安慰的口气回答他……我这第一次的会见鲁迅也就成了最后一次的会见鲁迅了……当我读了报纸上鲁迅病卒的消息时，我脑子里一阵轰轰的声音，坐在椅子上呆呆的出神了几分钟，那身穿灰布棉袍和庄严而带着忧愁脸色的鲁迅立刻在我脑子里出现，似乎他还在说：'深晚路上方便吗？'……鲁迅虽死，鲁迅的精神不死。"

1932年，红四方面军将领陈赓秘密来沪，鲁迅也是在拉摩斯公寓与他会谈至夜深。到公寓来拜访过鲁迅的，还有文学青年、茅盾的妻弟孔另境，1932年暑假前他因为党组织传递革命书刊而在天津被捕，后经鲁迅先生托人全力营救而保释出狱。回到上海，孔另境一心想"去结识这个富有侠义心肠的老头儿",由此到了鲁迅当时居住的拉摩斯公寓。两个月后,孔另境再去拜访时,鲁迅正准备搬家。1933年,内山完造掩护瞿秋白夫妇搬到施高塔路(今山阴路)东照里12号,同年4月,鲁迅搬到大陆新村9号,房子以内山书店职员名义租下。不久,茅盾也入住大陆新村。

瞿秋白住的东照里,和大陆新村相距不过百米。而鲁迅的日本友人内山完造开办的内山书店,已经于1929年从四川北路魏盛里迁到了施高塔路11号(今四川北路2048号),就在山阴路四川北路路口。这家书店曾是陈望道、田汉、郭沫若等进步人士常光顾之地,也一度成为鲁迅等左翼作家的重要活动场所。1935年6月,瞿秋白被国民党杀害,为纪念亡友,鲁迅生命中的最后一年,许多时间用于编校瞿秋白的译著《海上述林》,直至辞世前一个月。

他为瞿秋白题写"人生得一知己足矣,斯世当以同怀视之"的条幅。他家里留着瞿秋白的书桌,这张桌子和鲁迅的家具一起,至今还在上海鲁迅故居里。1936年10月18日,鲁迅给内山完造留下便条:"老板阁下:没想到半夜又气喘起来。因此,十点钟的约会去不成了……"这成了他的绝笔。

今年我为王晓明老师做访谈时,他说:"我们今天生活的时代,虽然和鲁迅所处的时代有了很大的不同,但鲁迅当年面对的许多问题,如确认自己的人生意义、理解自己所处的时代等等,同样是我们今天需要面对的。历史虽然一直在变化,但在很多时候,不同历史时段的社会和人生状况,并不如我们所想象的那样截然不同。正是因为理解了这一点,我才会发出你所引的那番感慨，不再把鲁迅视为神龛里的偶像，而是把他看作我们身边的一个作家、一个文人、一个知识分子，并且因此对他有了更多的理解。"

"把他看作我们身边的一个作家、一个文人、一个知识分子"，我想着这句话，沿着鲁迅小道走着。

大陆新村外，山阴路上的水杉绿得可爱，重新装修开张的内山书店，陈列着鲁迅主题的文创产品，路口的万寿斋，有全上海最好吃的馄饨和小笼，有从店里走出抱着孩子的老人，到四川北路上，匆匆骑着共享单车经过的青年、提着小菜篮子转入居民楼的主妇……一切在日常的转动间，显示着生命的自序和自足，显示着灵与美，这是鲁迅和瞿秋白沿着这些路走过时，怀着热泪畅想过的未来吗？我们身处的平凡无奇的此刻，正是他们为之献身的理想未来。

"理想并非和现实不一样的只存在于未来的图景，它就在现实当中，正在和现实当中的另外一些东西尖锐地对立、矛盾并冲突着，只不过很多时候我们意识不到而已。就像鲁迅说的，那些我们不知道的埋头苦干、舍身求法的人。"王晓明老师这样和我说。

先生不在了。内山夫妻离开中国前的最后一刻，在书店里还保存着鲁迅先生生前一直坐的藤椅。内山完造说，那是"先生的遗物"，"我桌边的椅子（先生的定席）已成了徒然引起我泪水的遗物！"

1936年10月19日下午，摄影机捕捉到，在大陆新村二楼，一个男孩探头向外张望。那是7岁的周海婴，在等待父亲回家。

鲁迅曾"埋汰"儿子，说"我希望他快二十岁，同爱人一起跑掉，那就好了"。这个用上海这座城市命名的孩子长大了，蓬勃地、拥有生命力地长大了，不再多病，也不再顽皮，时间的伟力，改变了一个孩子，也彻底改变了上海的面貌。

周海婴20岁生日是1949年9月27日。

三天后，新中国成立。那一天，瞿秋白的女儿瞿独伊在开国大典上用俄语向全世界播出中国的声音。在上海，在四川北路，在大陆新村，在东照里的居民，在那一天，一定也开响了收音机广播的声音。

鲁迅先生，倘若你在，"那就好了"。

（原载2023年9月25日《文艺报》，略经增订）

沈轶伦（1983— ），上海人，毕业于上海师范大学人文学院，现任《解放日报》记者，上海市作家协会理事，已出版城市人文题材非虚构作品《如果上海的墙会说话》《隔壁的上海人》，并发表小说《识字》《礼物》等。

朱自清的紫藤花

◎ 徐　可

　　对于我的江苏老乡朱自清先生，我一向是心怀敬意的。忘了最早是什么时候开始读他的作品——大约不是小学就是初中吧；也不记得最早读到的是他的什么作品——反正不外乎就是《春》《绿》《背影》《匆匆》，《荷塘月色》应该比较晚了，似乎是在高中阶段，《桨声灯影里的秦淮河》就更晚了，应该是大学或以后；然后就买他的书，《欧游杂记》《经典常谈》都是通读过的；十二卷本《朱自清全集》现在还摆放在书架的醒目位置，有时候还会抽出一本随便翻翻。他那种真实的书写，真挚的感情，真诚的文风，都是我所喜爱的。

　　心怀敬意，当然不只是因为先生的作品，更可钦佩的是先生的人品。先生不仅以作品为世人所知，他不为五斗米而折腰的文人气节更是广为传颂。

　　因此，但凡有机会到先生足迹所及之处，我必尽力追寻先生的踪迹。在江苏扬州安乐巷27号，我曾经瞻仰过朱自清故居；在浙江温州，我曾经探访过"朱自清的梅雨潭"（此为笔者所写散文标题）；最近我来到浙江临海，又闻到了朱自清笔下的紫藤花香。

　　这是癸卯年暮春，因参与一个以先生名字命名的文学奖项的评选工作，我第一次来到临海，不但饱览了临海的湖光山色，而且感受到了朱自清在临海的人文气息。

"我对于台州，永远不能忘记！"

这样深情的话语，出自朱自清先生的《一封信》。先生笔下的台州，即今台州临海，历史上长期是台州的州府之地。

其实先生在临海居留的时间很短，总共也不到一年。

1922年年初，朱自清受浙江省立第六师范学校校长郑鹤春邀请来到台州任教。待到四月，因他与杭州一师还没有完全脱离关系，一师的同学们又要求先生回去。朱自清对六师的同学们说："暑假后一定回台州来。"先生没有食言，九月间，他带着妻儿一起来到临海，继续工作到1923年初学期结束。

短短不到一年时间，却产生如此深情，究竟何故？

朱自清在临海的时间虽短，却很繁忙。为生活所迫，他不但承担了很多课程，还承担了学校的许多其他工作。据有关资料记载，他当时担任的是图书室主任，还负责文牍、哲学、社会学、国文、国语、科学概论、公民常识、西洋文学史等。同时，他还不断地写作，与俞平伯、叶圣陶等文坛好友保持着通信，共同创办并坚持编辑《诗》月刊；还指导学生们学习写作，帮助他们修改稿件。

但朱自清是一个热爱生活的人，他有生活情趣，懂得享受生活，而不是为生活的重担所压垮。

朱自清喜欢山水。他每到一地，必登山临水，陶醉于自然风光之美。他在作品中，留下了大量模山范水的优美篇章。如《绿》《荷塘月色》《桨声灯影里的秦淮河》等，都是脍炙人口的名篇佳构。

在临海，在繁重的工作之余，朱自清同样沉醉于山水之间。正是临海的自然风光给朱自清留下了极其深刻的印象，以至于后来他在文字中每每提及，以至于他发出"永远不能忘记"这样的浩叹。在他的散文《一封信》《冬天》《儿女》，诗歌《我的南方》《昔游之台州》中，都有关于台州府城的记忆。他写道："南山殿望江楼上看浮桥，看憧憧的人在长长的桥上往来；东湖水阁上，九折桥上看柳色和水光，看钓鱼的人；府后山沿路看田野，看天；南门外看梨花——再回到北固山，冬天在医院前看山上的雪，都是我喜欢的。"当然，先生对台州人的印象也极佳，他说："台州一般的人真是和自然一样朴实。"回忆起台州期间的生活，先生这样写道："无论怎样冷，大风大雪，想到这些，我心上总是温暖的。"

　　最让他心心念念不能忘记的，是台州的紫藤花。他在《一封信》中以朱氏特有的抒情语调这样写道：

　　"我不忘记台州的山水，台州的紫藤花，台州的春日。"

　　"我真爱那紫藤花！在那样朴陋——现在大概不那样朴陋了吧——的房子里，庭院中，竟有那样雄伟，那样繁华的紫藤花，真令我十二分惊诧！她的雄伟与繁华遮住了那朴陋，使人一对照，反觉朴陋倒是不可少似的，使人幻想'美好的昔日'！我也曾几度在花下徘徊；那时学生都上课去了，只剩我一人。暖和的晴日，鲜艳的花色，嗡嗡的蜜蜂，酝酿着一庭的春意。"

　　他以细腻的笔触，拟人化的手法，把紫藤花描绘得栩栩如生，动人心魄："我自己如浮在茫茫的春之海里，不知怎么是好！那花真好看：苍老遒劲的枝干，这么粗这么粗的枝干，宛转腾挪而上；

谁知她的纤指会那样嫩，那样艳丽呢？那花真好看：一缕缕垂垂的细丝，将她们悬在那皴裂的臂上，临风婀娜，真像嘻嘻哈哈的小姑娘，真像凝妆的少妇，像两颊又像双臂，像胭脂又像粉……我在他们下课的时候，又曾几度在楼头眺望：那丰姿更是撩人：云哟，霞哟，仙女哟！"

以下的表白更是直白得近乎极致了："我离开台州以后，永远没见过那样好的紫藤花，我真惦记她，我真妒羡你们！"

朱自清的散文，大抵以清新、自然、朴素见长，他擅长以最朴实、最冷静、不动声色近乎白描的文字，表达最深沉、最真挚、最动人的感情。比如，他在散文名篇《背影》中写他的父亲，用白描手法写的是父亲的衣着和动作："戴着黑布小帽，穿着黑布大马褂，深青布棉袍。""他用两手攀着上面，两脚再向上缩；他微胖的身子向左微倾，显出努力的样子。"在《荷塘月色》中写荷叶写荷花写月光，用的是比喻的手法："叶子出水很高，像亭亭的舞女的裙。层层的叶子中间，零星地点缀着些白花，有袅娜地开着的，有羞涩地打着朵儿的；正如一粒粒的明珠，又如碧天里的星星，又如刚出浴的美人。""月光如流水一般，静静地泻在这一片片叶子和花上。"不管是写亲情还是写风景，都是以很冷静很克制的笔调。即便在《绿》《桨声灯影里的秦淮河》等散文名篇中，也没有如此"浓得化不开"的激情。以如此热烈的语言，抒发如此火热的感情，如此直抒胸臆，在他的作品中有，但不多见。究竟是什么缘故，让他对台州、对台州的紫藤花如此魂牵梦绕？如此情有独钟？台州的紫藤花到底寄托着他怎样不为人知的感情？在临海举行的朱自清文学奖高峰论坛上，有作家提到，据有的专家考证，朱自清在台州期间曾经有过一段刻骨铭心的感情。对此，朱自清的嫡孙朱小涛先生也只是哈哈一笑了之。

不管怎样，台州对朱自清而言，是极为重要的。临海当地的学者陈引奭先生指出：在台州的一年，是朱自清人生中重要的一年，他的人生观和文学观在这一年出现突破。他的"刹那主义"就是在这里提出来的。在台州，他找到了人生与事业的"一条路"。他后来的写作、教学，在抗战初期主持珍贵书籍南迁，最后成为民主战士，都源于他在这里找到的"一条路"。或许，在台州的时光，就是朱自清"龙场悟道"的时候。这里"清新秀丽"的山水古城也就成了朱自清"悟道"的"龙场"。对于陈先生的这一观点，我也是赞同的。朱自清后来回想起台州生活时就曾经这样写道："我正苦于想不出，这却指引我一条路。"在致俞平伯的信中，他直言不讳地对"不管什么法律，什么道德，只求刹那的享乐"的及时行乐思想表示坚决反对。他主张："第一要使生活的各个过程都有它独立之意义和价值。——每一刹那有每一刹那的意义和价值！"他进一步解释他的"刹那主义"："写字要一笔不错，一笔不乱，走路要一步不急，一步不徐，吃饭要一碗不多，一碗不少；无论何时，无论何地，有不调整的，总竭力立刻求其调整。"台州优美的山水，淳朴的民风，宁静的环境，深厚的人文底蕴，让他身心放松，让他顿悟人生，找到了努力的方向——"丢去玄言，专崇实际。"

四月的临海，春意盎然，莺飞草长，杂花生树。徜徉在东湖公园的湖光水色间，漫步在紫阳街的石板路上，站立在临海古长城的烽火台上，仿佛整个小城都弥漫着紫藤花香，也弥漫着朱自清的气息。临海人民热爱朱自清、怀念朱自清，专门建了一所朱自清纪念馆。纪念馆不大，但展示了朱自清两度来临海任教的始末，以及他在临海期间创作《匆匆》等文学作品的渊源。在台州中学西校区（原第六师范学校）的校园内，一棵据传是朱自清当年手植的紫藤树依然枝叶扶疏，花香四溢。为了纪念这位伟大的文学家，校园里矗立着一尊朱自清的半身铜像，建有一面"匆匆墙"、一座"佩弦楼"。学校的文学社团被命名为"紫藤花文学社"。2022年春天，在朱自清先生来台州任教100周年之际，临海决定创设朱自清文学奖，还特地设立了面向青少年学生的"朱自清紫藤新苗奖"，以此来传承、弘扬先生的文学风骨。

　　据说，紫藤花象征着对爱的执着，这与朱自清先生的气质倒是很吻合的。朱自清是一个很有爱心的人，他爱家人、爱朋友，爱生活、爱大自然，爱一切美好的事物。临海满城的紫藤花香中，弥漫的是朱自清满满的爱。

（原载《四川日报》2023年6月16日第12版天府周末·原上草）

　　徐可（1965—　　），江苏如皋人，北京师范大学文学硕士、哲学博士，编审，现任鲁迅文学院常务副院长，著译有《仁者启功》《人间圣境》《背着故乡去远行》《三更有梦书当枕》《写在文学边上》《汤姆·索亚历险记》《六个恐怖的故事》等。

先生气象：识才与雅量

◎ 吴 俊

上个世纪 80 年代某次会议，在成都举行，会间去了都江堰。那次会议的重要程序是中国现代文学研究会换届，王瑶先生是当然的会长。

我那时年轻，不晓事，对会长之类也不在意，但对王瑶先生是很崇敬的。其中另有一个原因，王瑶先生和我的导师钱谷融先生是私交甚好的友人。不过，这两位前辈给一般人的印象很不同，王先生一直是学界领袖人物，钱先生则相对疏离各种权力场。我不清楚他们的私人交集相得在哪里。后来，王先生过世，我正好有事赴京，业师命我须到王先生府上拜望一下师母，代转慰问之意。我想两位前辈应该不是浮泛之交吧。这一次在都江堰的一个场景，最早令我印象深刻，迄今不忘。

我在不远的一处高坡上，只见，也许当时只是我见，两位先生凭栏闲话，隐隐就形成了一种氛围，后来人们都说成有点神秘的气场。开会的同人一边在向两人聚拢，形成一个大大的椭圆人形，一边又并不拥挤到跟前，而是留下了和两位先生之间的一点空距。但两位应该并无在意，仍是谈笑风生，从容不迫。这时，我尤其注意到，核心之中的两位先生身材都不高，极易泯然在逐渐靠近的人群中，但这个椭圆人群场景的自然形成，却使他们始终独立、超然于人群之上。走近才能看清，那是一个俯瞰都江堰的峭壁平台。天地人，融汇一体。气象不可言喻。何为君子风采，只在当时。

从此，他们的气质和气象才直感地也是精神性地影响到了一个年轻人对于人品境界的遐想和向往。精神的高度和身材身高无关，但君子的身形却仿佛能给精神赋形。所谓君子有常行，原来君子的行迹风采就是、就该是这样的。

这种感觉是不可能强致的，非得有真正内在的修为力量才能达到。所以，我偶尔会遥想起都江堰的场景，原因就在平时你看不到、体会不到这种场景。某一天忽然的现实所见，顿时就会令人联想起了那个场景。

还是在一次会议上，其间休息，大家散淡闲坐。我从门外进来，不远处就是一圈人，围拢着。我熟悉的孟繁华教授也在其中，但他的身形有点特别地吸引了我。因为我发现他总是有点前倾俯身说话的样子，显出不像平时那般的傲然大动作，倒是有点儿小心节制状。我慢慢走近才看到，圈中是谢冕先生坐着，周边都是一圈教授围站着，有几位还是谢先生的及门弟子，包括孟老师。

我是称孟老师为老师的。但好几次我发现、听到，谢先生称呼孟老师是老孟，甚至，众声喧哗中也会接着年轻辈呼为孟老。不像是调侃，更非刻意，多是亲切而来的随意。孟老就是他的一个学生的代称。因为大家都这么称孟老师。环顾周边，现当代学界教授批评家，年长于孟老师者不多啊。只是一般老师辈不会称自己的学生为"老"的。南大中文系几位前辈，包括年长丁帆教授不多的几位，一直保留了几十年的称呼习惯，称之为小丁。这又是别一种亲切的风情。谢先生时常就是这么活泼泼地叫着"老孟"，老孟没听见。两次都没听见。然后，一声断喝"孟老！"一下子就听见了，赶紧过来。原因不在声高，谢先生的叫声里传出了一股承载君子伦理的声波，抓住了正在神游远方的孟老师的心思。他是忽然微妙地感应到了谢先生叫他了。

人说名师出高徒，但其中甚有外人不知的苦恼。高徒和名师都须得付出代价，一是名师门生不好做，二是名师门风难维系。名师之徒压力巨大，导师的巨大阴影压迫着学生，而且同门多非滥竽之辈，即使不成精英也得在业界有所交代，好歹也要有个体面的身份吧。灰头土脸的就是给师门抹黑了。故常有不见知名的同门渐渐就在同门中消失了。人们却是光看见了志得意满、趾高气扬的高徒。

门生不好做，导师其实也不易当。经年累月，博导30多年，门生渐多成群，难免心性不一，良莠相杂，师门终难抵挡人的天性和社会的染缸。何况，学术江湖其实不大，彼此间难免也有纷争，如何才能抵挡消弭利害、利益、人情的侵蚀，保持好良好的学术声誉和人间清誉，实在是对师门尤其是导师的巨大考验。修身齐家之家，我以为在中国的伦理中还指向了师门。这才有了门生、座师、同年之类侵染着宗法伦理关系的士人观念和传统。你以为现代知识分子就没有了传统人际束缚吗？我看下来，凡是有成就者，多数都是在师门伦理上最体贴和近于传统规范的学者。但要做到、做好、维系好师门人伦和文化传统，责任主要就在导师身上担着了。不能"齐家"的导师实际上就是自家的修身出了问题。故说导师难当，门生不易。

　　刚才说到孟老师，谁能、谁又敢当他的导师？非有降龙伏虎之力，能驯服这些青面獠牙、目空一切的巨兽？而且，孟老的身材还比谢先生高出不少。我没有很多近距离接触谢冕教授的经验，但我能从文字气象和日常言谈中，感觉到谢先生的温良、宽厚、睿智、豁达，还有坚韧。治学其实仅在其次，或者小道而已。谢老师是一个能让人感动而敬服的长者。他内心的温情与执着、治学的专注与识见、日常的随性与宽容，甚至使我们这些远处的人们、晚辈，都能感受到温暖。这种温暖使人向善，使人坚信理想和信念是必需的品质。首先，使人获得了激励。我们必须努力成为一个善良的人，成为一个善良的学者，甚至，我们应该要爱自己的敌人。

　　某种程度上，是可以把谢先生看作北大中文系的代表或人格形象。北大最大的特点是什么？还是那句老话：思想自由，兼容并包。全中国没有一所大学如北大一样做到了这八个字。这在人文院系尤其不易。

　　谢先生是持重持中自由兼容立场的典型。学术水平的高下并不以左右立场而分，道德情操更不以左右立场、学术高下定优劣；有才无德、投机钻营之辈在校园学术圈里不说比比皆是，也是绝不鲜见的。谢先生躬行了一位君子学者的人生和学术道路。他是一个以德服人，首先是以德感人的学者、诗人。

　　谢先生在学术上首先是个诗论家。在学术领域，只有诗论家才最多是诗人，我以为他首先是诗人而后才成为诗论家的。其他文学研究者，很少有所研究文体的创作者，比如，小说研究者很少同时就是小说家。这说明诗歌中有一种召唤人的特殊共性或魅力。写诗和论诗，其实都是相同的心性之学。换言之，不能写诗也是不能写好诗论和研究诗歌的。诗歌和诗论，是共鸣相契的一种维系。就此而言，谢先生首先就是一个具有诗性的人，诚恳、激情、想象、忘我，欣喜直上云端，苦痛坠落深渊。屈原的"天问"、庄周的"梦蝶"，这就是谢先生的性格、气质和情怀。谢先生是真诗人。

　　说到这里，我有点遗憾，我迄今还没有读到孟老师的诗啊。孟老师已经使我仰望，他要再是个诗人该有多好啊。

　　谢先生的出人意料在哪里？除了天性和修养的雅量外，他有识人尤其是识才之明。

　　说回到王瑶先生，"文革"后王先生的第一届研究生，本学科都熟知闻名的钱吴凌赵温等，各有专攻所长，后来都是学界北斗。我之相识相交深浅不一，也能体验到每位性情志趣真可谓截然迥异，色彩分明。但这几位都是端正阔大具浩然之气贡献于学术志业的君子人才。有几位更可说是经由王先生的提拔而脱于困厄之中。无识人识才之慧眼难有千里马啊。要说这只有北大才最有可能。

　　同样，北大也给了谢先生巨大的支持，他能在北大建立了具有个人色彩的学术师门和学脉承续。有教无类、术业专攻、人才特异纷呈、成就出类拔萃，这是谢先生识人识才、育人育才的眼光，同样也因为他的雅量。这是谢先生高于其他很多导师的难以企及之处。可以说，因有今日的北大名师如谢先生者，才有了蔡校长名校事业声望的百余年不堕。因为有谢先生们的事业，北大也才成就了自身的辉煌。

　　孟老师和谢先生是多么的不同。刚猛凌厉的孟老师，在谢先生门下终于成为一代大家。他该感谢谢先生。我们都该感谢谢先生。在这嘈杂的世道，孟老师俯身和谢先生说话，给我们的是一种温暖和回响。就让"老孟""孟老"的呼声一直回响吧。只可惜，都江堰的时代一去不返了。

　　（原载《小说评论》2023年第1期，原有副题"从王瑶先生说到谢冕先生"）

　　　　　　　吴俊（1962— ），上海人，毕业于复旦大学、华东师范大学，
　　　　　文学博士，文学评论家，上海交通大学人文学院讲席教授，近著有
　　　　　《当代文学的转型与新创——互联网时代的文学史观察》等。

八十年代师大校园里的先生们

◎ 与 之

一

刚进师大的我们，还沉浸在中学生活的记忆中，对最接近语文教学的写作课感情深厚，对班主任老师也有一种特殊的依赖。所以二年级的时候，教写作课的侯玉珍老师转任我们的班主任，大家顿时都有了找到"家人"的温暖，侯老师也真的像家中长辈一样关心我们的生活与情感。在侯老师之后，是尚学锋老师担任班主任。尚老师是古典文学专业的老师。侯老师与尚老师先后成为我们人生关键时刻的导引和见证。

侯老师是从写作训练的情感教育和文字操练入手开始与我们的对话的，就像她曾经为我们每一个同学批阅作文、引导思维一样，她的班主任工作也细致到每一个同学的情感世界。谁有家庭困难，谁有情感困扰，谁遭遇了精神打击，她通通了如指掌。侯老师始终谨记作为中文写作教师的职分，以趣味高雅的中文人的教养和眼光为我们作人生的示范、当学业发展的导师。这里面当然有信仰，有伦理，也有今天所说的"思政"，但却没有专业之外的空洞说教，入耳入心的都是人生经验的故事，是专业选择的陈述。你可以在这里抒情、抱怨、发泄，她都能以母亲般的微笑一一接纳、包容、化解。但她并不是善恶不分的老好人、和事佬，对那些急功近利的孩子，她依然正言厉色，甚至也不回避对某些师长的批评，但是她又是一位称职的孩子的导师和母亲，因为她绝不会将同学们偶然的过失录入管理档案。在那些批评之后，我们永远都是她满怀期待的尚未长大的孩子，没有什么错误是不可原谅的。她严肃的问责可以穿透你的灵魂，但厉声呵斥的声响却往往止于两两相对的私域。多年以后，被批评过的我们都已经各奔东西，但都因为侯老师的存在而在师大留下了很多的依恋。

尚学锋老师专攻先秦文学，对庄子有独到的研究。他先是我们中国古代文学史的课程老师，在四年级之时又接替侯老师成为我们的班主任。让专业教师陆续带班，指导本科生的学业和生活，不知道是不是师大在那个年代的独特设计。尚老师接任的时候，我们都已经"成熟"，不再是初入校门的毛孩子了，基本形成了稳定的人生目标和生活态度，所以便获得了尚老师的深度信任。他基本上沿袭着业已成熟的学生自主管理模式，学生的相关事务都由大小班干部依规行事，社团及其他课外活动也自有运行轨道，尚老师并不过多地介入，倒是借助专业老师的身份，对我们班的学术专业发展大加推进。我的好几位同学后来都成了先秦文学方向的研究生，成为了老师的"师弟"，显然就有尚老师的勉励和助推的影响。

到毕业的那一年，为了加强毕业就业指导，中文系增派刘勇老师参与管理，刘老师是现代文学专业的老师，有着丰富的学生工作经验，但似乎也不愿意刻意突出"思想教育"的色彩。他召集全年级同学开了一次就业指导会，在会上结合大量生动的案例，讲述种种求职、就业经验，生动而实用，让我们这些即将走入社会的毕业生而言的确是获益良多。

1984级的专职管理老师只有一位，那就是常汝吉老师。他是全年级的学生工作总管，相当于大班主任，但他很少干预专业老师的日常工作，完全尊重老师们以各自学术经验为基础开展的思想教育。因为学校住房条件有限，常老师一家三口就住在我们西南楼学生宿舍，就在我们331房间靠西的隔壁330，和我们共用一个公共厕所、一个公共水房，每天到楼下的学生开水房打水，到食堂打饭。那个年代，虽然与我们人生大事相关的老师与大家擦肩而行、朝夕相见，但似乎也就是那么平淡正常的普通关系，甚至在大多数时候就没有什么联系，仅仅只是在楼道相遇那一刻打个招呼而已。常老师很少直接参与我们班的事务，也从不以西南楼"驻楼导师"的身份四处巡视，到学生宿舍查房训话。在我的印象中，西南楼生活数年，他就从来没有敲过我们的房门，而我们也从不知隔壁的330究竟是什么模样。相反，我们的古代文学老师郭英德暂住在13楼的博士生宿舍，13楼远在师大的小南门，我们倒有过前去请教学习的时刻。

常老师是中文系专职的管理干部，但依然以专业老师的方式理解和处理师生关系，在那个思想奔流的年代，学术激荡于中国社会，而校园的内部却依然是宁静和洁净的，生活的从容和自然给了我们更为宽敞的空间。西南楼的三层，是师大中文系1984级自由奔跑、嬉闹、调笑的世界。夏天来了，那些因暑热而赤膊而行的人们，那些因为体育比赛而纵情高歌、放声嘶吼的人们，基本上已经忘记了这里还居住着一位重要的管理老师，他和他的家人、孩子可能因此承受了许多的尴尬与不便。但每每这个时候，330总是格外的安静，常老师似乎已经从我们的世界隐身了。

就这样，大学期间，我们的主要管理者都是专业教师。在这里，我们产生了在"家"的幻觉。在这里，弥漫的是专业交流的信任。这大大地拉近了原本严肃的师生关系的距离，而我们后来时刻关心着的"思想工作"则自然融化在了学业指导、心理辅导的过程之中，我觉得，这就是师大曾经成功的学生工作传统。

二

如今，学生思想工作越来越成为高校管理之中的一件大事，我不知道80年代的师大传统是否还值得深入总结和梳理，至少它让我们那一代人顺利地完成了"成长"，并在我们的生命中留下了深刻的印记。有时候我也在想，究竟该如何来提炼这些记忆的精华呢？我推测，这里的核心可能还在于如何尊重生命自我成长的事实，或者说努力还原人的教育的自然性，这就要求简化一些教育管理的层级与环节，让学生的发展能够以自己的学业为中心，全方位地对接和融入中文系本身的学术目标。从效果来看，可能更有利于大学生"自然天性"的发展，接近卢梭式的教育理念。

在当时，我们学生的不少活动都直接找学院办公室，申报经费、要求派车登记场地、领取纸张，等等，办公室的老师也不都是好说话的，有宽有严，时宽时严，相当考验我们的沟通能力。有一位王老师从来都是满脸严肃，对每一个请求几乎都回以连续的摇头，令人沮丧不已，向他请示都得鼓足莫大的勇气，且一再打好腹稿；然而另外一位袁老师却总是和颜悦色，温文尔雅，让人如沐春风。碰上王老师还是袁老师是运气，也是考验，可能学生时代的我们还战战兢兢，或者还时有抱怨，不过，回头来看，反倒觉得这是自我成长的颇为正常的过程。世界有它的规则，并不是天然为我们预备的，如何才能走进它、适应它，这是最后完善它的一个程序，体验和认知这一过程就是教育本身的意义。也是走过了1980年至1990年的岁月，我们才知晓，在那个物资依然匮乏的年代，一个办公室管理者的严苛是如何的迫不得已，如何的必不可少，它和另外一种对青年人的爱护和宽厚同等重要。前者在限制中给了我们足够的压力，后者因仁厚而形成了必要的缓冲。总之，离开父母怀抱的大学生，最应该知道的是，这人生的道路有宽有窄，有曲有直，有阻碍也有鼓励，只有在宽严有度的曲折之后，我们方能完成自己。毕业二十多年后，我有机会重返师大，在母校工作，我再一次见到了性格醇厚的袁老师，也见到了退休之后的王老师，我突然发现他似乎并没有那么的严肃，照样呵呵地笑着……

80年代师大中文系的领导曾经是谁，都有过哪些？这是一个简单的问题，但是一时间还真的难以准确回答。一方面，行政岗位时有调换，一个专业老师的升迁和回归如此频繁，世易时移，我已经不大能够记得；另一方面，可能也是更重要的一方面，那时也没有着力强调"领导"之于教育系统的意义，在学生的心目中，中文系最重要的人物还是那些德高望重的知名学者、那些诲人不倦的学业师长。我记得许嘉璐先生曾经当过系主任，也当过副校长，但我却根本没有他作为系主任高台讲话的记忆，倒是有一次临时"客串"我们的古代汉语课，即兴讲述《说文》的情景历历在目。那一天，好些同学听得十分陶醉。我旁边的室友感慨道："早一刻听到这样的课，我的专业方向就可能不同了!"

"去行政化"是中国高校探索多年的一个改革理想。在我们读书的20世纪80年代，好像还没有这个说法，这些自然形成的管理方式和风尚在事实上留下了不少值得追念怀想的景观，对于今天不知道有无些许的启示。

三

高校的行政首长是一校之长。

所有的师大学生都知道校长王梓坤。

80年代还没有"院士"制度，后来的中国科学院院士王梓坤不是以"院士"之名在师大光彩夺目的。我们只知道他是中国著名的数学家、概率论研究的重要先驱，但从未见到那种前呼后拥、随从环伺的阵仗。校长通常骑个陈旧的女式小单车，穿行在师大的校园里，有时出现在学生宿舍区域的服务楼，或在邮局寄信，或在书店看书，碰见熟识的老师，有时打个招呼，简单交谈几句，低调而温和，与任何一位普通的老师无异。

王梓坤校长曾经长期任教于南开大学，1984年，即我们上大学的那一年，以教授职称调任师大当校长。我们都听闻他为教师节的设立而奔走呼吁的传说。校长的少年时代，得到过中学老师的诸多关爱，老师的恩情令他永志难忘。然而，几十年过去了，当他在80年代初重回江西老家，却看到一幅令人失望的图景：校舍破败不堪，教师收入低微，甚至无力养家糊口。担任师大校长之后，他立即想到要通过中国师范高地的这个特殊位置做一件实事：替教师发声，倡尊师重教之风。他先是在中学教师出身的记者黄天祥的协助下，于《北京晚报》头版刊发了重要报道《王梓坤校长建议开展尊师重教月活动》；接着，又出面联络陶大镛、启功、钟敬文、黄济等知名的师大教授，共同向全国人大常委会提交书面报告，倡议于每年9月设立教师节。来自师大教授的倡议很快得到了第六届全国人大常委会的回应，1985年9月10日，中华人民共和国的第一个教师节正式确立。

教师出身的王梓坤校长也格外尊重老师学者们的工作方式与生活习惯。据说师大当年的老师都还记得他在任时立下了一项规矩：任何行政部门找教授开会，必须在下午四点以后，而且不能占用过多的时间。

王梓坤校长的夫人谭得伶教授一直在师大任教，是俄苏文学专家。据说校长本人也是文学爱好者，因为这些渊源，中文系的同学也有机会听到校长在数学与行政管理之外的声音。

有一天，著名的古典诗词学者叶嘉莹先生莅临师大，在教七楼"五百座"报告厅（现在已经改名为敬文讲堂）讲授唐诗欣赏。叶先生系加拿大皇家学会院士、加拿大不列颠哥伦比亚大学终身教授，从1979年起，经过中国政府的批准，她每年回国在各大高校讲授古典诗词。叶先生毕业于辅仁大学，又长期在中国台湾、美国、加拿大任教，知识结构、思维方式和心智情趣都与大陆学人有别。她浑身上下都散发着一种古典文人气质，在治学上又熔中国古典诠释学与西方的新批评于一炉，以情景交融的细腻情怀讲授中国古典诗词，极大地颠覆了"文革"后被"以论代史"的作风影响的文学批评程序，令人耳目一新，一时间在高校掀起了阵阵"叶旋风"，成为无数学生叹服的对象。那一天的报告厅人头攒动，座无虚席，全场师生都深深地陶醉在叶先生所营造的古典诗词境界之中。讲座结束，照例有主持人上台致谢，就在这时，前排座位上站起一人，清瘦的身材、朴素的衣着，他缓缓走上讲台，取过话筒开始讲话。我们这才发现，今天的致谢人并不是中文系的教授，而是师大校长、数学家王梓坤。古典诗词的讲座竟让数学家到场了，而且还是一位不大现身的校领导，这无疑激发了全场观众的好奇，大家凝神屏息，期待着他的讲话。那一天，王梓坤校长显然也被叶先生的演讲所折服了，他一反科学家发言的冷静和理性，用文学式的语言抒发了一段听后感，末了，还发出了一声感叹："此生恨晚听君论，否则，舍弃数学从中文矣！"全场也随之一片赞叹，掌声如雷。

80年代，有好几次，在校园里一些意想不到的所在，我们会与王梓坤校长偶遇。或者是一个人在默默地散步，或者是骑车而行，车前的挂篮里还盛着他为家里购买的日用品，仿佛就是一位顾家男人。80年代末的一个清晨，只有六点来钟，我早起在学生食堂打饭，远远就看见校长独自一人，正站在布告栏前专心致志地阅读布告。经过他身旁的时候，我叫了一声："校长好！"那一刻，王梓坤校长竟颇为羞涩，好像自己的什么秘密被人发现了一样，他连忙回应了一声，也没有再多说什么，随即匆匆离开了。后来才知道，那个时候，他刚刚从师大卸任校长一职，重回普通老师的身份，这天清晨静悄悄的阅读可能就是出于一种本能的习惯，或者是心里放不下对学校和同学们的关切。三十多年过去了，校长那专心致志的神态一直留在了我的记忆中，慢慢定格为一帧发黄的影像，虽然为岁月所淘洗，却印在了师大80年代的教育史上。

（原载《传记文学》2023年第6期，此为系列连载之六）

与之（1966—　），本名李怡，生于重庆，学者，文学评论家，毕业于北京师范大学中文系，文学博士，现任四川大学文学与新闻学院院长、教授，出版有《中国现代新诗与古典诗歌传统》《现代四川文学的巴蜀文化阐释》《七月派作家评传》《大西南文化与新时期诗歌》《阅读现代——论鲁迅与中国现代文学》《日本体验与中国现代文学的发生》《文史对话与大文学史观》等学术专著。

我的老师们

◎ 韩小蕙

"三人行，必有我师。"

但凡中国人，从小都会背诵孔圣人的这句经典。人类文明几千年，全地球从东方到西方，我不知道还有谁能仅仅用七个字，就把这涉关社会学、人类学、心理学、教育学、文学、史学、哲学……的公理，如此深刻地"一言以蔽之"。

伟哉，孔子！

一

在亲朋好友眼里，他们是一群幸运的年轻人。2015年9月3日的晨钟刚刚敲响，他们就已在黑漆漆的夜幕中集合了；当万道霞光还没染红大地之时，他们就已站在自己的岗位上。北京，天安门广场，将在上午10点，举行中国抗战70周年胜利日阅兵盛典。

清亮的启明星渐渐隐进透明的天幕里，当东方一抹惊艳的红光快闪之后，整个天空越来越亮，越来越蓝，终于，漂亮无比的北京阅兵蓝雄壮出场了。此时的广场上还是静悄悄一片，只有天安门城楼和人民大会堂、国家博物馆上面的红旗飞动着，将年轻志愿者们的面孔映照得更加生气勃勃。

等我们步入的时候，广场上已是一片沸腾的海洋了。军乐团、合唱团早已齐齐整整就位，各国媒体记者早已抢占好有利地形，就连天空中的燕子也在一圈一圈地盘旋、等待着……此时此刻，最忙的就是那些志愿者了，他们一趟趟地来回穿梭，把每位观礼代表送到座位上，一遍遍地告知卫生间、取水点的位置，一次次推着轮椅上的老人来来回回，还为所有请求帮助的代表照相……当9点钟到来时，他们又开始耐心地、克制地、竭力地微笑着，不厌其烦地提请代表们尽快回到座位上，保持安静……

终于，观礼台上的每位代表都就了座，等待大会开始。这时，太阳开始显示它的存在了。高空万里无云，蔚蓝蔚蓝，纯蓝纯蓝，透明透明地蓝，炫目炫目地蓝，光芒四射地蓝。金红色的阳光直射下来，目光炯炯，赤胆忠心，情感浓烈，热情似火，与所有人亲密拥抱。所有在座的人都熬不住地戴上了遮阳帽，拿着和平鸽造型的扇子扇风，找一切可以遮阳的东西挡住脸，然而汗水还是止不住地顺着脸颊往下流。北京九月的骄阳啊，果然比出炉的钢花还生猛。就在此时，我看见那些年轻的志愿者，笔管条直地站在大太阳底下，穿着白衬衫和黑西服，像钉子一样钉在岗位上。一个个小伙子的脸上红了一片片、紫了一片片、白了一片片，就像最严重的白癜风患者，而早上初见时，他们还是一个个帅气的白面书生……

比起远在首都各处值守的数以万计的志愿者，他们觉得自己能来天安门上岗，是最值得骄傲的，然而当大会即将开始之际，他们却静悄悄地撤到了观礼台里面。阅兵开始后，当飞机摆出惊艳的"70"造型、拉出绚丽壮观的五彩绸带，当三军仪仗队踢出像一条线般的正步，当坦克方队隆隆驶过，当导弹车队威武地大展雄威，当无人机获得一片片惊叹时……这些年轻人却只能过过耳瘾。当和平鸽冲天翱翔，万颗气球腾飞成一条中华巨龙时，他们重又精神抖擞地回到岗位上了。

我至今记得他们那一张张生动的脸。他们虽然年轻，都是不知名的普通人，但他们给我上了高贵的一课。

二

又是一个烈阳灼人的夏日。山峦般濡湿气团的重重压迫，再加上捂得连汗水都流不进去的口罩，使人人都被憋得喘不上气来，不得不像钻出水的海豹一样大幅度起伏着胸脯，剧烈地吸着气。

小区门口，人人都加快了脚步，像被大狗追逐的兔子，一溜烟地往自家楼里跑。

可是也有例外。大院里一长排垃圾桶旁边，一位保洁员大姐一直站在那里。她穿着那种标准的纯蓝色厚棉布工作服，戴着口罩、帽子、手套，忍着强烈的腐臭味儿，坚持给垃圾把着关，将用户们搞错的重新分类投放。实在坚持不了时，就小跑到近处的小树林里吸几口新鲜空气，然后又快速回到岗位上。我记起昨晚去丢垃圾时，本想直接把"厨余垃圾"扔到绿色垃圾桶里，把"其他垃圾"扔到灰色桶里，但保洁员大姐向我伸出了手。我说："我都分好了，你就别沾手了。"她朝我笑笑，还是执意接了过去，履行自己的职责。

这垃圾分类确实很有难度，有时候你照着图表仔细对照着，却仍然会出错。比如最常犯的错误是把粽子叶、玉米衣、玉米核儿当成"厨余垃圾",但其实它们都是"其他垃圾"。不过话说回来,又不是绣花,又不是写作业,又不是交博士论文,需要这么认真吗?

我就非常想去跟这位保洁员聊聊。找了一点杂物,装进一个塑料袋,下楼到了她面前。我说"其他垃圾",她照例平静地接过去,仔细检查,然后倒进灰色桶里。我没话找话地问她几点下班,下班后回家干些什么……她朝我笑笑,说:"五点下班,然后到家乐福再干三个小时,也是做保洁。俩孩子在老家,姐姐已上一年级,可以帮着爷爷奶奶带弟弟了……"

我的鼻子酸了,不知是汗水还是泪水洇湿了口罩。恰在此时有人喊我,转身一看,原来是邮递员小方。他说:"韩老师,今天有您的杂志,我已经放在您家的信箱里,也给您发微信照片了,您尽快去取吧。"

这又是一个认真工作的人。我刚搬来那段时间,订的杂志老收不到,找了好几个层级的领导,问题一直没解决。最后,我找到这位最基层的邮递员小方,带着很大的火气跟他交涉。他默默听完后只说了一句"我争取吧",从此,他在投递局的源头就帮我盯着,每次拿到我的杂志后都拍下照片发微信给我,倒把我弄得十分不好意思。当我再见到他表示感谢后,他很认真地对我说:"这是我的职责呀。咱们这一大片,凡我负责投递的用户,我一般都知道他们家订的是哪几种报纸、什么刊物……"小方有三个孩子,其中一个是避孕手术失败后怀孕的,等发现时已不能打胎,为此原本跟他一起在北京打工的妻子只能回农村老家照顾三个孩子，挣钱养活全家的重担落到小方一个人身上。所以，他也是每天下班后再去找点帮工什么的事情做做……

他一直叫我"韩老师"。可是在我心里，他和保洁员大姐都是我的老师。不是吗？工作如此艰苦繁重，生活压力那么大，但他们还是一丝不苟地对待工作。其实，别人是不知道的，领导更是看不见，就好比我们编辑的版面，表面上看都很美观气派，但文章的质量能差到天上地下，只有呕心沥血地付出才能达到云端，而又有几人能认真去看，能真正明白个中的自觉性是多么有含金量。

保洁员大姐和小方都跟我说过，自己文化程度不高，只能做点粗活，你们城里人可能看不起我们。而我，眼眶又湿润了，我真想给他们鞠个九十度大躬，发自心底最深处的！

三

不再言说岁月的大洋大海，也不再言说历史的大江大河，我庆幸正值事业期的自己，赶上了国家的发展。从20世纪70年代末一直到我退休之年，中国的改革开放事业轰轰烈烈，慷慨前行，解放思想，高歌猛进。在这可歌可泣的四十多年里，小小的我、平凡的我，在小小而平凡的工作岗位上，结识了中国文学界大部分有声誉的老中青作家，采访、对谈、组稿、交心、聆听、学习、汲取……我从他们身上收获了多少阳光雨露和明月清风。

我最被季羡林先生打动心弦的，是他那"君子克己，一心为人"的大善与大爱。老北大人都知道这么一件事：有一回，居住在季先生楼上的那家卫生间漏水，水刚好滴在季先生卫生间的马桶位置。小保姆要去跟楼上说一声，季先生拦住不让去，说那是给人家添麻烦。于是一个奇景出现在季先生家里——上卫生间要打伞！

我最被张中行先生震撼心灵的，是他"学，然后知不足"的大境界，还有定位于普通人的布衣本色。这位一辈子孤心苦读而学贯中西的大学问家，曾恳切地对我吐露心声："我这辈子学问太少，如果王国维先生在世，北大只有几位可以勉强评个三级教授，而我则连评教授的资格也没有……"

我最被邓广铭先生拨动心弦的，是他推开正吃了一半的饭碗，神闲气定地与我交谈，一点也没有大历史学家居高临下的态度。那是我第一次去拜见他，之所以午饭时间打扰，是因为那天北大进门严苛，我怕出去之后，下午就进不来了，为此我非常不安。殊不料邓老先生竟然对我说："我替北大向你道歉……"

我最被叶廷芳先生振聋发聩的，是他那个惊人的《政协委员提案》。在举国计划生育抓得最严峻的时代，他居然石破天惊地提出应该放开独生子女政策，否则将会给中国后面的发展带来祸患……

我最感到对不起李国文老师的，是有一次编稿过程中不知怎么走了神，将他原本正确无误的文字改错了，使姜夔和白石道人变成了两个人。报纸就那么错着印出去了，白纸黑字被读者来信批评。我像闯下塌天大祸的孩子，浑身发烧地给国文老师打电话。万料不到的是，他竟马上故作轻松地说："错了就错了呗，那有什么关系，我不怕影响我的声誉……"

我最为蒋子龙先生痛彻心扉的，是他对国家大工业体系遭遇的忧懑之心。他曾工作过的天重曾是国家八大重型机械厂之一，后来却变成了荒草萋萋的工业废墟，他昔日的师傅和工友们则变成了大时代的"淘汰者"……

最让我心如刀剜一样痛楚的是张洁的突然离世，从此，中国少了一位不可多得的女作家。张洁从不炫耀她的成就，以至于只有很少人知道她曾获得过好几项国际文学奖，和她齐肩获奖的是博尔赫斯、索尔·贝娄等世界级大作家。张洁对文学的忠诚度很少有人能比，我亲眼看见她用写诗歌和散文的方式写长篇小说，即是说一个个字、一句句话、一个个标点符号地反复"炼"……

还有一位对我产生了终生影响的女作家，是曾对我下过"封杀令"的凌力大姐。她要求我不论何时、何种情形下，都不要报道她，即使在综合性新闻中也不要提及她的名字。当我问到她那些清代系列长篇小说为什么没拍电视剧时，她顽皮地一笑，说："我不愿被糟蹋了，有人来索要时，我就故意出一个他们根本接受不了的高价，把他们都挡回去了……"一个人淡泊名利至此，也是中国文学界的一个奇罕景观吧？

四

入夜，站在阳台往外望去，夜幕已低垂，在深蓝色苍穹的大背景衬托下，万家灯火如同万千个小舞台，明明灭灭地在表演。城市起高楼，楼楼争上游，春草似的见缝就钻，钻进去就疯狂地生长、开花、结籽，蓬蓬勃勃，一忽儿就葱茏了一大片。

把目光收回，捧起一本书，每天，这是最惬意的时光。

有人一日不可无茶，有人一日不可无竹，有人一日不可无花，有人一日不可无友。我，一日不可无书。有一次出短差，没带书，结果刚出门还没登上车，心里就开始慌了。

是的，我还有一大群无声的老师——书籍。

说来难以置信，引导我走上文学之路的启蒙书，是《红旗飘飘》《星火燎原》和方志敏的小册子《可爱的中国》。那是童年失学之际，家里的其他书都被作为"封资修"烧掉了，剩下的这几本红色书籍成为我反反复复阅读的"书师"，它们把文学的种子撒在我嗷嗷待哺的心田，使我再回到学校时，作文水平高出全班同学好几个等级。

初中毕业进工厂做了小青工，形势渐缓，工友间流行起秘密传借地下书籍。有时下班后才拿到，翌日早上就要还回去，那就"开夜车"，整夜不睡也要突击看完。《红与黑》《九三年》《复活》《悲惨世界》《简·爱》《茶花女》《罪与罚》《被侮辱与被损害的》……都是那时读到的。世界在眼前轰然打开，外国那么远又那么近，身边的师傅们有时就幻化成基督山伯爵、罗切斯特、简·爱、艾丝美拉达……还好，我终究没有暴露偷偷读"黑书"。

1978年恢复高考，离开工厂之际，地下书友们来家里作别。我们始终都在兴高采烈地聊一个话题，即各自如何与监视者斗智斗勇，在他们眼皮底下偷偷读书。一位的本职是车工，他就给每本书都包上书皮，写上"车工数学"当掩护；另一位曾被书记叫去谈话，诫勉他不能只钻数理化而忘记读红宝书，他说其实书记是在善意提醒他要注意防范……那一段求学的经历，奇异得好比汽车在云彩上开、耕牛在房顶上犁地，花花哨哨，光怪陆离。临走，一位师兄赠我一本《海涅诗选》，书页已经发黄了，卷边儿，封面上也有了条条裂纹，不知被多少次翻开过，也许还被当众朗诵过？好珍贵啊！我立刻把它包上书皮，装入行囊，让它在校园里一直陪伴着我。这是我第一本"藏书"意义上的外国文学，现在还在我专藏外国文学的书柜里占据着"第一师"的位置。

高尔基说过："书是人类进步的阶梯。"当然是。不可想象人世间能够没有书籍！具体到我个人，还非常喜欢他的另一句话："书籍是青年人不可分离的生命伴侣和导师。"不知为什么高尔基大师要强调"青年人"三个字，难道读书不是除了婴儿之外所有年龄段的人都应该做的事吗？或者，他要强调的是谁读书，谁就年轻吧。

读书人永远年轻。我永远都做年轻人。

五

大漠，孤烟。长河，落日。新桃，旧符。沧海桑田，岁月就这么不声不响地从身边走过了。抚今，追昔，千般感叹，万般不舍。

当年我黑发如瀑时，曾写过一篇散文，言"老师"是我最不能接受的称谓之一。可是如今进入手机时代，职场上盛行起称呼"老师"，我也两鬓披霜，真是到了可以被称作"老师"的年纪，于是"韩老师""小蕙老师"就成了我如影随形的标配。

可是啊，我多么怀念跟在一帮大师的身后，潜心踏着他们足迹前进的圣洁年代；多么怀念与一帮高于自己的先生坦诚交流，虚心请教的温馨年代；多么怀念和一帮文友聚在一起，静听他们高谈阔论、从中汲取营养的纯粹年代；多么怀念在大街上遇到陌生人做好事，被感动被激发，向他们学习，给他们助力，自己也得到升华的纯真年代；……

因为，我姓"爱"，名"学习"，字"学子""后学"，号"青衿"。我一辈子都会跟在众多可敬的老师们身后，以师之长补己之短，以师之优补己之拙，以师之高尚补己之差距，以师之宽广补己之狭窄，"木受绳则直，金就砺则利，君子博学而日参省乎己，则知明而行无过矣"。

（原载《美文》2022年第21期·11月上半月版）

韩小蕙（1954— ），1982年毕业于南开大学中文系，光明日报社首位领衔编辑，中国散文学会副会长，北京东城区作协主席，南开大学文学院兼职教授，出版有《韩小蕙散文代表作》《协和大院》《北京这座城》等三十多部作品集，曾获全国五一劳动奖章、韬奋新闻奖。

野有贤师

◎ 孙　郁

　　县城的中心街最显眼的是那座红色小楼，它是半圆形的，有一点外国建筑的味道。有人说它在伪满时代就已经存在，时间很久了。这是进城必经的地方，县文化馆和剧团都在此办公。20世纪70年代，我常常出没在这座小楼，从师范学校毕业后，还在那里工作过两年多。

　　最初去小红楼，我还是个知青。到乡下插队的第二年，在父亲的介绍下，开始给县文化馆的小报投稿，稿子寄给的是赵明老师，而具体的编辑是几位老同志。这些人对于我的成长帮助很大。赵老师很年轻，是个诗人，曾写过《三进大青山》，文字是接地气的。他为人热情，性格豪爽得很。那时候有一批喜欢写诗的青年，都被他联系在一起，常常召开一些会议。会议上偶然能见到一位长者，大家称他老卢。他个子不高，叼着一个大烟斗，留着长长的鬈发，样子很酷。他坐在会议室的一角，微笑地看着我们这些愣头青。赵老师介绍说，这是老前辈，你们有文章也可以给他看看。

　　有一年冬天，我到小红楼里送稿，见到了老卢，才有了交流的机会。他热情地接待了我，看完稿子，在上面改了几个别字，决定留用，于是彼此就熟悉起来了。老卢本名卢全利，"文革"前是馆长，那时候他大概已经靠边站了，刚刚从乡下回城，担任编辑。老卢懂戏，也写戏，行政能力也强，善于和各方面人打交道，办起事来干净利落。他对业余作者很热情，即便话不投机，还是耐心相处。听他谈天，很有意思，慢条斯理中有一种定力在。

我最初发表的几篇文章，都得到他的鼓励。文化馆那张小报，激发了我写作的热情。老卢和赵老师对于青年出格的文字，是较为宽容的，不同风格的作品，都能理解，只是提一点原则上的意见。20世纪70年代中后期，辽南地区的插队青年很多，有一些是有写作天赋的。文化馆成了大家聚会的地方，我在那里结识了诸多同好者，有一些成了终生朋友。其中李光兄也是那时候认识的，他后来考入复旦大学，毕业后到了北京日报社。20世纪90年代初我到北京日报社工作，也是他介绍的。

老卢在文化馆办了许多学习班，美术班、文学创作班、舞蹈班，都是义务性的工作。在乡下插队的青年，要获得这样的机会很难，需层层审批才行。老卢觉得太麻烦，只要看上了苗子，就想法将他们借调上来。辽南的文化比较薄弱，古风渐渐消失了。文化馆的工作之一，是一些普及工作。老卢钟情于民间艺术，但对于芭蕾舞、油画、新诗也能欣赏，凡有此特长者，悉被召集过来，研究创作上的问题。人不分南北，艺不管高低雅俗，只要内容可感，有审美意味，皆不排斥。

1979年，我从市里的师范学校回到县城，他知道后，一心想把我调到文化馆。彼时他已经做了文化局局长，分管文化馆的工作，事业正在上升期。按照规定，我应当到学校教书。为了我，他费了很大劲，把关系转了过来。据说这个过程，还遭到一些人的反对，他与一位县领导还吵过一架。在他看来，大凡为公，不寻私利，即使别人不理解，也无所谓的。

文化馆的干部，一部分来自白山艺校，一部分是从本地中学调来的。1947年左右，辽宁省委临时所在地就在我们的县城，白山艺校大约那时候成立的。后来学校随大军迁到沈阳，几位学员留了下来。老卢是从丹东来的，在师范学校学的是艺术专业，小提琴拉得好。他与妻子来辽南是为了抗美援朝的征兵工作，后来没有回去，不久就成了文化部门的主力。他们的工作，主要是配合形势搞文艺宣传，同时挖掘整理民间艺术。这支队伍多年间形成了自己的特点，坚持下乡演出。比如二人转表演、美术展览等。20世纪五六十年代出了一批有影响力的作品，文化馆一时成为辽南艺术中心。文化馆推广的影调戏很有些名气，它是从二人转那里衍生的一种艺术。这种艺术种类一直延续着，我在小红楼上班的时候，每天都能听到演员的歌声，那些曲调音域广阔，九曲十折，流着辽南特有的野味儿。

辽南人喜欢听戏。梅兰芳到过县城，曾经引起轰动。但京剧并不普及，影调戏则颇有市场。牛正江先生《复州史话》说：

光绪年间，河北梆子戏班，每年都来城乡庙会上演出，后来评戏、京剧也来活动，尤其是当地"八人班"和"蹦蹦戏班"越来越多，他们也在城里活动。同时河北和山东的耍杂技的艺人也来演出，然后才到乡下去活动。那时城里没有剧场，演戏时就请棚匠现搭苇席戏楼子。城里搭台子的地方，是在天齐庙前和下洼子市场里，有时也到永丰寺戏楼去演出。

《复州史话》所讲的演出场所，也是我幼时常去的地方。文化馆的老同志，对这段历史津津乐道，觉得工作的重点，是继承这些传统，以民间艺术来推动全县的文化发展。但我与乡土艺术，一直有点隔膜，很长时间不得其解，有一点不适。因为接触过一点所谓纯文学作品，认为契诃夫、鲁迅、老舍的文字才是最正宗的艺术。到了我这一代，喜欢民间艺术的人不多了，馆里青年也有一点求变的冲动，要寻另类的表达方式。20世纪70年代末，伤痕文学也传到城里，大家喜欢读这些面对难题的作品。馆里也围绕日常工作发生过争论，文艺是宣传第一，还是艺术第一呢？大家的看法并不一致。

老卢说，不要争论了，毛主席与鲁迅早就说清这些问题了，关键是要有感人的好作品。我的同事刘兄，是个写戏的天才，二人转与拉场戏都写得好。他也是老卢从乡下调来的，对于传统戏曲有深的感觉，语言是乡土气的，而故事则颇有文学性。刘兄受新风影响，不太喜欢八股腔，所写的东西，县里领导有点微词，但老卢却暗中支持。刘兄很推崇契诃夫的小说，在自己的剧本里也融进不少俄国作家的元素，对于世态的透视里不乏嘲讽之意。有一次他写了一个反映乡下包产到户的小戏，内容中有讥讽村干部的片段，这与过去只注意宣传政策的地方文艺不同，是有文学性与思想性的。首场演出，就引起了轰动。

老卢看到这些，高兴极了，写了介绍文章，把刘兄的作品推荐到市里和省里。那时候百废待兴，正是思想转型期，一些老同志有些不太适应，老卢却显得颇为开明。我觉得这与他的经历有关，或者因为修养不同于常人。有一次他对我说，文化界的人读书太少，艺术观念陈旧，便给我出了个主意，希望搞点读书会之类的活动。我们不久就到一个水库旁的干校举办了个读书班，让业余作者集中起来读书研讨。记得老卢还从省里请了个剧作家来讲莎士比亚、莫里哀，与会的年轻人都感到很开眼界。

文化馆里的人，都有一点自我。有的是演员出身，浪漫又有脾气；有的是画家，懂一点西方审美视角，日常作风有点散漫；还有的是小作家，在地方都有一点名气，傲骨也多少有一点的。人说，能领导千军万马，不能领导一帮杂耍。馆员们就有点杂耍意味。经常有馆员的作品惹来麻烦，比如，有位画家在省报发表了幅漫画，讽刺地方干部的官僚主义，县里有人对号入座，来馆里调查。老卢笑呵呵给这位领导讲什么叫艺术真实与生活真实，也说了画家人如何如何好，就把风波平定了。能够把那么多有个性的人团结起来，是有一种本领的。连最反对他的人，在其面前也颇为和气。馆里流传了许多关于他的故事。比如20世纪60年代初，赶上饥荒年，城里人缺粮，吃不饱。老卢在乡下搞到一车花生，分给了大家，自己却没有留下一点。又比如，"文革"初期，大家互相揭发，搞得氛围紧张，老卢每天笑呵呵，叼着大烟斗，在院里转来转去，逍遥得很。

在县城里，他的人脉很广，以至延伸到很远的地方。北京的曲六乙、沈阳的李默然、长春的王肯，都和他有过较深的交情。据说老卢的堂弟在省城编《中外文学》杂志，因之能够看到别人看不到的书籍，对于新思潮是敏感的。跟着老卢，我认识了一批有趣的人，他不时邀请省里的人来做报告，还推荐我参加了一些外地的会议。我对于国内艺术界的了解，也是那时候开始的。

那么多人信任他，不是没有原因，我自己对于地方戏的认识，多是从他那里得到的。在我们那个县城，他大概是文也来得，武也可以的人。剧团矛盾重重，别人管不了，他一去，许多棘手的问题就解决了。不管是谁，只要有专长，就会让他的眼睛亮亮的；复州镇有个懂戏的青年人谢兄，他认为有表演天赋，就挖过来，到了文化馆从事编导工作；驼山乡有个写曲艺的老人老顾，他几乎每年都去探望，送去慰问品。"人才难得，人才难得啊"，这是老卢常挂在嘴边的口头语。

小红楼每年都策划一些展览和会演，二楼有个排练厅，每天都有二人转演员出出进进。这里的热闹，牵动着民间的艺术神经，一些快消失的老牌乐曲，偶尔可以在这里听到。不能忘记的是老卢请来鞍山的刘兰芳讲课，楼里挤得水泄不通。刘兰芳与丈夫似乎也很欣赏老卢，在辽南，有演出乡土作品的专业团队，且那么重视曲艺，在二人看来十分难得。但我那时候对于这些并不喜欢，天天偷着看些翻译作品，有点怠慢身边的一切。我对二人转的评价也低，认为拘泥在泥土里，飞不起来。

老卢可能觉出我的偏执，但并不反对我的态度。他偶尔也到我的办公室小坐，询问我看了什么新书，可否推荐一点翻译作品；有时也说，不要小瞧影调戏与二人转，别看唱腔略土，里面也有门道，它们是从大众那里来的声音，百姓喜欢。有一次他请市里一个红学专家来讲《红楼梦》，他听完后做了小结道：最好的艺术，是雅俗共赏的。这些观点自然不错，但那时候的我还是不以为然的。

年轻时代的我，有点好高骛远，心并不在乡土艺术之中，觉得大学校园才是应去的地方。不久就有了到外面的世界闯闯的念头，想上学深造。与老卢聊天时，表示了这个想法。他有点为难，说留在文化馆会有出息的。但多次找他后，看我的决心很大，他便不再反对，与馆领导商量，给了我两个月假，在家复习考试。那一年我顺利考入省城一所大学，他知道消息后，说了许多勉励的话，还把我请到家里聊了半天。临别时，送了几本书给我，并介绍了省城几位批评家的联系方式，嘱咐我好好读书，多写作品。我感到，他大约对我还是寄予了一点希望的。

离开县城，我到了更大的世界里，所遇的风光也不同了。许多年来，我们之间还有一些联系。偶尔见面的时候，彼此都有着亲切感。他还像过去那样，喜欢谈辽南戏曲、地方志写作等。有时聊起一些新人，谁又有了新作，谁的剧本上演了，有兴奋感。越到晚年，越有风采，声音洪亮，眼睛传神，暮气与他是远的。印象里，他从不谈论自己，总是以别人之乐为乐，仿佛青年人身上的亮点，都与自己的生命相关。

五十岁后，我成了大学的教员，常常遇到一些研究戏曲与民间艺术的人，讨论文学史时，不能回避的就有乡土艺术的话题。突然感到，年轻时在小红楼的经历，对于自己显得那么珍贵。才知道当年接触的方言、影调戏、年画、大鼓书，都含着丰富的内蕴，研究起来有不小的学问。这类知识与趣味，在大学校园里得到的多为皮毛，到边远的地方走走，感觉总会不同。民间的一些人士，是有一番本领的，古人所云"动操鸣弦，自令众山皆响"，都非雅士可为。而启示心灵的，常常是那些看来平常的人。

说起来，喜欢品味文化的人，眼睛往都市看的时候多，不太去接触草根世界。有时候看到一些学者笔下的民间艺术形态每每是概念的游戏，便暗自发笑，感到了某些隔膜。记忆中的辽南飘出来的声音，不是这样的，它那么生猛和充满热血的感觉，看似下里巴人之曲，实则有民间的真气在。没有在乡野看过戏的人，大约不易感到谣俗的内在经纬。于是便想起老卢的一生，他的学识与修养，我年轻的时候不解，晚年才寻出滋味来。也私下地想，他的水平绝不比象牙塔里的所谓学人差。一个人植根于民间，且忘我燃烧的时候，天地是高远的。此种境界，谈之可以，达成却难。不错，野有贤师，这是求之不得的。现在想来，年轻时遇到这样的前辈，是多么的幸运。

（原载《随笔》2022年第5期）

孙郁（1957— ），本名孙毅，生于大连，中国人民大学文学院教授，北京作协副主席。著有《寻路者》《鲁迅忧思录》《思于他处》《民国文学十五讲》等。

母亲的三片落叶

◎ 蒋　蓝

堆在南山高坡上的光

2023年1月21日，大年三十。

中午时分，我驾车抵达老家自流井。听到门里钥匙转动的声音，持续了一分把钟，母亲终于把门打开了，她一脸笑意，一手扶杖，一手要来接过我手里的一大堆年货……十几天未见面，她似乎变得更矮了。

母亲作为盐业代表队的女排队员，参加过共和国第一届全运会。这些60年前的往事，其实过去得很慢、很轻。我目测，她现在身高最多一米四。

回家路上，母亲给我打了好几次电话，问我到了哪里。我一一回答，她不停地发出笑声："那就快到了。"

保姆吃过早餐就放假回家了，桌子上什么也没有。我说，妈妈你看电视，我来做饭。她笑盈盈地看电视，没有说话。看得出，由于老年性疾病的不断发作，她大脑有些发木了，她什么也没准备，也不知道今天是什么日子。我提醒她，今天是大年三十啊！她笑盈盈继续看电视，没有说话。

等我买菜回来再把年饭做好，已是下午4点了。

看着五六道菜，她只喝了一碗鸡汤，说："儿子能干，鸡汤真好喝。"

然后，她就看着我吃。

我说，妈妈，你这一阵也没有出过门，我们下午去看看父亲。这是当地的风俗。

她脸上出现了犹豫的表情："我怕，爬不上那个高坡……"

我说，你上得去的。儿子在！

开车来到市郊的南山公墓，已近6点了，夕光四散，在数千块花岗岩的墓碑上点燃了十万根烛火。我买了2束菊花，搀扶母亲往南山高坡上走。

祭扫的时令已过，偌大的墓区只有声声鸟鸣，把层累而上的丘陵点染成袤远的莽野。鸟鸣山更幽，但鸟鸣中的墓碑，正在被声音一点点放大。

一个穿银灰色套装的女人走在我们前面，西王母式的贵妇头打扮，她手里的菊花非常硕大，金黄发亮，显然不是本地的品种。她的身段摇晃在树荫的间隙，一会儿银光漫过了人影，一会儿灰色大面积地覆盖了她的腰身。她凝重地走在前面，我猜不出她的年龄与模样。

连她毫无声息的高跟鞋，也是银色闪烁，仿佛大西王张献忠沉在岷江江口五百年的银锭，突然与阳光对视。

银光具有鱼鳞一样游移不定的性质，并有固执的漫漶之力，渗透到自己的轮廓之外，不断把他者的注视纳入麾下。但灰色却逼出了火山灰似的岑寂，混合成一种铅色，似乎比天际线显得更为冷远。

母亲说："前面这个人，也是来扫墓的？"

我说，妈妈，歇息一下。其实我们仅仅上升了五六米。母亲脸色潮红，连皱纹也舒张开了，喘得很厉害，我听得见她的肺叶剧烈的蠕动声，那些气流在鼻腔里发出怪响，就像一只蛰伏的昆虫醒过来了。

我们再走。她的脚在颤抖。拐杖在石头上发出急促的叩击。由于这一段台阶没有扶手，我紧紧抓住了她的胳膊，隔羽绒服和毛衣。她的手臂好细啊！就像我抓着三四岁的女儿时那种感觉。

母亲大口喘气，鼻腔里的那只昆虫发出的声音更为响亮了，几乎是在鸣叫，有翅膀扑打树叶的声音，也有羽翅撕裂的声音，有昆虫把鸣叫器干脆倒翻来的那种无蔽的声音。最后的五六米，她实在是走不动了。我夹住她，几乎用一只手把她提着走。她不重，至多八十斤。

来到最高处的平台，母亲的脸就像一张水浸泡过的红纸。汗注从稀疏的白发间流下来，我赶紧用餐巾纸给她擦拭。我才注意到，我的手心全是汗水，那是透过她的羽绒服渗透出来的。

我给母亲点了一支烟。这是母亲多年的嗜好，也是唯一的嗜好。她发乌的嘴唇一直在颤抖，布满干裂的细纹，她的腿一直在微微晃动，她猛抽了几口。

她把烟还给我："我不想抽了。"

通往父亲墓地的甬道两侧，有二株腊梅花树。花朵半开半闭，毫无香气。显然，这是拒绝吐香的梅花。我们站在树下，大口呼吸。这就像一个心事深重的人，恒久沉默着，看着时间的青苔渐渐在身上蔓延。也许高人可以化解这淤积之力突发的倒灌之势，但寻常之人的确缺乏这些修为。

梅花树上的黄叶片还没有落尽，也许它们还沉浸在深秋的长梦里难以返回深冬，或者找不到回来的路，抑或将香气提前吹往一场更为遥远的回忆。我伸手触碰头顶的梅枝。花瓣纷飞，带来了一场细雪。呵呵，这棵梅树终于松口了，我闻到了几丝幽香。三尺之外，迎风即匿。恍若花树缝隙间露出的美人之腰，一弯一曲，融于灯火与黑夜交织的间隙，徒剩一团淡雾。淡青色的砂岩石板，在松枝与柏树的簇拥下，山风打扫了上面的所有落叶。

通往父亲墓的道路，我陪母亲走了16年，每一年来两次。

以前每次来，母亲总会带几个水果和糕点作为祭品。记得有一次，我忘记带酒，母亲不高兴，我立即下山去买了一瓶补上，母亲表情才平静下来。现在她站在旁边喘气，金属拐杖在石板上发出毫无节制的叩击声，她的腿抖得很凶。我掏出帕子打扫墓碑；把祭品摆好，菊花排放在正中。墓碑上拓印的父亲照片，因雨水的浸蚀，已大半模糊了。

母亲说："酒呢？"

我把一瓶酒缓缓倒完，这瓶酒还是姐姐的同学送我的酱香酒。酒香四溢，酒在干燥的大理石上乱走，画出了一幅奇异的图像，有点像嘉祥的荆轲刺秦图。

这个墓穴，是20年前父母买下的合葬墓，并不大。记得16年前安葬父亲时，在管理处刻制墓碑，按习俗，父亲的名字排在上面，下面预留母亲的名字，当时母亲明显就不高兴。我立即说，父亲的名字就正列，就不预留母亲名字的位置了。这一说，母亲的表情就自然了。

母亲弯着腰，突然说："蒋寿昶，我很快就要进来与你见面了。儿子，你每年肯定会来看我们的。"

我怔了一下：妈妈，你喜欢甜食，我自然都会带来的。

她说："水果就不要带了。可以带些桃片膏！"

我忙说，妈妈放心，我会记住的。

她知道到时候我会重刻墓碑，母亲一个字一个字地说："你记住，那个人的名字，不能刻到墓碑上……"

我没有说话。我磕头，母亲站在一旁，目光低垂。

我搀扶母亲，一步一步下山。

我不禁想起幼年一件往事。那时我七八岁的样子，某天晚上父亲带回一本单位上的科普杂志，封二印有几幅石林的黑白照片，我一字不落地看完图片下的文字介绍，说水沿着石头节理面溶蚀，随着裂隙加深加宽，分离出石峰石柱。锐化的石峰石柱组合在一起，形成了石林……我突然把头埋在母亲大腿上大哭起来。

那是我第一次想到了死。我死了，我就见不到爸爸妈妈了。

为什么石林会让我想到死亡呢？透过50年的间隔，至今我也不能回答这个问题。当时母亲抚摸我的头，没有出声。

我对母亲说：当时我第一次想到了死亡，大哭。可是你没有说话。

母亲笑起来："你还记得啊，我记不清了。这也没得什么大不了的，就等于人睡过去了，就像那些石头。我一点也不怕。"

甬道旁边不但有腊梅，还有红梅。腊梅花凋谢，红梅仍在怒放。在我眼里，红梅不像是腊梅花的妹妹，倒更像是它的试管婴儿。

一步一步下山，天光顺山势向高空斜照，就像一场露天电影，喜怒哀乐都在天上幻灭。我抓住母亲的胳膊，一步一步走向深水区。燕子、蝙蝠以及白鹭在山踝一线起起落落，不断把暗处的线条高抛起来，一旦进入夕光的边际就迅疾被溶解了，成为暖光的同盟。就连那些蓝花楹的顶端，似乎也被浸染成红枫。

那个穿银灰色套装的女人，毫无声息跪在一个墓前，双膝前垫了一张毛巾。她双手捂脸，我看不清她的模样。她挺直上身，像一个学生那样全神贯注。听到母亲拐杖扣地的声音，她很快起身拐进了下山的甬道。她每走一步，高跟鞋就会抛起两片银箔的翅膀。银光从来就是拒绝透视的。昏暗的暮色里，她的气韵透露出来的不屈不挠，似乎比身影更为坚硬，焕发出白蜡虫的底色。

夕阳已彻底落山了，但西天倒映着一脉红霞，这是一幅描红作业，为上空堆积的大片暗云镀上了一层暖色蕾丝，在等候一个神奇的图景君临。看上去，云与天光和谐统一。

灰色的回忆之云，让顶上的光照继续徘徊。在一再坚拒的过程里，灰色逐渐被光渗透，从内部颠覆，逼出了东躲西藏的一根根亮丝。这样，逐渐在铅灰色的色泽上落定。而光在继续涌入，并与云达成了深度和解，在空中就铺成了跃动的银灰色，宛若一袭大氅，独自空飞。

我想，为什么死总会呈现灰色的隐喻？

银归银，灰归灰。银子如人参、如地精在浸入的视觉里不断奔跃、不断移形换位。灰色是银拉长的影子。银是什么？是母亲散乱而稀疏的白发。

我清楚地意识到，这是我最后一次带母亲来这里，让她看清自己的家，以及通达住宅的每一棵树，和62级台阶。

末了，我要解释一下为什么要记录银灰色。

按照鲍德里亚的意思，我们不该说"别人存在着，因为我跟他相遇过"，而应该说"别人存在着，因为我'跟踪'过他"。因为"相遇、对峙，总是太真实、太直接、太不得体，其中毫无秘密。你可以看到，那相遇的人们并没有相互结识、没有坦承自己的身份……我不用接近他，就比任何人更了解他。我甚至可以像S（在《威尼斯随行曲》中）那样任他走开，同时确信明天可以在这座城市的迷宫里、在某种星象图下（因为城市是弧形的，时间是弧形的，而游戏规则一定会将参与者带回到同一轨道）与他再见"。

必当浮一大白。

山下，我用纸巾为母亲擦汗。汗早已蒸发。她平息了。她向我要了一支烟，这次她抽得很舒缓。我们看到那个穿银灰色套装的女人，驾驶一辆银色的奔驰车无声滑过。

几只鸟儿忽前忽后跟随着汽车，在渐次暗淡的空气里用飞舞的线条打了一个死结。

但是，空中的死结在挪移中又解开了。鸟飞，但影在。

鸟语尚未回归，它们参与了黄昏的聒噪，并幻想用蝴蝶的诱惑之翅来打开一种拐弯的叙事。记得安葬父亲时，我手指里的北风还有几分悲哀的残迹，一不留神，疼痛就瓦解了一次握手与挥别。许多词句在打开悲欣，让倾诉失去了水分。我不是一个特别敏感的人，母亲也不是，晦暗的天光下并非凄凉，而是山野的安静。这几年都是暖冬，不再遥远的春天正在用唯一的理由靠近山踝。

墓地位于市郊，农家不时爆出鞭炮声，还有焰火升起，但并不能照亮整个U形的墓区。堆在南山高坡上的夕光，宛若纸钱熄灭后暴起的点点火星。无辜的光，一地闪烁的全是任人拾取的信任。

我对着落日染红的山梁出神，远景里有两棵高大的水杉，道具一般不真实。置身郊外，红尘的每一个细节才有可能从蛰伏的地表下渐次涌现。

母亲抬头看了看山脊，说："儿子！天黑了，我要休息了……"

广场上的刺桐与蓝花楹

2023年1月22日，大年初一。

一早我清理了她必须服用的药，餐前、餐后有12种。

母亲想吃汤圆。冰箱里没有，我出门设法。

其实母亲糖尿病已较严重，本不能吃甜食。但她嗜糖，却是终身性的。四川一地不同于别的地方，服务行业往往只休息大年三十的下午半日，大年初一也是早早开门了。

回来，发现母亲在看书。这十几年她只读了几本书，全是我的作品：《成都笔记》《蜀地笔记》《锦官城笔记》……她读得最熟的是我写亲情的散文集《至情笔记》，她基本可以复述其中的全部细节。《至情笔记》里写了父亲，写了青青，没有单独写她。

母亲坐得笔直，一口气吃了10个汤圆，还把汤圆水也喝得干干净净。我在一旁对她讲，四川以前有一句俗话，叫"乱想汤圆水喝"。旧时糖很珍贵，华阳、邛崃等地百姓吃的汤圆是没有糖心的，糖是直接放在煮汤圆的水中，这也是成都俗语"乱想汤圆水喝"的出典，意思是非分之想。

母亲说："我们家开设有大糖坊，都是你外公、外婆亲自动手，家里糖遍地都是，堆成山。家里还有电话……"

母亲的出生地是银山，属资中县辖镇。唐朝置银山县，宋朝废县设银山镇。1911年改银山乡，1951年复置镇。银山位于沱江之畔，历来是蔗糖的主产区。记得几年前我带她、姐姐、女儿一道回银山镇探访。

母亲老宅宛在，几百平方米的大庭院曾经作为县粮食局的仓库，现在改做幼儿园。今天是周末，我们得以进入。母亲站在庭院里，没有说话。她看着两棵老桂花树，良久，才说："我记得离开老家到成都去读书，那是1952年吧。我和一个女同学结伴走了2天才到华西坝……"

姐姐问：那时外公外出拉纤，死在三峡。你们一大家怎么办？

母亲说："当时正在修公路，碎石可以卖钱。沱江碎石很多，但能卖钱的只有两类，一类是鹅卵石，一类是石灰岩，要敲成小孩拳头大小，还要大致呈四边形，真是累死人也赚不了几个小钱！敲碎石有很多窍门，初摸此路的外婆，带着我几个兄弟认为有力气，还打不烂一块石头？举起锤子就敲，光秃秃的石头一滑，正好砸到腿上，立即痛得龇牙咧嘴！后来他们熟练了，都用一个草绳编的绳圈，或者草袋子，把石头四周箍住，用锤子猛敲，碎裂的石子就不会四处乱跳。鹅卵石、石灰岩十分坚硬，要提高碎石的速度并非易事，很熟练的人，从天蒙蒙亮干到天黑，很多人在碎石工地吃两个红薯，顶多也只能完成一个立方。由于体力消耗太大，工钱全填进肚子。碎石是按照立方来计算的，但堆在地上怎么统计呢？石子的买主，多是单位，如建筑、公路、铁道部门，派个施工员，量个石子堆的周长和高度，用简单的公式就算出了体积。到后来，丈量都免了，干脆进行估算，说多少就多少。外婆哪敢得罪这些领导，明知吃亏，只好忍了。你外婆从来不说什么……"

我们来到江边，江边还有卵石场，但都是碎石机在操作，看不到铁锤在卵石上碰出的火星，那个黑乎乎的吞口里发出惊天动地的碎裂声，那是石头的叫喊……

中午我们在街头一家小店吃沱江鱼，一个老人对老板说："六小姐回来了！菜整好哈。"说完笑笑就出去了。结账时老板优惠了不少，说是他父亲的意思。

那是母亲最后一次回乡。

我说，今天天气好，太阳出来了。我们出去散步。

来到汇东停车场，附近有一个不大的广场，早已禁止燃放鞭炮了，所以广场上甚是整洁，几排座位成为了落叶与鸟儿的栖身之地。我们坐下来，母亲微笑，不说话。

不远处有一个老人在练功，进入深度止念状态。风把他的长袖飘起来，也把他的白发扬起。老人纹丝不动。母亲退休前后练过功，我说你能单脚站立一分钟吗？

母亲说："以前可以站二三分钟。一晃，三十多年过去了。"

刺桐花丛丛而聚，高举向上的火炬，在空旷的视野中显得格外惹眼。我捡起地上的几朵刺桐，交到母亲手里，说，你以前见过吧。

她说："银山镇没有，那里只有构树、桐子树，还有无边无际的甘蔗林。"

母亲其实很熟悉这个小广场，这也是附近唯一的广场。18年前女儿青青出生，我在成都工作，经济并不宽裕，只好请求年迈的父母代为照顾。他们没有多话，放下几个月大的女儿我就走了。记得是夏季的一个下午，朋友龚伟到长途汽车站接我，直奔汇东小广场而来。

我看到父亲、母亲正拎着青青在学步。父亲心细，用几条软毛巾结成一根绳子，缠在青青腰背，这样就不会勒着柔嫩的身体。

父亲用力提着，母亲在青青身前，手舞足蹈。

父母看到了我，指给青青看："这是谁呀?"

两个月不见，青青静静地看我，然后跌跌撞撞地朝我走来……倒在我怀里。爸，爸。

记得是去年母亲病重了，我带女儿几次回自流井，还有她的大狗金毛。也是一个早晨，我带女儿来到广场，坐在同样一排长椅上。女儿身高1.75米了，还是一个孩子。青青说："真的，我记得起你来看我的时候! 那时你的头发很长、很浓……你给了我一把酸酸糖。"

我转过身，打量母亲。她眼光低垂，地面瓷砖的缝隙笔直，她的思维似乎从这里出走了，而且游走到了一个陌生的所在，几个拐弯后，找不到回来的路了。

妈妈，妈妈！

"哦，儿子，你说的青青小时候的事。她最喜欢落在地上的花，捡起来就往嘴里送……"

我说，青青马上高考了，连续四五次考试名列全年级第一。

母亲哈哈哈大笑。出气一大，鼻腔突然发出了异响。

我给她点了一支烟。

我说，西汉时期，蜀地大文人司马相如，对四川人有一句评语：非常之人做非常之事立非常之功。什么意思呢？我准备自问自答。

母亲说："不是一般人，做的就不是一般事！"

我说，很正确！

见她舒缓了，我才说，我正在写一本书，叫《苏东坡辞典》，我准备去一趟湖北黄冈市考察……

这次，她反应极快："你什么时候走？"

我有点嗫嚅，要不就今天下午动身，我早点回来。来回刚好3000公里。

母亲叹气："你啊，明天走吧！春节路上车辆很多，你开车跑这么远，也不要心急。我还稳得起。"

回家路上，见到几棵蓝花楹，绿树婆娑，可惜没到开花的季节。我说，你要记住这种树的名字。母亲随身背着一个小包，除了手记就是一个小笔记本，那还是我几年前给她准备的。凡事，有意用笔记录一次，这是抵抗衰老的办法。她本能地掏出笔，我写上了。

她看了一下："蓝，是你的名字。青青喜欢花，我记得住。"

一阵风吹乱花树，奇怪的是，蓝花楹上竟然落下来一些梅花瓣。估计是干枯的梅花被风吹散，刚巧从蓝花楹树叶间再次筛落。当然了，这甚至就是一次上苍刻意的安排，梅花立在蓝楹枝头。无所谓凋零，也无所谓盛开。春天并不在草间，冬季也没有咄咄逼人。

黎明的风，在草木之间发出天籁，那是庄子的"吹万"之声。我们唯有置身其中，竖起耳朵，方能得到和解，或者不和解。

我计算了时间，还是决定下午出发。

母亲坚持要送我，这是多年以来形成的习惯了。来到地下车库，见我发动车，我本准备给她挥手。我突然决定，妈妈，你上车！到了出口你再步行几步回家。

母亲一听，很高兴。她坐定，立即就去拉安全带："你的车好漂亮，气味也好闻。"

从地下车库到出口，二三百米的距离，我突然产生了一种诡异的预感：也许这是她最后一次乘坐我的车了。

我停车，为她开门。她已经没有力气独自从座位站起身了。拉她的手臂，羽绒服竟然是湿漉漉的，是汗水。虚汗。

"你一路慢点！你是非常之人。"母亲说。

后视镜里，母亲扶着拐杖，挎着小包，脚穿姐姐带回的厚棉鞋，戴着羊毛软帽，雪白的头发在帽檐下欲飞，她还是那个银山镇镇长的六小姐！她向我挥手。她的嘴唇在嚅动，似乎在说什么。

是在重复"非常之人"吗？

直到汽车拐弯，看到母亲还站在原地，手已放下了，正对我的方向。

仰头看云，低头看路，云在走着最安静、最无蔽的路，母亲站成了我身后的云。我看着越来越小的母亲，我所写下的全部雷电与白雪的绝句，是缘于与你的分多聚少。

我的眼泪下来了。

天黑了，我要休息了

2023年1月25日，大年初四。

站在黄冈遗爱湖畔，尽管是零度，但湖水深碧而微澜，明丽的阳光散落在偌大的湖面，晃得有些睁不开眼。我的单反相机突然落地，镜头上的UV镜片碎了。见我在清理碎玻璃，一个年龄与我相仿的男人靠过来："先生从哪里来？哎呀，运气不好啊。不过问题不大，相机应该可以用。"

一来二去，我知道对方是本地的摄影玩家，姓陈。我告诉他我此行的目的以及我的名字后，他用手机百度了一下，走了回来："失敬失敬！我今天没事，全天为你当向导如何？可以节约不少时间……"

陈先生是当地中国电信公司的副总经理，带我去寻访东坡园、雪堂、黄泥坂、临皋亭、东坡赤壁、定惠院……还为我买门票、请我吃饭。他说，这是苏东坡冥冥之中对家乡人的特别佑护吧。我想，更有母亲的加持。

看到表哥的来电，我就估计不妙。

表哥是我们家在自流井唯一的亲戚了，平时基本靠他关照母亲。他说，母亲今早起不了床了！但人很清醒。

我决定中断考察，立即返程。我原来准备过完春节，送她再回到成都那家医养结合的医院。那个地方去年母亲住了一个月，拘束太多，闹着坚决要出院，她甚至给每一个亲戚打电话发牢骚，她说死不算什么！我实在没办法，才把她接出来……现在，我马上向这家医院联系好了床位。

26日深夜12点抵达成都。翌日中午前到达自流井。这一路，没有接到她的电话。

见我匆匆走近，母亲笑起来。她的手支撑身体，她想坐起来，但没有成功。脸很红，呼吸急促，肺部应该有炎症。给她服用了青霉素胶囊，我背她下楼。幸运的是，我一下就找到了那套20年前准备的寿衣，那是母亲托表哥一家买好的。

临出门，她问："我的书呢？"

她说的是我的那几本书，无论多少次在成都与老家之间折返，书总是随身而走。

这一次，我顾不得这些了。

立即去银行，母亲的存折都在我手里。工作人员看到我背着老人上门，八成也估计到什么，手脚麻利开始清理存折。母亲一言不发，签字利落，非常镇定。她当了一辈子医生，现在她签的名字反而工整异常。

一上车，我从倒车镜里就发现她的异常。她在拼命扭动拐杖。表哥问："姑姑，你在干啥呢？"

母亲笑了一下，欲言又止，但总算停止了扭动。

车到中途，她说不舒服。她突然站不稳了。我背她进站休息，她也蹲不下身……

半个小时的来来回回，她的羽绒服早已被汗水湿透了。

我心急如焚，车开得很快。天光渐渐暗下来了。

母亲突然说："这是哪里？"

我说，马上到成都了。

母亲说："天黑了，我要休息了！"

这是她说的最后一句清醒之语。直到躺在医院床上，她再没有对我说什么了。

天黑即睡，这是母亲近一个月来的变化。可惜，我明白得太迟了。

5天之后的深夜，母亲病逝。重症监护室的医生对我说，你母亲是核酸阳性，加上老年性疾病并发……

现在，母亲的骨灰盒就在书房里，距离我2米的地方。记得完成《苏东坡辞典》时，恰是清明节。我在后记里说："我没有时间，我也没有心情，因为我来不及去悲痛了……处理完母亲的后事，我开始全力以赴地写作。但母亲派发的落叶，在我眼前摇摆起伏，成为了本书叙事时断时续、文情阴晴突变的唯一原因。母亲的骨灰盒一直放在书房里，每每写到卡顿之际，我常站在她面前凝望，上面镶嵌着她青春时节的照片，给她讲一个苏东坡的段子，然后又回到我写作的掌子面……"

我写的过去都是风雨的字迹，一不小心就碎在窗户上，散成了灯火阑珊的回忆。今年是往年的折射，梅花依然飘香，蓝花楹注定会绽放。透过窗玻璃，重床叠屋的图景可以让玻璃反照成为一面镜子。由此，我看见无尽的长日其实只是一日。

你和你自己谈话，一地听不见的词语都涌入镜中，都破碎了。

我和我自己谈话，满是听得见的词语都涌入笔端，都装满了。

我和你说的碎语，道得明听得清，是诀别，而不是再见。

（原载《人民文学》2023年第8期，原题为《三片落叶》）

蒋蓝（1965— ），四川自贡人，诗人、散文家，现居成都，四川省作家协会副主席，著有《玄学兽》《哲学兽》《黄虎张献忠》《动物论语》《踪迹史》《豹典》《成都传》《苏东坡辞典》等。

荔果园

◎ 陈再见

  荔果园是父亲留下来的，有十几亩大，扇形，在村子后边。早在上世纪九十年代初，荔果园里种的还都是木麻黄。粗壮挺拔的木麻黄树枝叶繁茂，根须也发达，园子里到处是虬曲盘错的树根和细如铁针的落叶。我们那时喜欢钻进林子里玩，趴在沙地上，拨开树叶，朝一个个小小的洞穴里吹"沙牛"。沙牛小如虱子，样子挺恶心，我们那么做，只为破坏它们的住所，看它们从沙穴里钻出来后，慌乱逃窜的样子。

  起初，荔果园是作为林地划归我家的。除了我家，另外两户也有份，但他们显然没把林地当回事。父亲为了方便管理，竟然用一级良田跟人置换。那样一来，整个林地就都归了我家。这是我父亲能做出来的事情，他年轻时做过不少傻事，其中就包括这一件。好端端的，拿上好的田地换来一片长满木麻黄树的林地，即便不傻，在当时看来也不是什么高明之举。好就好在父亲傻人有傻福，在置换林地这件事上算是蒙对了。多年后，家乡人大种荔果树，父亲便趁势把木麻黄全砍了，卖去烧炭，陆续也种上了荔果树。是的，我家的果园是陆续形成的——在我的记忆里，那是父亲凭一己之力，砍倒每一棵木麻黄，挖出根须庞大的树头，再在挖出来的土坑里栽下果树苗……前后历经数年，父亲最终才把整片树林替换成果林。

　　父亲显然并不善于打理果园，种上去的荔果树死的多，活的少，只好想办法改善土质。又经过几番补种，果园总算是满员了，但也是高的高，矮的矮，到了收获的时候，由于缺乏经验，好多必要的工序没做，顶多也就园头几棵乌叶（荔果的一种品种）会结一些，酸酸涩涩，一点都不甜，好在也够自家人吃。父亲自然是希望果园能有收益的，几年折腾下来，他有些丧气，便有了丢下不管的意思。荔果树间的野草伺机疯狂生长，很快就比果树长得还要茂盛。父亲见不得果园里长满野草，一年末了，便总要抽出十几天，与野草鏖战，直至果园又干干净净，如同被拔了毛的雏鸡，只剩下一排排瘠瘦的荔果树。那会儿我应该刚读初中吧，印象中最怕的事就是让父亲叫去果园锄草。父亲也不是真指望我们能帮上什么忙，只是见不得我们闲，嫌碍眼，就会顺带把我和弟弟唤上。

　　荔果园里长得最好的是一种俗称"葫芦不丁"的野草，也是最难根除的，几乎年年锄，年年如斯生长，势头不减不弱。其他诸如白茅草、牛筋草、米碎草、蛇舌草、灯笼草、四方枝苦楝，别看也多，但生命力不强，锄过几次，就很少再长了。"葫芦不丁"看似枝叶怯涩，通常露出土面的只有几根干巴巴的藤叶，实则那只是冰山一角，更多错杂的根须已经占领了整片园地，想要根除它们，除非把园地翻个底朝天，再将沙土用筛子过一遍，否则，哪怕是遗留下一小段根须，几天过后，雨水一沐，它又快速开节疯长，不出多久，又爬满了一地。对付"葫芦不丁"，我们简直没了法子，都快疯掉，只能延续父亲的土办法，一锄头一锄头地在地里刨，只是从果园的这头刨到那头，回头一望，刨过的土地上又蠢蠢欲动。

我打小就懒一些，说是去帮忙锄草，还得带上本小书，大多数时间其实就借屎尿之名，躲进守园寮里看书。父亲没能力把果园打理好，倒是把守园寮搭得气派而牢固，倚借着几棵仅存的木麻黄树，父亲几乎搭建了一个空中楼阁。坐在守园寮的敞口上，视野开阔，近处可以巡视整片果林，朝西隐约可见瓦屋顶的村庄，往南是莲峰古寺和更远的人头山，而那个酷似人头的巨石后面，便是辽阔的海湾。

弟弟要比我勤快得多。那时弟弟也就十来岁，读书不行，干起农活却有模有样，一说就会，一会就通，一通就精，有时连大人都自愧不如。这多少是需要天赋的，天赋这东西有时又仿佛是刻在命数里的基因。母亲曾带我们兄弟俩去南塘镇找盲人先生算过八字，先生第一句话就是：一个文一个武。母亲问，谁文谁武？先生说，大的文小的武。母亲二话不说，欢快地给先生掏钱。那时我是在场的，哪怕是瞎子瞎猜，答案也让人无法反驳。弟弟会劳动是一回事，他还热爱劳动，如果是出于一种被迫无奈的执拗心理，那倒可以理解，问题是一个十几岁的小孩，在没人监督的情况下也能卖力劳作，弟弟是我见过的第一人。每次出工，父亲自然更愿意带上弟弟。俗话说，会哭的孩子有奶喝，其实也可以说，偷懒的孩子空闲多。确实，因为懒，我好像获得更多的豁免权，一般情况下，父亲不会叫我出工。有时大清早，看着父亲和弟弟带着农具走出巷子，去往荔果园，我又不得不拿本书爬上瓦屋顶，装模作样地朗读起来。

有一次，我和弟弟不知因为什么事在天井打了起来。父亲训斥我们，弟弟终于委屈地哭着说，凭什么他什么都不用干。这当然是我的软肋，我知道弟弟心里有怨，也担心他有一天会把怨气发泄出来，打破某种平衡。说实话，在农村，一把锄头肯定比一本书更具说服力。正当我自觉理亏，沉默不语时，父亲却帮我解了围——父亲说，他会读书啊。弟弟便不再言语，或许在弟弟看来，那也是他的软肋，他之所以热爱劳动，有可能也是为了掩饰。总之，父亲简单粗暴，一剑封喉，似乎又把我们兄弟俩的路径逼到了一端，不得不硬着头皮往下走。我当时还有些得意，冷淡地看着弟弟的双眼蓄满泪水。事隔多年，我一直记得那个情景，而且年龄越大越深感愧疚，我们伤害了弟弟，我和父亲一起合谋伤害了他。我不知道弟弟是否还记得，他应该是记得的，只是不再提及，或者不愿意想起。

　　没过多久，弟弟就辍学了。不读书是弟弟自己的选择，原因当然很多，最主要是当时我们家出了一些状况，几个在深圳谋生的哥哥发生了矛盾。家里的大多开销其实靠的还是哥哥们寄回来的钱，突然之间，他们谁都不理我们了。开学之初，母亲摘下手指上的金戒指，准备去南塘的金店换成我们的学费。晚餐过后，弟弟却悄然提出，他不想报名了。我一直记得那是一个家里还点着水油灯的夜晚，光线暗淡，气氛黯然。母亲默默擦着桌椅，我们都知道她已经哭了。父亲坐在一边抽烟，对弟弟说，这可是你自己说的哦。依然简单粗暴。我和弟弟一块在村里长大，能记住的场景其实不多，但天井打架那次，和弟弟提出不读书的那个夜晚，却像是两块伤疤，死死地贴在记忆的门面上。前不久我还和弟弟提起，说那天晚上家里怎么还点水油灯，弟弟说，那年是1999年，村里早就通电了，不过夜里时不时会断电，断了电就得点水油灯。显然，弟弟记得比我清楚。

弟弟不读书后，他几乎完全替代了我父亲，全身心地投入荔果园的管理中。前后大概有两年，我家的荔果园在弟弟的打理下，终于有了果园的样貌。弟弟还逐渐把一些劣质的品种，比如乌叶，替换成凤花、妃子笑和糯米糍，又不知从什么地方要来了几棵龙眼，一栽就活，长势喜人。在劳动这块，弟弟是有学习精神的，他主动和村里其他的果园主交往，从他们那学习管理荔果的办法，诸如什么时候该"割枝"，什么时候该"控菱"，什么时候该"保蕊"，原来学问多得很，并不是想象的那么简单。父亲终于也服了气，情愿撒手放权。

如果不是四哥从深圳回来，弟弟应该还想在荔果园里再干出些什么来，那时他心里面肯定已经有了比较长远的计划。四哥的突然回家打断了弟弟的计划。四哥回来不是短住，而是打包回家，再也不去深圳了。四哥还带回一个四川女人，高额头，笑起来牙齿黄黄的，五官还都没长在正确的位置上。至于四哥为什么离开深圳，当时我们还不是很清楚，现在大致知道了，就是几个哥哥的矛盾越闹越大，四哥又是暴脾气，心一横，把水果市场的档口一转让，就带着老婆走了。四哥是个残疾人，九岁时在村口的省道拾牛粪，被一辆盐务局的货车碾断了右腿，当时医疗技术有限，便草草截肢了。四哥也是厉害，靠着一根钢制的拐杖，竟然也能行动自如，他还会踩单车、骑三轮，据说在宝安五区市场卖水果时，还能拉货上坡，见者无不感叹。回来后的四哥也是茫然无措，几经折腾，从深圳带回来的钱也花得差不多了。那段时间，四哥的情绪跌落到谷底，经常和家里人吵架，好几次还闹到要寻短见。我家变得鸡飞狗跳，我从没有那么强烈地想离开。那会我还在镇上读高中，平时很少回家，也不太想回去。

四哥的女儿出生后，情况才有所好转。四哥的心性似乎被一个初生的婴儿给压制住了，小孩哭夜，他甚至能通宵照顾，再也没了脾气。四哥第一次心平气和坐下来和父亲商量，能否把荔果园分给他？父亲之前被四哥气得够呛，那会却也心存恻隐，但他做不了主，还得征求其他儿子的意见。当然，四哥的情况特殊，最终我们都同意把荔果园的三分之一分给他，其他三分之二还属于公家，只是可以由四哥代管，收益自然也都归他。这样安排，四哥欣然同意。全家最为失落的应该就是弟弟了。弟弟没办法表达反对意见，只能眼睁睁看着自己苦苦经营的荔果园全归了四哥。弟弟已经不小了，长年的劳作让他拥有健壮的身体，他还学会了抽烟，有了自己的想法，就显得深沉。我们要是站在一起，不知道的都会以为他是哥哥，我白白净净的，才是家里的老尾。

四哥接手荔果园后，好长一段时间还需要弟弟协助。弟弟无怨言，继续帮四哥把果园里的荒地翻起来，种菜、种豆、种瓜、种番薯、种萝卜、种芝麻，一时间，生机勃勃，荔果园也不再是之前单纯的果园。四哥尝到了甜头，干脆把原先的守园寮拆了，建了一个简易房，一家大小都搬了进去。四嫂也是勤俭持家的女人，她慢慢代替了弟弟的角色，一家人住在荔果园，算是过上了正常的生活。

弟弟当然意识到，他需要另谋出路了。

那年寒假，我和弟弟一起去深圳。大哥和二哥还在宝安，我只是趁着寒假出去走一走，弟弟则另有打算，他想在深圳找份工作。我们坐了一天大巴，终于在一个叫宝晖大厦的地方下了车。二哥开着铃木摩托车来接我们，到了二哥的杂货店，我们一人泡了一桶方便面，蹲在门口吃。那是我第一次吃到桶装的方便面，弟弟也是。第二天，大哥过来接我们去他家住。大哥一家住在海边，一排铁皮的棚寮，住那儿的人几乎都是收购废品的，大哥也是，他回收制衣厂的边角料。在家时，我对几个哥哥在深圳的生活有过一厢情愿的想象，真正见到了才知道，其实没有想象的那么好，对于四哥决然跑回村里的做法，多少也有了些理解。海边的棚寮区实在无聊，别说是大城市，连我家的荔果园都比不上。我经常独自走向潮湿的滩涂地，看搁浅的渔船和爬满一地的小螃蟹。多年后，宝安区填海造地，如今海滨广场那个位置就是我大哥当年租住的棚寮区。

一个礼拜后，我准备回家，才发现弟弟已经消失好几天了。大哥告诉我，弟弟去南头一家废品站打工了，老板是大哥的朋友，刚好要人。我虽有心理准备，猛一听弟弟找到工作，也就是说，我们一道来深圳却不能一起回去了，心里便十分难受。说真的，我舍不得弟弟，更不忍心他那么小就出来打工。一直到我要返回的前一天，我问大哥，废品站在哪？我想去看看。大哥忙着去制衣厂拉货，就简单画了张地图，让我自己去。我看了下地图，感觉不是很远。废品站虽说在南山，却是在南头关附近，那儿离宝安图书馆不远。我独自去那里看过书，还在楼下的书店买了一本村上春树的《寻羊冒险记》。

当时宝安体育馆还在建设中，宝安大道也没修好，往南头方向那段路，人们叫它"百米大道"。我一路循着地图走过去，还算幸运，一个小时后，就到了那家废品站的门口。我怯生生地站着，不敢进去。实际上，我是被废品站的脏乱给吓到了，废弃的电器、家具，拆解后的铜铁和塑料以及堆得跟山似的纸皮堆，除了里面的工人，外人进去简直没有落脚的地方。大半天，才有工人问我干什么。我说了来意，那人抬手指向纸皮堆上的一个人影。我才看见弟弟就站在纸皮之上，正弯腰捆绑，他干得正起劲，似乎还沉浸其中，完全没注意到下面正仰头看他的我。我也不知道说什么好。弟弟完全变了一个人，他穿的是废品站特备的旧衣，又破又脏，要是走在街上，跟流浪汉没什么区别。幸好那工人帮我喊了一声，阿磊，有人找你。弟弟听见有人喊，终于看见底下的我，他笑了一下，问我有什么事。我摇摇头，说我要回去了。弟弟说，好。他迅速回头，继续弯腰捆绑纸皮。我知道弟弟当时肯定哭了，只是不想让我看见。我也急忙转身，离开废品站，之后一路哭回大哥的住处，哇哇大哭，路上的人都看着我，不明白一个年轻人为什么哭得那么伤心。

　　弟弟在那家废品站干了很多年。这期间，我也中断学业去了深圳，进工厂，在绿色的流水线和永远有一股汗臭味的宿舍里待了四年。2008年我开始妄想通过写作改变生活时，弟弟其实也努力过，他出来开站单干，只是刚好遭遇金融风暴，走投无路，就又回了原先那家废品站。好在老板和老板娘对他很好，一直很照顾。几年前，弟弟又离开了废品站，在深圳开起了滴滴。他也知道，开车载客不是长久的事情，所以总念叨着，要找点什么事情做，毕竟他和我一样，都结了婚，也有了孩子。

2018年，父亲突然去世，让我们兄弟几人有些措手不及。除了在家的四哥，我们连父亲最后一面也没见到。之前，一家人虽各奔东西，年末相聚，总是在一种喜庆的气氛里。父亲的死把我们都拉回到他的身边，却让我们第一次体验到失去亲人的悲伤。送走父亲后，母亲强忍着巨大的悲痛，把我们召集到身边。母亲说，你们阿父走得突然，虽是好归，但也没留下什么遗言，怕你们兄弟之间日后有后患，趁阿母还在，你们也都回来了，我就跟你们宣布一件事——荔果园属于老四那部分就是老四的，他情况特殊，大家不要有什么意见，至于剩下的，你们趁着这几天，就去分清楚，即便现在用不着，以后也不用为这事闹矛盾，你们阿父一辈子没什么能力，能留给你们的财产就是那片荔果园，他生前问过我，怎么分？谁多一点谁少一点，都不要太计较，关键是兄弟间不能因此吵闹，因此不和……

我们没想到母亲会在父亲走后即提出分荔果园的事，看来那番话也是父亲生前经常和她提及的。父亲对荔果园的归属心有隐忧，这可以理解，他生下的儿女太多，留下的东西又不是可以明白划分的园地。确实，为了相对公平公正划分那块扇形的园地，我们兄弟几人费了不少劲，甚至动用了几何知识，把扇形变成三角形，再加上辅助线……最终才拿出方案，画成图纸，列好序号，然后抽签，并在各自的图纸上确认签字。荔果园算是遂了母亲的心愿，分配完成了。实际上谁也没往心里去，大伙谋生的门路都在外面，谁会想回来在荔果园里干点什么呢？事后，我们四散离去，果园还是四哥一家在打理。

弟弟提出要回家办养鸡场，则是半年后的事情。我以为他只是说着玩的。这些年，他一直在寻找门路，但考虑的基本都是老本行，就是他所熟悉的废品回收行业，突然想回家办养鸡场，确实有些出人意料。过后，弟弟又多次跟我说起，向我描绘养鸡的前景和他心中的蓝图。由于当时的疫情，我对弟弟的设想其实并不看好，又不想泼他冷水，就含糊其词应承了下来。说实话，我对养鸡本身兴趣不大，没时间，也没精力。之所以应承，主要是考虑到弟弟拉我入伙的目的——他肯定是缺钱了。弟弟很开心，说不用我干什么，我继续写我的小说。事后，我才知道，原来弟弟已经和四哥"谋划"好了，他们想把荔果园改造成养鸡场，建设鸡棚的方位也确定了下来，刚好是分给我的那片园地，也就是说，他们还要把属于我的果树都砍掉。这事如果我不参与，可能比较难办。

　　他们没猜错，邀我入伙、出资，问题不大，但真要狠下心来，把一整片经过父亲拓荒栽植，又经过弟弟和四哥多年管理才长成的果树给砍了，我着实不忍心。为此我还真犹豫了许久，又深知弟弟的想法是对的，从长远看，荔果已经不能给我们家带来任何经济效益了，每年结出的果实本就不多，又卖不出好价，多数时候红彤彤的果实压满枝头，就等着它们自然坠落。我的想法多少带着书生意气，毕竟果园是父亲留下的，是他曾经在这世上走一遭的物证，就算没有收益，作为偶尔返乡的念想，一片翠绿的果树也总比一排鸡棚要来得惬然诗意。不过最终我还是同意了，只是特意交代四哥和弟弟，尽量避开那些大一点的果树，能不砍就不砍，养一棵果树要花十几年，砍一棵也就几分钟的事情。

事情拍定后，四哥建了一个微信群，把我们兄弟三人和四嫂拉进群里，有关养鸡场的事情他们就在群里商量。我作为出资方，算是股东旁听，有些事情，他们也有意让我知道。关于养鸡，具体的事务我确实插不上手，不是没时间，是压根就不懂。四哥和四嫂之前就在果园里养过鸡，三五百只走地鸡，养得还算顺利，能卖点钱，自家也能吃。我们逢年过节回去，四哥会让我们每人杀一两只带回城。四哥和四嫂平时除了在荔果园种菜养鸡，早上还要到周边的村子卖菜，卖不完的，刚好用来养鸡，一举两得，生活过得还算顺意。突然提出要养棚鸡，肯定是弟弟的主意，因为棚鸡周期短，是饲料鸡，几十天就可以出棚，不像走地鸡，要好几个月，回本和赚钱就要快得多。在此之前，弟弟已经做了不少准备工作，了解了市场，也通过朋友探听过进货和出货的渠道。所以项目一旦启动，凭他们的经验，倒是能有条不紊地进行下去。

　　先是请人把果树锯倒，再请挖掘机挖起树头，然后用推土机平地……四嫂时不时在群里汇报一下工程的进展，发几张施工现场的图片。我一张张点开看时，不免感慨万千，想起二十多年前，父亲把一棵棵木麻黄树砍倒，再用锄头一点点挖起树头时，比现在要费劲多了，如今我们只用了几天的时间，就几乎把荔果园夷为平地，要是父亲在天之灵看见了，不知作何感想？反对是肯定的。我记得四哥有一次想把自家几棵品质不好的乌叶砍掉，腾出地来种菜，父亲得知后就没同意，说他还没死呢，谁也别想动他的荔果树。父亲平日里性格随和，甚至有些软弱，护起他的果树来，却表现得有些六亲不认。四哥当真就没敢打荔果树的主意，尽管那些已经是分给他的作物。

我有些不忍再看，故意把群里的信息屏蔽掉，像只避世的鸵鸟，把所有心思都放在创作的世界里。其间，弟弟好几次邀我回去看一看，语气充满难以抑制的兴奋。他那时大部分时间还在深圳开车，隔一个礼拜回去一次。我都推托没回去。一个月后，预计鸡棚建得差不多了，有一天夜里，无意中点开小群，却看见四哥在群里发了一张照片，点开看，有些吃惊，那竟然是一张"责令停止国土资源违法行为通知书"。四哥随即说，上午镇上有人来巡察，发放了停工通知。这种事在我们老家其实很常见，政策上限制农村自由建设以来，只要是破土动工的就基本都属违建，巡察人员一般也是走个过场，目的不是真要我们停工，而是想捞点什么好处。我毕竟是第一次遇见，心有忐忑，如若真的认真起来，前期投入的十几万元，就会打水漂。

弟弟遇事却比我要镇定许多，他先是打电话给村委，大致咨询了情况。接着，弟弟嘱咐四哥第二天继续施工，把棚顶盖上，不行就连夜抢建。不得不承认，弟弟在干实事这方面，比我要果敢许多。他在外面的人脉也比较广，三教九流的人都有交往，至少关键时刻知道要怎么做、该找谁帮忙。在弟弟看来，事情其实不难解决。几天后，弟弟通知我说鸡棚建好了，回去看下吧，商量接下来的事情。我想也到了不得不面对的时候。路上，我问弟弟怎么应付上面的阻扰，弟弟笑着说，就买了两条烟，让朋友帮忙转交给管事的人。我很惊讶，心想，这肯定是一套行之有效的潜规则，弟弟参与其中，自然有人给他出主意。如果说，这是基层与民众的合作方式，在法与理的罅隙之处游活，无疑是双赢的举措，只是这种双赢，确实让人况味复杂。

看到井然一新的养鸡棚，一边听着弟弟兴致勃勃地展望，我却有些高兴不起来。荔果园改造后的大变迁，我早有心理准备，真正置身其中，才开始心有惶惑——我们到底做了些什么？真正让我失落的是，四哥和弟弟并没有遵照我的意思，事先做好合理的规划，把该留下的果树留下。他们也看出我的失落，并做了解释。我能理解一个事情开始动手时，是有很多不可控的因素，最终会导致事与愿违，但那也不是不可能完成的任务，只是在他们看来，果树留不留，真的不是什么要紧的事情，以致在施工现场，当工人图方便提出干脆一砍到底、一推到底时，他们没坚持，而是默认，不仅是建设鸡棚的果树都被砍伐一空，就连计划日后要建设的地儿，也砍得一干二净，光秃秃的，像是被洪水冲刷过的野地。

如果父亲尚在，我们便是他口中"毁尸灭迹"的不孝子。

很快，鸡场便投入使用，几千只毛茸茸的小鸡仔，挤挤挨挨，圈养在几百平方米的鸡棚里。四嫂把照片发在群里，那一刻，我的想法似乎又有所改观。照四哥和弟弟的计划，不出两年，他们将会把整个荔果园都改建成养鸡场，一次性可以养好几万只小鸡仔。到那时，荔果园就不再是果园了，就像作为曾经的林地，它后来也找不到一棵存活的木麻黄树。

（原载《文学港》2023年第7期）

陈再见（1982— ），生于广东陆丰，现居深圳，出版有长篇小说《六歌》《出花园记》《骨盐》及小说集《你不知道路往哪边拐》《青面鱼》等。

有所思

◎ 彭　程

有所思，乃在大海南。

——汉乐府

一

左边是山，右边是海。

从住处楼房十二层上的阳台向外望去，前后左右，一百八十度视野范围内，海南岛东海岸中部偏南的位置上，一处小海湾的景色尽收眼底，毫无遮挡。

分界洲岛就在正前方几公里外，狭长的形状像一副马鞍，浮在蔚蓝色的海面上。冰川期的海水侵入，让它与原本连为一体的陆地分离开，从此相守相望。岛上树木葱茏，碧海银沙，有海钓、深潜、水上摩托等海洋旅游运动项目，吸引了不少游客，每天有多班渡轮来往于岛与岸之间，单程只需要一刻钟，船尾拖出一道长长的波纹，很远就能够望见。

视野左边是一道绵亘厚重的山岭，绿沉沉的，一直延伸到海边。隔上一段时间，就会看到一列银白色的环岛高铁列车从山麓处无声地驰过，倏忽即逝，小巧得像一个儿童玩具。目光沿着林木蓊郁的山坡爬向上面，重峦叠嶂接续不断，高处飘着大朵的白色云朵。在一座山峰最高处，稍为宽展的地方，建有一座气象站，正方形建筑的屋顶上矗立着一个巨大的白色圆球，在阳光下闪亮耀眼。

这一道高峻的山脉叫牛岭，是五指山脉的延续，海南地理和气候的南北分界线。分界洲岛是它跌落海中的一部分。一岭之隔，却有着十分明显的差异，特别是在冬天，岭北经常阴郁多云、潮湿寒冷，而岭南却是阳光明媚、温暖干爽。

从站立的位置望去，山和海并非旗鼓相当。海的体量更大，占了视野中三分之二的区域。目光自正前方移向右后方，看到被一幢楼房弧形的转角遮挡住的一个海岬，需要转动脖颈才行。我将更多的心思花在看海上，让积攒了一年的向往，最大限度地获得餍足。

观赏大海色彩的变化，就占去了我不少的时间。

一天中，海水的颜色变幻多端。我最喜欢晴天时中午前后的那两三个小时的海水，堪称华彩。海水碧绿，浓郁、纯净而明亮，仿佛一整块上好的翡翠以一种流质的形态，摊开在阳光下面，微微漾荡。其他的时段，则呈现为浅灰、淡绿、深蓝以及我叫不出名的多种色彩，对应的是色谱表上不小的区域。

即使是同一时辰，如果仔细分辨，远近之间，颜色也不尽相同，分为深浅浓淡的不同层次。那最为深浓的中间部分，是正在向岸边涌来的海浪，仿佛一排排抖动着的皱褶，越来越近，越来越高。在视野右前方位置，能隐约看到一簇突出海面的礁石，海浪接近它们时，已经高出不少，然后猛烈地撞过来，破碎成一大片浪花，伴随着白茫茫的水雾，可以想见冲击的力度。

从阳台下瞰，小区围墙外面是一个村庄。村子不算小，有上百户人家，房屋连绵错落，从各种树木搭接交织的枝柯缝隙间，可以看出被遮掩的村道的纵横走向。家家的屋顶上，太阳能热水器的储水罐闪闪发光。与上一次来时相比，正前方被房屋和道路围合着的一片草地的边缘处，新建了两幢三层高的房子。记忆回返到八年前，第一次来这里时，村子的房屋破旧简陋，屋顶是一片黯淡的灰黑色，如今大多数都是新建或翻新的。变化是明显的，只是时光的缓慢流逝稀释了这种感觉。

也有不曾变化的地方。那一大片草地上，每次来时都能看到一群牛，最多的时候有二三十头。它们从邻近大路的几栋房屋间的豁口走进来，悠然地埋头吃草，一副神闲气定的模样。云朵的大片阴影投在草地上，明暗交织，很像照片里的国外牧场。牛的身旁总有一些体型颇大的白鸟走动，不时伸出长喙，在牛的脑袋上啄食着什么，有时还跳到牛背上。这该也属于生物界的一种寄生现象吧。有意思的是，这些牛自己会排成等距离的队列，慢腾腾地甩动尾巴，秩序井然地穿过草地，走进村子里的窄巷，走过人家的门口，又从巷口走到楼下的道路上，一直走到大路转角处，消失在视野里。

我下楼走出小区大门，沿着大路向右走一百多米，便拐进了从楼上俯瞰的那条路，朝着牛队行走的相反方向，不久后就走到了海边。

自阳台上远远地眺望的景色，此时清晰地呈现在面前。这是一片清静的海滩，与旁边游人较多的海滩之间，被一丛伸入海中的嶙峋乱石隔开。一块巨大而平坦的岩石上，有几个姑娘正在拍摄婚纱照片，白色的拖地裙裾不时被海风扬起。我背过身走向远处，弯下腰捡拾纽扣大小的贝壳。它们在沙滩上看毫不起眼，但拿回家里，冲去泥沙放进玻璃瓶里，便立刻不一样了，有一种特别的玲珑精致。

海水涨潮了。我向后退去，回到海滩的最外端，好几排高大的木麻黄树矗立着，几处沙滩坍陷的地方，裸露出虬结杂乱的树根，旁边散落着几颗大小不同的椰子，看外壳的颜色样貌像是有些时间了，该是被海水浸泡过，又被潮水冲回岸上。

周边十分静谧，只有浩荡浑厚的海浪声，依照固定的节奏传到耳畔。这样的环境，适宜漫无际涯地想一些事情。我坐在一截躺卧着的枯树树干上，数点自己过去十来年间在这个海岛上的履痕。

我想到了古老的昌江黎寨，火焰般怒放的木棉花瓣映照着船形屋的茅草屋顶，身着传统服装的老妇眼眶深陷，古铜色的脸上刺着黑色的纹饰；想到了白沙鹦哥岭自然保护区的青年团队，一群来自天南海北的大学生诉说自己的梦想，年轻的脸庞上跳荡着青春的光彩；想到了万宁兴隆的热带植物园，蓬勃繁茂的树木生机旺盛，在阳光映照下，仿佛看到阔大叶片中有汁液在流动；想到了琼海潭门小镇的渔港码头，数百艘渔船即将驶往南沙海域捕捞作业，拜祭龙王、舞鲤鱼灯等祭海仪式正在广场上热闹地进行；想到了五指山通什的海南省民族博物馆，那些耕作和狩猎的简陋器具，见证着原始荒蛮时代先民生存的艰难；想到了文昌的航天发射场，我曾经近距离观看火箭发射，火箭升空时巨大的呼啸声，至今仿佛还在耳旁回荡。

二

闲居无事的日子，古典诗词是很好的陪伴。我随身带了几册古诗，时常坐在阳台上的藤椅上，随意地翻阅几页。

此时，目光停留在一本汉魏南北朝诗选上。收入书中的那首汉代乐府《有所思》，已经不知读过多少次了，但仍然让我愿意再一次沉浸于它的字句中：

有所思，乃在大海南。何用问遗君，双珠玳瑁簪。用玉绍缭之。闻君有他心，拉杂摧烧之。摧烧之，当风扬其灰！从今以往，勿复相思，相思与君绝！……

这是汉代乐府《铙歌十八曲》之一，各种选本几乎都会选入。一位痴情的女子，思念远方的情人，精心挑选用花纹美丽的玳瑁甲片制作的发簪，又用美玉装饰起来，作为信物赠送给他，表达自己炽热的情意。但当她得知心上人背叛了自己，满腔柔情瞬间化作强烈的怨恨，愤然地把心爱的定情物打碎，烧掉，再将灰烬投进风里吹走，不留一点儿痕迹，并发誓从此与负心人一刀两断，一丁点儿不再想他！口气激烈，行动决绝，全无一点儿犹疑踟蹰的气息。最强烈的爱，总是潜伏了更多的危险。

该是与我此刻置身的地理位置有关，这次阅读时，我忽然产生了一个陌生的想法，一种猜谜式的念头：诗中提到的"大海南",大海之南,会是什么地方?女子思念的对象就在那里。

我也知道,在古诗的语境中,大海之南,指代的是一个寥廓无垠的广阔区域,不一定是今天行政区域意义上的海南。在漫长的古代,这座远在天边的岛屿是真正的边疆僻壤,很少被人们想起和提及。诗中的有些消息,倒是可以与这里沾上边,如海岛出产的玳瑁,自秦汉时代起就是进献给朝廷的贡品,但这种关联也只是相对的。在闽粤漫长的海岸线上,不少地方也出产这种物品。

不过在此时,身处海岛的一隅,我倒是愿意将此处代入诗中,使它成为诗中那个字眼的所指。海岛孤悬海外,又恰好位于大陆版图的中线之南,也说得过去。当然,这只是我自己的一个偶发的意愿,一种类似游戏的想法。这该是一种爱屋及乌的移情吧,起源于对这个地方的喜欢。它对什么都没有妨害,因此也不涉及应该不应该,合适不合适。

一首海南黎族民歌《久久不见久久见》,被我下载保存在电脑里,反复地播放。

到一个地方听当地民歌,别有感触。几年前第一次听到这首歌,我就为曲调中流淌着的深情所打动。它用海南方言演唱,舒缓绵长、宛转悠扬,听着歌声,眼前浮现出皮肤黝黑的男子、娇小纤细的女子,在椰林里,在棕榈树下,含情脉脉地对唱,眼睛中闪动着光亮:

久久不见久久见,

久久相见才有味,阿妹哎,

好久不见真想见,阿妹哎,

见到阿妹心欢喜，阿妹哎！

久久不见久久见，

久久相见才有味，阿哥哎，

好久不见真想见，阿哥哎，

见到阿哥心欢喜，阿哥哎！

接下来的两段，语句大致相同，只是由男女对唱变成了迭唱，呼唤的对象在两人口中有"阿哥"和"阿妹"的区别。这种反复的回环咏叹，正是许多民歌的特点，也是最早的民歌《诗经》中"国风"里十分常见的方式。仔细品味一番，这首民歌不是有类似《月出》《桑中》等诗中的情调和韵味吗？"月出皎兮，佼人僚兮，舒窈纠兮，劳心悄兮""期我乎桑中，要我乎上宫，送我乎淇之上矣"……它们原本也都是来自原野的歌吟，曲调中有田垄阡陌里的身影，有桑间陌上的阳光，轻风传来斑鸠和鹧鸪的叫声。

比较起汉乐府《有所思》中的激愤决绝，这首民歌中流淌出的情感，倒是更接近于爱情，尤其是初恋的普遍状态。羞怯中有大胆，柔和里有坚韧。音调沉静，感情纯净，方言腔调赋予了它与这片土地相匹配的质朴和诚挚。

最美的情感都应该是这样的。仿佛月光照耀着几丛芭蕉，仿佛海风轻抚着一片椰林。它是人生苦难的抚慰和补偿，是暗夜中的一丝亮光，又仿佛是一处避风港，允诺着惊涛骇浪中彼此的撑持与呵护。

这个世界的丰盛和慷慨令人感念，尽管这一点经常被忽略和漠视。在三面敞开着的阳台的一角，在一本边角已经磨破的旧书中，在笔记本电脑所发出的音色谈不上什么优质的乐声中，我可以沉溺于精神制作带来的享受，感受情感的各种形态和色调，从中获得感动、抚慰与启发，却不必惦记着要感谢谁。

然而，它们尽管十分美妙，但还都无法与一个人创造的心灵世界相比。这个世界最初也是建构于这个海岛之上。它是那样坚实而空灵，寥廓而细腻。它传布遐迩，泽被万世。

三

住了一周后，我们开车驶入环岛高速，穿过牛岭隧道后不久，便拐上横贯东西的万宁—洋浦高速公路，在海岛西北再折向儋州方向。驶出高速转入县道，看到路标上中和镇的标识后不久，东坡书院便出现在视野里。

对我来说，这是一个期待多年的夙愿，是一次延迟过久的拜谒。脚步一迈进书院门口，我就提醒自己要将心情平复下来，尽量充分地把映入眼帘的一切收藏铭记，刻录于心底，就像熟诵苏东坡的许多诗词名篇一样。

我慢慢地走动，仔细地观看，想象当年他在此地的日常行止。在"东坡居士"雕像前，我端详他竹笠木屐、手持书卷的飘逸身影。他迎面走来，一直走进了青史，携带着无数迷人的传说。在他收徒授课的载酒堂，我眼前仿佛幻化出当年的诵读场景，"书声琅琅，弦歌四起"，穿越千年传递到耳畔。这一片荷花池塘，他该多次与随侍身边的三子苏过一同走过？这一排槟榔树下，或许正是他初遇那个七十多岁农妇的地方？"内翰昔日富贵，一场春梦"，老婆婆对他说出这样富含哲理的话，令他刮目相看，既诧异又欢喜，从此径呼其为"春梦婆"。

虽然是初次来此，但周边环境风景、庭院建筑，却恍若相识已久。经由熟读这一时期的苏东坡作品和有关他的传记，我对东坡在此地的三年生涯，早已经了然于心。

"问汝平生功业，黄州惠州儋州"，在《自题金山画像》一词中，苏东坡用一种自嘲的口气，总结了自己坎坷蹭蹬的一生。他的非凡生涯的最后一段时光，是在这座偏远的海岛上度过的。

在漫长的时间内，海南岛都是放逐之地。流放的罪臣、贬谪的高官，自中原渡海而来时，大都怀着一颗赴死之心。苏东坡也不例外。当他以六十二岁高龄被贬赴此地时，在致友人的信中他这样写道："某垂老投荒，无复生还之望。昨与长子迈诀，已处置后事矣。今到海南，首当作棺，次便作墓。"可谓沉痛黯然。甫一落脚，他又写道："此间食无肉，病无药，居无室，出无友，冬无炭，夏无寒泉，然亦未易悉数，大率皆无尔。"死神扇动巨大的翅膀，阴影仿佛随时都会降临。

但达观豪迈的天性，让苏东坡很快就坦然接受了命运的安排。尽管环境恶劣，"岭南天气卑湿，地气蒸溽，而海南为甚。夏秋之交，物无不腐坏者。人非金石，其何能久？"但他仍能找出自我宽解的理由："然儋耳颇有老人，年百余岁者，往往而是，八九十者不论也。乃知寿夭无定，习而安之，则冰蚕火鼠，皆可以生。"对隔绝内陆、孤悬海外的岛上生活，他也有自己的解释："天地在积水中，九州在大瀛海中，中国在少海中，有生孰不在岛者？"

境由心生，别人望而生畏的荒蛮禁地，对于他也不是多么可怕了。随着时间流淌，他越来越喜欢这里，诸般物事都变得可亲。他写诗发抒心志："他年谁作舆地志，海南万里真吾乡""我本儋耳氏，寄身西蜀州"……此地就是家乡，而富庶繁华的川地故里反而成为他乡，发生在文字中的置换，对应的是心境的转捩。新皇即位，他接到大赦令，渡海北归，在船上，他写下"九死南荒吾不恨，兹游奇绝冠平生"，一以贯之地宣示了他那无可比拟的乐观主义。在这个海岛上，他将苦中作乐的情怀、随遇而安的禀赋，发挥得酣畅淋漓。

海南是他苦难的深渊，但又何尝不是他荣誉的峰巅？三年谪居中，他写下了大量作品，这三年成为其创作生涯的一个高产期。而著述之外，他的另一桩足以彪炳史册的巨大事功，是给这片土地播撒了文明教化的种子。他居岛三年间，大力倡导诗书，劝课农耕，开启民智，促进了多方面的明显进步。在他登岛之前，海南从来无人进士及第。他设坛讲学后数年，就有学生成为海南历史上第一个举人。此后一直到明清时代，海南人考取科举者众多，以至于有"海滨邹鲁"的称誉。清代《琼台纪事录》一书记载："宋苏文忠公之谪儋耳，讲学明道，教化日兴，琼州人文之盛，实自公启之。"苏东坡在海南的地位，相当于孔子在中原。他个人的厄运，却成就了整个海岛的幸运。

这座热带岛屿上，大自然的力量恣肆奔放。炽热的阳光下，树木花草的阔大枝叶和浓烈色彩，是生命力放纵呐喊的表情。台风肆虐处，浊浪排空，樯倾楫摧；暴雨降临时，天昏地暗，撼山拔树。但对我来说，每一次想到这个地方时，眼前浮现更多的都是苏东坡的形象。这个贬客身上发出的力量，有着与大自然相似的气魄和强度。

联想到苏东坡早年的诗篇，其中有这样的句子："人生到处知何似？应似飞鸿踏雪泥。"他是将人生看作一次游历的，既然如此，路途中就可能遭逢种种境遇，有明月映平湖，也有罡风卷黄沙，只能全盘照收，祸福由之，无法讨价还价，挑三拣四。海岛三年，是他的生之行旅中的一段凶险途程，但他履险如夷，将劫难化作了生命的养料。

这样推想下来，思绪就越来越清晰，越来越接近一个让我感到鼓舞的念头，接近一种救赎的可能性：如果他能够这样想这样做，我们为什么就不能？

这时候，我才明确地意识到，这次来瞻仰东坡故居，固然是为了满足夙愿，但潜意识里实际上另有一重动机，是试图汲取几分他面对佗傺命运的乐观，"一蓑烟雨任平生"的旷达，给自己增添一些面对困厄的勇气。最低的祈求，也是让自己在深沉的悲哀中，能够稍稍透一口气。这种哀痛仿佛最为浓稠的夜色，几乎将我吞没，令我窒息。

四

女儿，你在那边还好吗？

你离开我们已经一年半了。四百多个日子里，我们无法摆脱对你的思念。哀伤如影随形，每时每刻都缠绕裹挟着我们。曾经努力想忘掉你，仿佛一个行长路的旅人，试图卸下背负的沉重行李，稍稍歇息一下，喘一口气。白天的匆忙喧嚣中，有时似乎做到了，但在深夜的梦境里，你的身影总是执拗地浮现，在一个个曾经经历但又变形了的背景场面中，似真似幻，半实半虚。

这一次来到此地，初衷仍然是为了摆脱。

亲友们都说，出去走走吧，走得越远越好，离开熟悉的环境，才更容易把过去抛开。那么，还有什么地方比海岛更符合这个条件呢？天涯海角，正是它的别名。于是有了三个半小时的飞行，然后又是将近一百公里的车程，才到了现在这个地方。

但抵达之后，却意识到忽略了一个最简单的事实：我们怎么不想一想，这里同样布满了你的印迹啊。

全家三人最后一次的集体行动，就是来这里休假，住了整整一周。翻看手机里当时拍摄的众多照片，每一幅里你都是笑容洋溢。一幅幅缀接起来，那些日子的记忆鲜活如在眼前。

小区庭院里满目葱茏，品种繁多的植物茁壮茂密，枝叶纷披。你陪着我们散步，有时走到前面，有时又落在后面，痴迷地拍摄那些色彩艳丽的热带花卉，然后对照手机上的植物识别软件，大声念出它们的名字。你跳跃的姿势，单手举起手机拍照的专注，似乎是昨天的事情。

走出小区通往海滩的小门，一条铁锈红颜色的木栈道，架设在崔嵬错落的礁石上，随着山势和海岸线起伏逶迤。走在栈道上，我们不时停下来彼此拍照，你白色的衬衫下摆绾了一个结，盖在天蓝色的牛仔裤上。其中一张照片，你身边是一棵高大的三角梅，满树怒放的红色花朵，像一大朵悬浮的云彩。

我坐在阳台上的藤椅旁，看着手机，往事联翩涌现，仿佛无声的潮水。目光稍稍抬起，便望见了前方漂浮在蔚蓝色海面上的分界洲岛。它储存了更为清晰的记忆。

那次离开海岛的头一天，我们来到了去往分界洲岛的海岸码头。长长的沙滩围出一道柔和的弧形，沙子洁白细软，踩上去有说不出的惬意。我们慢慢走向游客稀少的区域，偶尔停下脚步，望一眼远处正在驶往岛上的渡轮。巨浪翻滚着涌来，越来越高，发出低沉的轰鸣声，快到岸边时，仿佛一堵浅绿色的墙壁，然后散落开来，摊成一沓沓白色的浪花。那天你身着一袭黑色连衣裙，头发被海风吹得飞扬起来，笑得那样畅快开心。

怎么能想象得到，你快乐欢笑的年轻的生命，会在仅仅两年后，被邪恶的病魔吞噬，从此天地间再也没有你的一点儿痕迹，一丝气息？

眼前几公里外的分界洲岛，这个海南气候分割线上的最东端点，从此也将我们的生命，切割成不同的季节。这一重意义，只有我们自己才能领会。猝然的一击，是揳入脏腑深处的一把冰锥，我们从此步入了寒冬，感受着沦肌浃髓的冰冷。时间流淌，季节递嬗，外在的景观物候不停地转换，但内心的荒芜板结依然，迟迟不肯萌发新的芽苗。我们最终能够从寒冽中走出来吗？需要何种程度的热力，才会让灵魂重新舒展？

北纬十八度线上的热带阳光，此刻正照在阳台上。头上和肩背上，感受到了一缕冬日特有的舒适。这样的照晒已经有好几天了。我终于感觉出，落在肌肤上的温暖，也在向深处浸润，一点点地沁入。

"死亡不是生命的终点，遗忘才是。"

想到了几年前热映的好莱坞动画片《寻梦环游记》，这是其中被传诵最多的一句台词。那么，既然对你的想念如此噬心蚀骨，你如此深切地烙印在我们的记忆中，岂不是说，你并没有化为彻底的虚无？在我们也告别这个世界之前，你一直都会住在我们心中，你的生命也将经由我们而得到延续。直到将来的某一天，我们重逢。

我这样来安慰自己，我也只能这样安慰自己。有时候，我们执着于一个念头，并不出于其真实性，而只是因为愿意如此。它能够让我们稍稍心安。在这个意义上，这个想法仿佛是一盆炭火，在内心深处幽幽地燃烧，多少驱散了一些寒气。一些湿冷发霉的地方，正在被慢慢烘烤。

依照这样的理念，我来到这里，触景生情、睹物思人的过程，是重拾记忆，也是复活你的生命。眼前每一次浮现出你的身影，耳旁每一次幻听到你的声音，都是一条看不见的手臂伸向你，将你拉近和搂紧，从虚无的深渊里拉回到身边。

那部影片中，不同的语句反复表达着同样的意思，仿佛音乐中围绕同一个主题的各种变奏。"真正的死亡，是世界上再没有一个人记得你。"死亡起源于被遗忘，因此既然你如此地被我们想念，我们便有能力将你留在身边。

这个念头终归带给人一些慰藉。

我们将你留在记忆中，藏在内心里，其实也是将一种热力注入自己的魂魄。尽管伴随回忆的是哀伤，但同时也产生了一种坚牢的东西，可以抵抗黑暗和寒冷的侵蚀。支撑是相互的。你的生命，通过我们的记忆得到伸延，而在对你的记忆中，我们也获得了继续生存的理由。

那么，为什么还要将你的音容从眼前驱散呢？不是忘却，而是铭记，才更有可能与命运达成和解。活过、爱过、陪伴过，本身就是自足的，是一份不会泯灭的价值，如刻如镂。

"凡存在过的，会永恒地存在。"

我进而想到了奥地利精神医学家、意义疗法的开创者维克多·弗兰克的这一句话。经历过纳粹集中营的极端苦难，他写下一本书《活出意义来》，表达了置身生与死边缘的思考。从同样幽暗的深渊里浮出后，我如今更能够理解这句话的蕴意。

此刻是下午三四点钟，前方的海面明亮炫目，千百万个光点在沸腾跳荡，难以直视。将目光挪移开，沿着海岸线向左前方向慢慢地滑动，又爬到牛岭山脉上。山脊线漫长而柔和的线条，减弱了山脉险峻陡峭的感觉。阳光投射上去，一大半山体明亮碧绿，仿佛被水洗过一般，但也有大片的暗黑色区域，那是在空中几乎悬停不动的云朵的投影。

我久久地眺望着。眼前视野里的景观，是思念的出发点，也是思念的落脚处。时间重叠，仿佛此刻山和海的相连，阳光和阴影的交错。

有所思，乃在大海南。

（原载 2022 年 12 月 9 日《光明日报》第 13 版·文化周末）

彭程（1963—　），河北衡水人，毕业于北京大学中文系，光明日报高级编辑，著有散文集《漂泊的屋顶》《急管繁弦》《在母语的屋檐下》《心的方向》《大地的泉眼》《阅读的季节》等。

相逢可曾是故人

◎ 裘山山

茫茫人海，我们总是与大多数人擦肩而过。偶尔比肩同行的，也会很快分开，所谓"走着走着就散了"。所以，每每遇到相逢和邂逅，我总是无比惊喜，这种惊喜就如同"他乡遇故知"。

不过有时候，在绕过一道又一道的弯后，在山不转水转之后，与我们相逢的，已不再是故人，而是故事。

就来讲个故事吧。

前几年去深圳讲课，认识了一位吕先生。吕先生与我年纪相仿，虽然是工程师，却很热爱文学。课后一起聊天，他说他读过一篇我写父亲的文章，知道我父亲是铁道兵工程师，又说他有个非常要好的从小一起长大的同学，父亲也是铁道兵工程师。

我当时只是点点头，没太在意。人多，信息杂乱，过耳就忘了。毕竟铁道兵有那么多工程师，从北洋大学毕业的也不只我父亲，其中一位徐伯伯，就住我们家对面楼上。

后来某一天，吕先生又在微信上和我提起这事，他说他当年读了我写父亲的散文《擦肩而过的二等功》，很喜欢，还以为作者是男士呢。其中我提到我父亲毕业于北洋大学，让他想到了他同学的父亲，同学的父亲也毕业于北洋大学。关键是，毕业后也加入了铁道兵，也去了朝鲜，也在铁道兵学院当过老师。

"我感觉您父亲和我同学的父亲应该认识，应该是战友！"

他这么直截了当地判断，让我产生了兴趣，便听他一一道来。

原来，他同学姓梁，父亲叫梁焕保。梁焕保一九四八年从北洋大学土木工程系毕业后，便与许多同学一起，被派往台湾实习。后来他母亲看到时局紧张，就拍电报给他称自己病重，让他速回。他即放弃实习回到了北京，并于一九四九年四月加入铁道兵，任工程师。一九五一年随志愿军赴朝，因负伤提前回国。二十世纪六十年代初，他被调到石家庄铁道兵学院任教，二十世纪七十年代初，调到重庆铁六师任工程师，最后调到长沙铁道兵学院任教。于一九七九年离休回到北京。

一听之下，我真是大为惊讶，因为梁焕保的人生经历，与我父亲的高度重合。我父亲也是一九四八年从北洋大学毕业，一九四九年加入铁道兵，一九五一年随志愿军赴朝，一九六二年调到石家庄铁道兵学院任教，一九七〇年调到重庆铁六师工作，一九七八年调到长沙铁道兵学院任教，之后离休。

他和我父亲不同的，仅仅是籍贯和年龄。他是北京人，我父亲浙江人；他生于一九二三年，我父亲生于一九二六年。最重要的是，他姓梁。这个"梁"唤醒了我的记忆。在我的少年时代，大约是一九七三年前后，家里的确有一位姓梁的伯伯常来做客。父亲说他单身一人在重庆，星期天孤单，就让他来我们家改善一下伙食。每次他来，母亲总会想尽办法烧几个菜，让父亲陪他喝点儿小酒。那是七十年代，经济匮乏，搞几个菜是很难的。每每母亲为难时，父亲会搓着手用浙江话说："个么，就蒸个鸡子羹吧。"

他比父亲年长，父亲便让我们姐妹叫他梁伯伯。当时常来家里的还有位姓雷的工程师，我们叫他雷叔叔。这位梁伯伯，应该就是吕先生所说的同学的父亲了，哪里会有第二个？

忽然记起几年前我写的一篇散文，其中一段写到梁伯伯，连忙找出来。文字如下："我父亲有位同事，也是工程师，姓梁。我叫他梁伯伯。他妻子孩儿都在北京，他就经常来我们家改善伙食。次数多了有些不好意思，有一个周末来吃饭时，他就拿了把二胡，进门说：'山山，我给你买了把二胡，有空学学。'我很兴奋，当即开始拉，吱呀吱呀的十分刺耳。我妈妈眉头紧锁，当着梁伯伯的面又不好说，就让我赶紧去帮她洗菜。梁伯伯走后我妈跟我爸吐槽说，这个老梁，买什么不好买把二胡？还不如买几斤鸡蛋呢（那二胡五元钱，可以买七斤鸡蛋）。以后我一拉二胡，我妈就各种打岔，我自己也觉得很难听，吱呀吱呀的，像挑扁担的来了。新鲜了两天后，我就钉了个钉子挂到了墙上，直到我们搬家走还在墙上。"（《才艺这回事》，发表于二〇一七年文汇报笔会。）

我把这篇文章发给吕先生，吕先生看了说："肯定是他！你说的梁伯伯肯定是我同学的父亲！真是太巧了！不会写小说的人也可以写了！我要把我同学介绍给你。他退休前是新华社的摄影记者，非常好的人。我们是一辈子的哥们儿！我小时候成天在他家玩儿，梁伯伯的确总是笑呵呵的，我总共见过他两次，每次都是笑呵呵的。"

接着，吕先生给我发来了梁伯伯的照片，是他和家人的合影，他穿着老式军装。我一看，的确是梁伯伯，只是比我见到的要年轻一些。

真没想到，五十年后，我会以这样的方式与梁伯伯邂逅，的确让我惊喜交集。遗憾的是，梁伯伯和我父亲，都已经离世了，无法去追寻和分享了。

在我这里得到确认后，吕先生更激动了，滔滔不绝。

"我一直想把梁叔叔的事说给您听，今天还特地打电话给梁立，说裘老师家世与他很像。他同意我把他家的事说给您听，还非常高兴。他们家是北京人，爷爷梁引年，大名鼎鼎，曾在北大任教；与梁漱溟也是近亲，他们两家时有来往。

"记得一九七九年梁叔叔从北京往长沙带东西给我（当时我在长沙读书），我不知怎的问起他读书的学校。他回答说：我是北洋大学的。那时我孤陋寡闻，竟然不知道北洋大学，但因此'北洋'二字再也没忘掉。我母亲是北京辅仁大学的，她告诉我，北洋大学就是后来的天津大学。所以读到你那篇文章，一下子被这几个字抓住了。

"今天这一晚上，我就像是在梦里！都快十二点了，我和梁立还在通电话。梁立的母亲是小学老师，他们家有一子二女。三个孩子都是母亲和姥姥带大的。梁叔叔在部队几十年，每年只有十几天探亲假回北京与家人团聚，孩子们对他知之甚少。您写的那段买二胡、拉二胡的故事，梁立和我都觉得特别好玩。他更是万分感慨：父亲在外面的生活，他们了解得太少了。太遗憾了。"

吕先生说的这个情况，我确信。我曾经写过一个老军长，很爱看《杨门女将》。后来某一天，我见到了他儿子，是位大校，我便说起此事。大校很惊讶，他从来不知道父亲有这个喜好，因为父亲总是不在家，他们从没和他一起看过电影。这或许是很多军人家庭的常态。

"梁叔叔喜欢下围棋，他家有一副围棋子，装在两个圆形的盒子里，盒子很漂亮，深蓝色的布面。当时梁立先把那副棋子借给了一个同学，后来发现我才是学围棋瘾最大的，经他同意，围棋便转到了我手里。下乡插队时，我用那副棋子教会了众多知青同伴下棋。我抽调回城时，又把围棋留给了尚未抽调上来的知青棋迷。那年在长沙见面时，梁叔叔还说，我们下围棋吧。我这才记起围棋留在了乡下。很遗憾再也没有回到梁家。

"梁立家是我们同学聚会的场所，我小时候成天去他家，门槛都踏破了。记得一九七四年春节我们去他家守夜。梁叔叔不在，他总是不在。我们十几个同学在他家热热闹闹过除夕。梁立的姥姥那时已经八十多岁了，河北滦县人，口音与我父母很像。她对我们很好，像亲姥姥一样。姥姥尤其喜欢男生，有几个男生平时经常去他家蹭吃蹭喝，姥姥总给他们做好吃的。梁立的母亲也很热情。

"记得那天在他家守夜，他母亲指着墙上的一张照片说那是梁立的爷爷，是美国留学生。那个年代，这些东西很敏感，我看到照片上的人穿着西装。梁立后来告诉我，他爷爷叫梁引年。我一查，他爷爷毕业于北大，被胡适选中去美国留学，是电机专家。

"梁焕保兄弟五人，他排行第四。因为父亲留过洋，自二十世纪五十年代始，梁家几兄妹都受到了来自社会的巨大压力，谁也不敢多说梁引年的事，怕惹来麻烦。梁焕保在部队，比别人更谨慎，从来不说他小时候的事。加上常年在外，也没有机会同子女们谈往事。故孩子们对爷爷留学的事，也只是从母亲那里知道一些。他母亲也不敢多说。'文革'当中，梁焕保险些被揪斗，就是因为家庭出身以及大学毕业后去过台湾实习的事。后来毛泽东亲自批示，停止在部队内搞揪人那一套，梁焕保才逃过一劫。

"二十世纪八十年代末，梁焕保的很多同学回大陆探亲，一个个都显得挺富裕。他们说如果梁先生当年留在台湾，肯定是他们当中干得最好的，因为他学习拔尖。但梁先生对此却并不在乎。他是一九七九年离休回京的。当时组织上给他在干休所分了五间房，他坚决不要，说回家住老房子就可以了。子女们都不理解他，他就天天给子女做思想工作。

"梁焕保在朝鲜时，有一天去检查隧道，发现隧道口处有一颗敌人飞机丢下的定时炸弹，很危险。情况紧急，他抱起炸弹就跑，到山涧边将炸弹扔下去。可炸弹脱手后在空中炸了，梁焕保身上有十七处伤，昏倒在地。后被一朝鲜阿妈妮发现，救起送往志愿军医疗机构，之后被送回国内养伤。直到去世，他的前额处仍留着一块弹片。是三等残疾军人。"

吕先生最后讲到的这件事，让我大为惊讶。真没想到，那个说话慢条斯理、总是笑眯眯的梁伯伯，竟然是位英雄。这也就理解了父亲为什么总是把他叫到家里来。父亲对他不仅是同学情谊，更有一份敬重。

和吕先生聊过后，我产生多了解梁伯伯的想法。尤其是他在朝鲜负伤的事迹。遗憾的是，梁伯伯二〇〇二年就去世了，而我的父亲，也去世十年了。我认识的几位铁道兵的叔叔伯伯，也都去世了。那一代人，大多数都告别了我们这个世界。

于是我托朋友、上网查，用各种方式搜索，但收效甚微。问姐姐，姐姐对梁伯伯的记忆也和我一样——一口京腔，笑眯眯的，很慈祥。托我铁道兵的同学去问他们的父母，父母要么已经离世，要么记忆模糊。再问一位曾供职铁道兵的朋友，但他比父亲晚一辈，也不了解。我还翻出家里的一本书——《感天动地铁道兵》，其中也没有记载梁焕保在朝鲜的事迹。梁立说，父亲曾写过一篇回忆在朝鲜负伤的文章，但家里找不到了。据说它曾刊发在北大一部内部纪念文集里，可惜我也没有查到。太遗憾了。

倒是梁焕保的父亲梁引年，网上可以搜到些许资料，他是民国著名学者，北大毕业后，被胡适推荐到美国留学，获康奈尔大学电机工程硕士学位，然后回国任教。他编写的电机工程教材，在国内使用了多年。我在孔夫子旧书网上，搜到一本他翻译的《初等电工学》，一九四〇年出版。我还搜到一个一九一二年至一九三七年的北大物理系教师名册，在上面看到他的名字。虽然就"梁引年"三个字，但总算有痕迹。

而梁焕保的名字，网上几乎查不到。

最后我找到天津大学档案馆的老师。几年前我把父亲的一些资料捐赠给天津大学档案馆，便和他们有了联系。非常庆幸的是，他们很快就帮我查到了梁伯伯在北洋大学的学籍表。与此同时，也把我父亲的学籍表给找出来了。

当我把这两张泛黄的学籍表发给吕先生时，他直呼我本事大。我说我哪有什么本事，全靠做档案管理的工作人员，一代代地细心保护，才让七十多年前的学籍表，得以完整地出现在我们面前。

从学籍表看，梁伯伯一九四八年毕业于北洋大学土木工程系，和我父亲一样。但他俩都不是直接进入天津北洋大学的，梁伯伯先就读于北平临时大学土木工程系，我父亲先就读于浙江英士大学工学院。

父亲的这个情况，我也是第一次知道。更有意思的是，我还在学籍表上，第一次知道了我爷爷的名字，十分雅致，叫裘雪渔。我还发现梁伯伯虽然是北京人，祖籍却是广西。

我先查询了梁伯伯就读的北平临时大学。一九四五年十月，教育部在北平、天津、上海、南京设立临时大学补习班，收容因为战争而尚未毕业的在校学生。一九四六年北京大学复校后，便接收了这所临时大学的第一、二、三、四、六补习班。而第五分班，则改为国立北洋大学北平部。估计梁伯伯就是从那个第五班，进到天津北洋大学的。档案上写着他进入大学的年龄为二十二岁，而我父亲则是二十岁。

父亲就读的英士大学，大致情况是这样的：一九三八年，抗战第二年，不少沿海城市沦陷，为了顾及战地青年求学需要，当时的政府和学者，筹备成立了浙江省立战时大学。这是一所综合性大学，设有工、农、医三个学院，后为纪念辛亥革命先驱陈英士，改名为英士大学。抗战期间，校址一再迁徙，东一处西一处的，没有完整的校园校舍。一九四二年工学院划出，独立为国立北洋工学院，迁到浙江泰顺。这便是父亲就读的学院了。父亲在泰顺读了两年，二年级学期结束后，于一九四六年进入天津北洋大学。英士大学于一九五〇年撤销，一部分并入暨南大学，一部分并入复旦大学，一部分转入浙江大学。英士大学在艰难的抗战时期，依然培养出了很多人才，非常不易。

我真后悔没有在父亲在世时，和他聊聊这段往事。英士大学一定有很多珍贵历史和著名人物。难怪父亲的老照片里，只有在天津北洋大学拍的，没有英士大学的，显然是连年战乱之故，也难怪父亲晚年总是叹息说，我读的大学没有了，我干了一辈子的铁道兵也没有了。他说的大学，是包含了两所。

再往下，我就查不到任何资料了。想想已经非常不易了。吕先生在深圳，梁立先生在北京，我在成都，我们一起去追寻在重庆的梁伯伯和我父亲，又从重庆追寻到天津、朝鲜、石家庄、长沙，追寻到那个遥远的属于他们的年轻时代。

要感谢吕先生和梁立先生，因他们之故，我更多地了解了我的父辈，也丰富了我的人生。

值得骄傲和敬佩的是，梁伯伯和我父亲，学习成绩都很好（学籍表上有各科成绩），是所谓的高才生。他们作为青年学子，毅然加入铁道兵，为祖国和人民奉献出自己的青春和学识。他们为人正直、生活俭朴，一辈子修路架桥，造福后人。

他们曾一路同行，时间还很长，长达三十多年。虽然最后也走散了，但现在，他们又在另一个世界相聚了。

不知他们再次相逢时，会聊些什么？也许他们会相视而笑，说一句，咱们这辈子，问心无愧。

（原载《随笔》2023年第5期）

裘山山（1958— ），女，祖籍浙江嵊州，毕业于四川师范大学中文系，曾任原成都军区创作室主任。已出版长篇小说《我在天堂等你》，长篇散文《遥远的天堂》以及中篇小说《琴声何来》等。

"雄鹰"退隐

◎ 杨献平

那年，我们提前一天和崇老约好，次日上午去他家采访。崇老答应得很爽快，大嗓门震得话筒嗡嗡直响。一个同事说，就这声音，绝不像70多岁的人。

崇老所在的小区，大致建于20世纪90年代初期，一色低矮的二层小楼整齐排列，前后有七八栋。每户最大面积70平方米，院子里几棵上百年的杨树和沙枣树还在努力撑起一片绿荫。我和同事刚把自行车放好，一个身高一米八多、满头白发的老人就从有些破旧的楼洞里闪了出来。老人眼睛大，炯然有光，只是周边围了一些深纵的皱纹。

在采访崇老之前，我们阅读了多年前关于他的一些资料。看那些资料，印象最深的是他的外号"崇大胆"。

虽然70多岁了，崇老身体还很好，整天骑着一辆吱呀乱响的自行车，肩上扛着一把铁锹或者手里提着一只篮子，到营区外围的菜地去。有熟悉的人遇到，他点点头不算，还要大声说，上班了啊，下班了啊！一边说着话，一边咧开大嘴呵呵笑。那声音往往把杨树林里的灰雀和乌鸦惊得呼啦啦飞到别的地方去。在机关，也常听一些老同志说起他，说老崇那个胆子，给他一架飞机，独自上战场，他都会拍着胸脯说，"保证完成任务！"

见到我们，崇老很高兴，咧开大嘴呵呵笑，几颗焦黄而稀疏的大牙格外醒目，脸上的皱纹也闪退到脖颈上藏起来了。他住在二楼。屋里没有沙发、写字台和衣柜之类的大家具，只是在摆满各种家什的房间里腾出一个小空间，摆了几张小马扎。

我们刚坐下，一个同样头发花白、腰背佝偻的老太太掀开布帘，从另一间屋子里颤巍巍地走出来，手里端着两个热气腾腾的纸杯子。我们赶紧上前接住，并让老人不要客气，我们自己来。那显然是崇老的老伴，方脸，大眼睛，布满皱纹的脸好像干旱龟裂的黄土地。崇老到里屋去了大约一分钟，出来后，穿着一件旧式的黄军装，戴着红五星军帽，胸口上别满了各种勋章和军功章。我们惊叹，忍不住上前抚摸，心里觉得，崇老真是经受过生死考验的飞行英雄，不愧是在蓝天驰骋的"雄鹰"。

崇老说："1940年秋，听说镇上来了八路军，我和两个同伴偷偷跑去报了名。负责报名的人问，你为什么要参军？我说，打鬼子！那人说，当兵就要打仗，假如你回不来了呢？"回忆到这里，老人提高了嗓音，"死了就算了，只要不死，不打败鬼子不回家！"

"新中国成立后，我当上了飞行员。那个年代，参加任务是不能问的，上级说啥就是啥，说啥时候起飞就啥时候起飞，说去执行什么任务，提着脑袋也要上！"

那年深秋的一天，崇老又驾机携带一枚新型导弹跃上蓝天，飞机抵达预定发射空域后，崇老敏捷地捕捉到了目标。他立刻加力，追逼上靶机。当瞄准具套准靶机的刹那，崇老一按电门，机身一沉，翼下导弹一声呼啸。可是，当机头再次抬起时，"轰！"前方一团火光映红舷窗，"导弹早炸！"崇老火燎般地滚杆蹬舵，

"唰！"飞机疾速脱离险区。

诸如此类的细节，崇老眉飞色舞滔滔不绝地讲了一个上午。生死大事，在他那里好像是一件好玩儿的事儿。

为了把故事挖得深一些，我们下午又去崇老家。刚走到楼下，只见崇老提着一把锄头，穿着一身军装，从楼洞里走了出来。看到我们，崇老的脸色尴尬了一下，然后又咧开大嘴呵呵笑着说："你们咋又来了？"我们几个笑笑，齐步走到崇老身边，立正，向他敬了一个标准的军礼，说明了来意。

时间又过了10多年，崇老已经90多岁了。这位老飞行员，经历了抗日战争，也参与了新中国成立后许多武器装备的试验训练。前些年回老部队去，我又见到了他，问他为什么不回老家去养老，这么大年纪了，还在戈壁滩待着。他说，在这里待惯了，天天能听到战斗机的声音，挺好！回去住了一段时间，不习惯，还是这大漠戈壁好！

（原载《解放军报》2023年4月11日第12版·长征副刊）

杨献平（1973—　），河北沙河人。曾在巴丹吉林沙漠从军18年，现居成都。出版散文集《沙漠里的细水微光》《生死故乡》《作为故乡的南太行》和诗集《命中》等。

结霜的人

◎ 傅　菲

　　新营镇的老张，以养鸡、养鸭、养猪、种菜为生。鸡是黄脚鸡，鸭是白番鸭。猪吃菜头、菜脚。禽畜的排泄物肥地育菜。老张种出来的时蔬，由他老婆拉到集市卖。集市面积有一千平方米，有货摊、菜摊、肉铺，也有提着竹篮、鱼篓来卖菜、卖鱼的人。只有要买家禽，我才会去新营买菜，因为要走七里路。出门时，我打电话给老张说，我要一只黄脚鸡，不要太肥，鸡毛拔干净，内脏不要。

　　到了集市路口，老张也到了。他停放好电瓶车，提着鸡，站在烟酒店门口。在百米外，我一眼就认出他。他个头高，清瘦，衣服穿得松松垮垮，头像个毛楂。黄脚鸡八十块钱一斤，白番鸭一百块钱一斤，拔毛另加十块钱。

　　买了菜，我们到集市对面的早餐店，吃碗烫粉。粉烫得一般，调味的剁椒却好吃。新鲜辣椒剁碎、腌制，很是鲜美。街上的年轻人也大多在这里吃，烫粉上盖一个煎蛋，加一份肉丝。有一次，老张送鸡出来，迟了些，这时我已上桌吃粉了。我接过鸡，问，老张，你吃过早餐了？他看着肉汤翻滚的汤锅，说，喂了猪，拔了鸡毛，哪有时间吃呢？肉汤滚着软滑的肉丝，噗噗噗地冒着蒸汽。我说，我们一起坐，你也吃一碗。我拉出半截长条凳，让给他。他说，八块钱一碗呢，挺贵的，我还要回去喂鸡喂鸭，鸡鸭吃食大。

我请你吃，要加什么料，你自己直接加吧，我说。

他坐了下来，对烫粉的妇人说，来一碗肉丝粉，肉汤多添半勺。

吃完了，他又要了一碗粉，端给他老婆吃。我一起付钱，他死死拉住我的手，说，你买我的鸡，是看得起我，你请我吃早餐，那是万万不敢当。他的手刚劲有力，拉得我的手生疼。

骑上电瓶车，他往村里去了。路面有些破烂，坑坑洼洼，他骑得歪歪扭扭。路两边是收割后的稻田，呈褐白色。田埂上，马塘草结着穗头，直挺轻摇。这是初冬的田畴，略显开阔，杂色，田泥被霜冻出一个个洞孔。地锦稀稀疏疏的，山斑鸠在稻草上啄食。田畴的尽头是一座驴形的山。山并不高，但延绵，霜红霜黄了的树，在阔叶林中很是挑眼，映照了山坡。山下有百十户人家。我没有去过那座山。山后便是我常去的罗家墩。这一带，是大茅山山脉西北部余脉，山不太高，海拔三百米至六百米，山梁连着山梁，满眼都是阔叶林、茅竹林或针叶林，山坞众多，人烟稀少。山是浓墨重彩的颜料堆积体。

老张很客气地约我，你去看看我养鸡鸭的地方，一个山坞就我一个人和上千只鸡鸭，有的鸡不回鸡舍，在树上睡觉。

有时间，我一定去，我说。但我始终没去成。那个山坞距镇上有五里地，有些偏僻。再说了，去一个从未去过的地方，如同见一个陌生人，需要机缘。贸贸然去，就唐突了。我随性，不喜生硬。

老张育有一儿一女。女儿外嫁了，儿子高中毕业，读了本省的大专。在读大专时，他儿子以各种名义向他要钱，这个月说要交专业选修课费，下个月说要交英语辅导费。老张没读过什么书，觉得儿子想学，多花费也是应该的。一年读下来，儿子连带学费、生活费一起，花费了七万多块钱。他问了一下同村读大专的，他们说花费四万多块钱就够了。暑假，儿子也不回家，说和两个同学合伙开一家奶茶店，叫老爸给五千块钱。哪有那么多钱给呢？他一个养鸡养鸭的人，省吃俭用，一年也就余两三万，儿子读了一年书，还蚀了一年老本。他给儿子打电话，儿子也不接，过了三五天，也不回个电话。他用他儿子同学的电话打过去，一打就接。他就觉得儿子有什么事瞒着他。只有要钱了，儿子才给他打电话。

好好的一个孩子，怎么变成这样了呢？老张叫女婿过来，无可奈何地说，大顺，你就这一个舅子，我就这一个儿子，我一个目不识丁的人，说不来什么话。你代我去南昌，找找荣昌。他有好多事瞒着我，不和我说实话，十天八天要一次钱，他要钱去，到底干什么事了？钱是要用的，但钱也惹祸。你和荣昌有话说，问个实话出来。

大顺是个油漆匠，在义乌、温州一带做了十几年，处事比较老练。他去了南昌，去了四天，才把小舅子荣昌带回来。荣昌长得高高瘦瘦，白净，头发像棕熊毛似的，一双大拖鞋拖得叽叽啦啦响。看到他这个样子，老张心里来气，说，你这副样子，哪像个学生，街上打流的就是这副样子。儿子坐在椅子上，低着头，看着长短不一的脚趾，吐着烟圈。老张的老婆就拉了拉老张，说，儿子回来了，是高兴的事，大顺，叫春英过来，把孩子一起带来，吃个团圆饭。

大顺就给春英打电话说，荣昌回来了，妈烧了饭，叫你和孩子一起过来吃饭。他又对荣昌说，你骑电瓶车去接一下你姐，安全第一，慢点骑，知道不？荣昌推出电瓶车，应了声，我也想姐姐了。

老张的老婆去捉鸡捉鸭了。鸡鸭散养在山坞，会跑会飞。她就扛着一个抄网去扑鸡鸭。她走远了，大顺对老张说，爸，去年10月，荣昌申请了校园贷，贷了两万，和同学开文具用品店，店里生意不好，开了两个月又关门了。校园贷利息按25%算月息，他哪有那个能力去还债。

老张说，书也不好好读，去做什么生意！这个校园贷，不是贷，是在吃人，专吃穷人的孩子。这个不知天高地厚的孩子，还没出社会就欠下一屁股债。我要打烂他屁股。

大顺说，利息是月月还了，本金还一直欠着。这次去南昌，我找到放贷的人，谈妥了，还一万本金，算是了结。谈不拢，那我就去派出所报案，起诉到法院。放贷的人也同意了，双方签了字。这个事就这样过了，一万块钱，我已代付了。你也就别责备荣昌了。他还是个孩子，不懂事。年轻人吃了亏，就长大了。

荣昌读的大专学校在南昌郊区，每天有十几个做校园贷的年轻人在校园里打转，发名片、加微信，在厕所、食堂、奶茶店、超市等场所张贴广告。放贷的人还请学生喝奶茶、吃凉皮。电商专业二年级的一个学长，就怂恿荣昌贷款，合伙做文具生意。校园贷不用抵押、不扣身份证，所以很多学生贷了。荣昌他们班上就有六个学生贷了，其中一个，贷款下来，赌网络足球，一夜输光，还了两个月利息后，没钱还了，不敢和家人说，又不知道去派出所报案，从宿舍楼四楼跳下来，当场死亡。光学专业二年级的一个学生，还不了款，逃了，不敢回家，换了手机卡，再也没了音讯。

读了两年，第三年实习。荣昌读的是光学专业，在上饶经济园区实习了一个月，他就不实习了。说是实习，其实就是做流水线上的配件工人。他回了南昌。毕业前，南昌市高新区公安局发函给老张，函告：张荣昌因放校园贷，涉嫌违法，被刑拘了。老张拿着函告，手抖着，仰天大喊，这到底是怎么回事啊，我的天。他拿着一把菜刀，捉一只鸡就剁鸡头，捉了六只鸡就剁了六个鸡头。他老婆捡着鸡头，说，你发什么疯啊，拿鸡出气，鸡又没犯死罪。

老张张开了喉咙说，我不剁鸡头，就把儿子的头剁了。校园贷害了他，他又用校园贷害别人。是非不分，读的是什么鸟书？

荣昌被判有期徒刑八个月。过年了，荣昌还在进贤县服刑。邻居没见荣昌回来，问老张，荣昌怎么还不回家？赚钱也太用心了。你这个儿子真是懂事。老张佯装笑脸说，他请不了假，还要过两个月回家。荣昌坐牢的信息，被老张一家人封死了。一个坐过牢的人，在乡下很难娶上媳妇，即使女方看中了，也要多花十几万块钱彩礼。

一个年，老张过得灰头土脸，都不敢出门，天天窝在山坞，喂鸡喂鸭。鸡鸭吃野食，仅仅吃野食是不够的，还得吃玉米、麦子或谷子。老张买陈玉米，一袋吃一个星期。玉米撒在空地，呼噜噜地呼几声，鸡鸭就蹦跳着过来，性急的鸡干脆飞过来。山坞有一条很窄的小溪，四季长流。在溪边，芒草长得丰茂，个个草兜比箩筐还要大，一蓬蓬的。草太盛，山坞便无人耕种，人也不来。老张养了鸡鸭之后，鸡鸭钻进草蓬吃虫，也吃草屑。啄了三年，草兜被啄烂，芒草彻底死去。没了芒草，鹰鹞就来了，在空中久久盘旋，忽然疾速俯冲下来，偷袭鸡鸭。没了草蓬可钻可躲，鸡鸭惊吓得急跳。

我第一次买鸡，见老张，他还是满头黑发，理个平板头，腰板也直挺。两年过去了，他的头发白了大半，腰背也不那么挺了。我不愿走那么远的路去集市，就打电话给他，请他送鸡上门。

端午，新营组织了龙舟赛。洎水河绕新营而过，在胡家桥底下筑了河坝，很适合划龙舟。新营在明代建村，那时朱元璋与陈友谅在鄱阳湖大战，朱元璋行军至德兴，见洎水河边有宽阔河滩，三五万人可安营扎寨，遂将村子命名为新营。新营即新的营寨。看了龙舟比赛，晚上在新营吃饭。餐馆很小，只有两间房，一间厨房，另一间用来待客。2018年上半年，我常来这家餐馆吃饭。这是一家夫妻店，妻子打下手，丈夫烧菜。那个时候，店主读幼师的女儿刚刚毕业。现在，店主做外公两年了。吃了饭，出店门，我遇上了老张。他打着一把伞，站在路边和一个中年男人说话。他见了我，就走近说，你有没有门路，帮我儿子找个事做，我儿子回家两个多月了，我暂时不想让他外出找事做，他莽莽撞撞的，怕做不着调的事。

我说，我是个外地人，除了卖鱼卖肉的，谁也不熟啊。我说的是实话。现在的年轻人，与上一代人不一样，低工资的事是不

151

会去做的，即使饿着，也不去做。镇里无所事事的年轻人比较多。

老张的鸡运动量比较大，肉嫩，汤汁鲜。有两家餐馆常年买他的鸡。鸡肉质好，餐馆卖价高。老张嘴拙，他只会说，自己家的走地鸡，鸡苗也是自家孵的。有一次，我对他说，我想买两只鸡苗，养来玩玩。过了两个月，他送来了鸡苗，说，鸡苗真舍不得卖，你是老顾客了，我才卖。这么好的鸡苗，哪里找啊！他抱着鸡苗，舍不得放手。他双手抱着，鸡苗蠕动着，唧唧叫。黄黄的毛，好看。

小鸡养了两天，就不见了。我到处找，也没找到。一个晒衣服的妇人问我找什么。我说找小鸡。妇人说，小鸡被松鼠吃了。老张听说小鸡被松鼠吃了，击打着自己的手掌，说，你也不看住小鸡，枉费了两个土鸡蛋。我说，哪会放下事去看守小鸡呢？

老张说，小鸡都要看守，看到半大了，才让它四处乱跑找食。老鼠要吃小鸡，松鼠要吃小鸡，鹞子也要吃小鸡。养鸡不容易。

霜冻来了，冻得我手指伸不直，坐久了腿麻，眼睛发花。中医说我气血不足，用黄芪炖鸡，吃几次就好了。第二天早晨，我决心走路去老张养鸡的山坞选鸡，也就没给他去电话。过了新营，过田畈，还没走到田畈一半，我见老张骑着电瓶车，提着九只鸡，往集镇这边来。一问他，他说送鸡去城里，餐馆临时要的，要得比较急。他又问我去哪里。我说，想去你的养鸡场选鸡。他抱歉地说，要不等我送了鸡回来，要不改天吧。

田里的霜结得厚厚的，马塘草彻底倒伏了。田埂上的两棵山乌桕树叶黄得透明，田沟里的水结出了冰。霜冻了泥浆，倒竖出一根根柱状，针孔大的冰晶花。几块油菜田，秧苗发青。我走得浑身发热，脚板发烫。老张右脚踩在地上，左脚踩在电瓶车踏板上，手上戴着厚厚的遮风手套，嘴巴哈出一股股白气。他的头发全白了。我说，你头发怎么白得这么快？老张脱下手套，摸摸自己的头发，摸出了很多霜，说，这是霜，霜太重了，天蒙蒙亮，我就起床喂鸡喂鸭了，霜结在头发上了。我看看他后背，衣服上也结了白霜。

我把他衣服上的霜拍下来。他抖了抖衣服，又摸自己的头发，把霜摸下来。摸了霜，他看看手，手上没霜了，他说，你随时来。

那你赶紧送鸡去，我改天再来，我说。他右脚撑了一下地，骑着电瓶车拐过镇街角，往县城去。他弓着背，骑得慢，在有人的地方，不停地按喇叭。我想，他养鸡鸭的山坞，一定背阳，霜结得深重。

（原载《天涯》2023年第5期，原文三题总称《山中的生活》，此为第三题）

傅菲（1971— ），江西上饶人，毕业于江西师范大学中文系，中国作家协会会员，江西滕王阁文学院特聘作家，著有《屋顶上的河流》《深山已晚》《元灯长歌》等。

群鹤祥集的幕后玄机

◎ 祝　勇

一

　　公元一一一二年，是北宋政和二年。这一年正月十六，也就是"上元之次夕"，宋徽宗登上宣德门，观看灯火璀璨、人山人海的节日景象。突然间，天空有祥云出现，有一群白鹤飞来，在天空中翱翔，甚至有两只降落在端门的鸱尾上。来来往往的百姓莫不翘首仰望。宋徽宗难掩内心的兴奋，回宫便命人拿来上好的细绢和笔墨颜料，亲自把这一奇丽的景观用半写生的方式画了出来。从此，这卷《瑞鹤图》就成了帝国祥瑞的象征，也标志着宋徽宗的威望达到了个人政治生涯的顶峰。

　　《瑞鹤图》是一幅伟大的画作，在中国绘画史上占据着至高无上的地位。宋徽宗赵佶试图凭借他非凡的艺术功力，为他的时代渲染出玉宇澄清、华贵圣洁的气氛。吊诡的是，他实现国泰民安的方式不是通过政治手段，而是仰赖艺术才华。他是一个很善于"包装"自己和王朝的人，他通过《雪江归棹图》卷来宣示天下归于一统（"棹"音同"赵"），通过《听琴图》来塑造自己道德高尚、品行纯洁的风雅文人形象，通过《文会图》来标榜朝廷人才云集的成就，又通过《瑞鹤图》《祥龙石图》来描绘祥瑞和顺的政治图景。山水、人物、花鸟，诸种绘画题材，都被他得心应手地赋予了鲜明的政治隐喻功能，共同构建了理想化的自我形象，也构建出理想化的王朝形象。宋徽宗不只是一位绘画大师，更是一位隐喻大师，在他手里，绘画的纪实功能与隐喻功能达成了完美的统一。

二

在中国传统文化里，鹤的形象是多面的，但都是正面的。比如，鹤因其恪守"一夫一妻制"，被用来作为爱情忠贞的象征；对于古代士大夫来说，鹤是品行高洁的象征，所以曹植写《白鹤赋》，鲍照写《舞鹤赋》，杜牧写《别鹤》，白居易写《池鹤二首》，元稹写《和乐天感鹤》，刘禹锡写《鹤叹》，韦庄写《失鹤》，张九龄写《羡鹤》，苏轼写《放鹤亭记》，黄庭坚写《倦鹤图赞》，刘伯温写《云鹤篇赠詹冈》，解缙写《题松竹白鹤图》……在道教文化系统中，鹤被认为是"孕天地之粹，得金火之精"的神鸟；在民俗的世界里，鹤被用来隐喻长寿，经常与松并称"松鹤延年"。

在千万种祥瑞中，或许没有一种祥瑞比鹤更符合宋徽宗的自我定位了。他是《听琴图》里焚香抚琴的君子，就像"梅妻鹤子"的林逋，只不过宋徽宗不是隐在西湖，而是隐在浩大、奢华的"艮岳"里（《听琴图》中虽然没有鹤，但是有松，有祥龙石——一种宛如祥龙的石头），表达出与鹤相近的寓意；他是崇道之士，在宫廷里豢养了许多"神通广大"的道士，为他作法祛邪，建立了道教的最高学府——道箓院，授意道箓院封他为"教主道君皇帝"，把道教经典列为科举考试内容，甚至"改佛刹为宫观，改释迦为天尊，菩萨改为大士"；最重要的，他是君临天下的帝王，他"仁德之君"的形象必须有鹤这样的"吉祥物"来陪衬，来加持，否则就无法形成强大的政治号召力。于是，在政和二年"上元之次夕"，没有人比宋徽宗更沉醉于"仙禽来仪"的盛大景象。他高兴，他满足，他自信（准确说是自满）。在他心里，他生活的世界就是人间仙境，眼前这般盛世图景，还会持续一万年。

三

问题来了：在那个有着宝石蓝天空的夜晚，当皇帝虎步龙行地登上宣德门，为什么会有祥云升起，为什么会有群鹤飞来，盘旋在宫殿的上空，流连不去？此番景象，不只是宋徽宗一人所见，全体汴京人民都可以作证。显然，这样的场景不是他虚构出来的。从祥瑞的角度解释，肯定是行不通的，还会有什么其他的解释吗？

每次面对《瑞鹤图》，我最疑惑的就是这一点。《瑞鹤图》诞生九百年来，从来没有人对此做出过解释。直到有一天，我从故宫博物院出版的《紫禁城》杂志上看到明代道士邵元节《赐号太和先生相赞》（以下简称《相赞》），才恍然大悟。

明朝嘉靖皇帝（明世宗朱厚熜）像宋徽宗一样笃信道教，一心追求长生不老，初即位就在紫禁城里设道场，每天斋醮不停。他到处搜罗方士，许多人因此一步登天。江西龙虎山上清宫道士邵元节，就是嘉靖宠信的道士之一。嘉靖不仅把他召入宫中，还因他做法事祈求雨雪屡试不爽，封他为"清微妙济守静修真凝玄衍范志默秉诚致一真人"，总领道教，赐紫衣玉带，还在北京城西给他建了"真人府"，"给元节禄百石，以校尉四十人供洒扫，赐庄田三十顷"。

嘉靖皇帝无子，正是邵元节在紫禁城的钦安殿建醮，祈求圣嗣，才有"皇嗣应祷而生"，连生了八子五女。其实，嘉靖皇帝"后继有人"，并不是邵元节建醮祈求的结果，而是因为邵元节使用了医疗手段。他精通本草学，以《云笈七签》中的"老君益寿散"做基础，配以鹿茸、人参、附子、穿山甲等滋补品，并采取"炉鼎升炼"的技术制成药丸，以"仙药"之名呈给皇帝服用，才根治了嘉靖皇帝的病症。"皇子叠生，帝大喜"，于是将此丹取名"鹤龄丹"，这个名字中，有"鹤"。

邵元节因其工作成绩突出，嘉靖十五年（1536）又拜礼部尚书，赐一品服，其他赏赐不计其数，甚至邵元节的老师、徒弟、孙子等都得到封赏。邵元节八十寿辰时，皇帝命内府司礼监下属的雕经厂雕印了这部《相赞》，因体量巨大，三年后才刻印完成。《相赞》内容由当朝的大臣们"集体创作"，因善写青词而被称为"青词宰相"的光禄大夫、上柱国少保兼太子太傅、礼部尚书、武英殿大学士顾鼎臣修改完成，可见皇帝的重视。刷印的《相赞》（画册），高76厘米、宽55.4厘米，是中国古代所传至今的开本最大的一部雕版画册，原藏北京故宫博物院，现藏中国国家图书馆善本部特藏库。《相赞》收有二十六幅版画，每幅版画配一篇赞文，共二十六篇，图文并茂地歌颂道士邵元节的种种"异能"（用今天话说，叫"特异功能"），如祷雨、祈雪、开晴等。在诸种

"异能"中，"招鹤"是至关重要的一种。在道教斋醮的仪式上，如果道士能招来仙鹤，就说明这位道士法术灵验，道术高超。

邵元节正是"招鹤"的能手。《相赞》中的第六赞《钦命招鹤相赞》，就是记录他"招鹤"的"神功"："公之诚可以格天地，可以通神明。彼鹤之为禽，孕天地之粹，得金火之精。吾与之一太极之体统，同阴阳之流行，招之则来，麾之则去，固公道术之通灵也。况浮丘仙伯、南岳夫人之所司者，而公致之有不能耶？"

真的有这么灵吗？秘密就在斋醮的开坛的香里。中国国家图书馆赵前先生考证，道教斋醮的开坛，必先烧香。香有很多种，有降真香、百和香、茆香、沉香、龙涎香、清木香等。其中品位最高的是降真香。"《本草纲目》记载，降真香产于黔南（今贵州南部）地区，是当地的名贵物产"，"道教认为降真香是祀天帝的灵香，因此可以上达天帝之灵所"。"邵元节正是在醮坛上用降真香拌和其他杂香，烧烟直达上天"，才招来仙鹤，降临醮坛。

事情原来如此简单。其实，用降真香招引仙鹤并非邵元节发明，元人陶宗仪《南村辍耕录》有《降真香》卷，说："道家者流，为人典行醮事，曰高功。其有行业精白者，则必移檄南岳魏夫人，请借仙鹤，或二只，或四只。青鸾导卫，翔鹭澄空，昭扬道妙，往往亲见之。"

至少在陶宗仪的时代，甚或在更早的宋代，以降真香招引仙鹤，已不是什么新鲜的把戏。曾经做过苏东坡书童的林灵素，后来成为宋徽宗宠溺的道士，他就是招鹤高手之一。据说他讲道时，曾经飞来几十只仙鹤。其实就是用了类似的招鹤法。这种招鹤法，不过是道士的"基本功"而已。如是，当上元之夜，在皇帝登上宣德门"与民同乐"的一刻招来仙鹤,对于道士来说,早已算不上什么高科技。

四

还有一个问题:仙鹤是从哪里飞来的?

其实至少从春秋时代开始,就有了宫廷养鹤的传统。卫国国君卫懿公,就是一位名副其实的"养鹤达人"。他不知道怎样表达自己的爱鹤之情,干脆给鹤加官晋爵,卫国也因此平白多出了成百上千的官名。他出巡时,他养的鹤也要享受大夫的待遇,乘车在前面引路,威风凛凛,号称"鹤将军"。鸟是好鸟,但卫懿公却是烂国君。他好鹤荒政,招致臣民怨恨,也招来北狄入侵,最终惨死于狄兵的刀刃之下。

两汉时,贵族、道士都喜欢养鹤。到晋唐时代,贵族、文士养鹤之风更加盛行。唐代周昉《簪花仕女图》卷上,有一只仙鹤卓然独立,可做唐朝皇室养鹤的图像证据。唐以后,宫殿壁画、屏风常见鹤的身影。五代时,后蜀末代皇帝孟昶曾命令大画家黄筌(可信的作品只剩下硕果仅存的《写生珍禽图》,现藏北京故宫博物院)在偏殿上绘制了六只仙鹤,分别画出"唳天""警露""啄苔""舞风""梳翎""顾步"六种情态,"精彩更愈于生"。孟昶后将此殿改名六鹤殿。在屏风之上画六鹤也成了一种绘画传统,被后世继承下来。

据说宋徽宗也画过《六鹤图》,是摹画自五代后蜀黄筌六鹤壁画的手卷。手卷上绘有六只仙鹤,姿态不同,却飞扬灵动,生命感十足，仿佛要破纸而出，腾跃飞翔。台北"故宫博物院"藏有其中的《理毛》一幅，绘出白鹤回首以喙理翅膀羽毛的姿态，画者观察之细微、表达之准确，令人叹为观止。画上有宣和、御书、悦生葫芦印，并有宋徽宗瘦金体题诗，证明此幅为宋徽宗真迹。

据说宋徽宗发明瘦金体，就是从鹤的形态里得到启示的。关于画鹤，《宣和画谱》里也有专门描述："画鹤少有精者，凡顶之浅深，氅之鹴淡，喙之长短，胫之细大，膝之高下，未尝见有一一能写生者也。又至于别其雄雌，辨其南北，尤其所难……"

宋徽宗虽然没有任命"鹤将军"，但他对鸟类，尤其是鹤的热爱丝毫不逊于卫懿公。他做端王时，"艺文之暇，颇好驯养禽兽以供玩"。即位后，他的玩主本性不改，崇宁元年（1102），他开始扩建延福宫。这座超豪华园林中，就有鹤庄、鹿砦、孔翠诸栅，分别饲有白鹤、梅花鹿、麋鹿、孔雀等飞禽走兽，不啻为"天下一人"享用的超级动物园（和植物园）。

北宋重和元年（1118）十二月，就有数千只仙鹤飞越艮岳万岁山上空，飞到上清宝箓宫附近。南宋袁珂在《桯史》里讲述了这样一件"艮岳往事"：有一位街头表演艺术家名叫薛翁，擅长驯兽表演，看到艮岳建成，立刻找到了商机。他跑到童贯面前，自荐上岗，要去管理艮岳中的鸟兽。童贯答应了他，他于是每天用食物来驯化群鸟，让宫廷护卫装扮成皇帝前来，他模仿鸟鸣，群鸟就纷纷飞来啄食，一个多月后，只要护卫装扮的皇帝到来，群鸟就会自己飞过来。等宋徽宗本尊驾临，薛翁便施礼道："万岁山瑞禽迎驾。"然后长鸣一声，霎时间，群鸟齐集，遮天蔽日，列队如仪，阵势无比隆重，宋徽宗立刻就美出了鼻涕泡儿，像面对所有的祥瑞一样，乐此不疲，照单全收，并且给薛翁许多赏赐。后来，干脆在万岁山设立了一个用来豢养珍禽的专门机构，名曰：来仪所。

"万岁山瑞禽迎驾"，与宣德门群鹤飞翔，剧情是多么相似。既然道士招鹤已不是什么技术难题，那么，宋徽宗的宫廷、苑囿，将为这样的剧情提供足够的"鹤源"。我们不难推测，只要皇帝出现，瑞鹤就会"及时地"飞到宣德门的上空，成就《瑞鹤图》里那道著名的景观。

有图有真相，明刻《赐号太和先生相赞》中的第六赞《钦命招鹤相赞》，就是"落地"版的《瑞鹤图》。假如说《瑞鹤图》把我们的目光引向天空，《钦命招鹤相赞》则把我们的目光拉回到地面，看到"瑞鹤祥集"的幕后玄机——原来只是一场魔术。在大屋顶之下、宫殿的背后，道士有如魔术师施展"魔法"。无论多么炫目奇幻的魔术，一旦露了底，立刻就变得索然无味。

所谓的"祥瑞"，不过是皇帝和他的下级联袂演出的活报剧而已。

（原载《读书》2023年第2期，原题为"《瑞鹤图》：群鹤祥集的幕后玄机"）

祝勇（1968—　），生于辽宁沈阳，原籍山东东明，艺术学博士，作家，学者，纪录片导演，现任故宫博物院文化传播研究所所长，出版有《血朝廷》《故宫的风花雪月》《故宫的隐秘角落》及十二卷《祝勇作品系列》等。

京津书肆的同袍传奇

◎ 刘仝保

　　琉璃厂之所以是琉璃厂，也因为《琉璃厂小志》。这本标新琉璃厂的首部"志书"已经成为记录京华书肆最好的"传本"，其作者是古籍版本目录学家孙殿起，他开启了整个古旧书商圈著书立说先河。作为孙殿起在琉璃厂的最后一位弟子，其外甥雷梦水不仅秉承了师父的技艺、学风和敬业精神，并能弘扬先师遗志于书版之学，续写书肆史。同时，雷梦水胞弟雷梦辰也受舅父和兄长的影响，从琉璃厂学徒后身居津门成为天津古旧书业的行家里手，也为津门书肆立起了"近代史"。

一

　　古旧书发行家郭纪森先生跟笔者说，孙殿起在通学斋曾先后收下13个门徒，雷梦水身居末位，却成了孙殿起衣钵传人。孙殿起病逝后，雷梦水将师父的大量手稿进行了系统整理编撰后出版，从而让"贩书者"孙殿起通过著作将其学术价值于整个古旧书业得到了最好发挥，最终成为"著书者"。

　　雷梦水也凭着自己多年的日积月累独自出版了诸多著作。中宣部1989年版《发行家列传》，称雷梦水是北京古旧书业中能著书立说的"专家式"文化商人。

　　第一次知道雷梦水的名字，是笔者在读中学时听家乡河北冀县方志办的编辑常来树先生所说。他与雷梦水一直保持着联系，作为文史爱好者的我曾协助常来树撰写过关于雷梦水的文章，记得有一篇取名为《雷梦水与中华竹枝词》，刊发在1998年4月19日《衡水日报》"古今衡水人"专栏上，记述的是关于雷先生编选《中华竹枝词》的故事，这篇区区千余字的稿子中有三分之一是在介绍他的著作成就。"为什么一个卖书的小商贩会出那么多大书？"笔者当年的这个疑问，在常来树先生面前未敢开口，等到来北京工作后随着接触琉璃厂人渐渐多了、深了，自然从中觅得答案。

　　琉璃厂古旧书店的环境熏陶，让投靠六舅父孙殿起的雷梦水一入行就养成勤奋好学、善于钻研的良好习惯。

　　雷梦水，15岁读至高小后从河北冀县乡下的谢家庄村来到北京琉璃厂通学斋，一头栽进书堆里开始了"背书架"的生涯。郭纪森先生曾讲过这么一句话："亲戚并不能改变他的学徒身份，也不可能得到特殊照顾。"雷梦水是个有心人，这一点和其舅父相似，真是应了河北民间的那句"外甥随舅舅"。

　　在通学斋，雷梦水经常看到舅父孙殿起写日记、记月录，天天坚持，长年不断，心中尤生了一种敬佩。正是在先生的影响和带动下，雷梦水便迷上这一行，如醉如痴地立志苦钻古旧书收售业务。慢慢地他用心听、用脑学、用笔记，肚子里满满都是书的掌故逸事。随着积累的古书版本鉴别经验日渐丰富，雷梦水业务水平得到不断提升，出店送书的机会就多起来，很快他成了几所大学知识殿堂里的常客，自然也就与这些大学里的教授、学者成了朋友。用燕京大学教授邓之诚先生的话说，"雷梦水是我的书友，绝非是琉璃厂那些书店里的书贾"。就这样雷梦水在琉璃厂结识了郑振铎、朱自清、冯友兰、潘光旦、吕叔湘等大学问人。历史学家谢国桢在病逝前的几个月还曾题诗给雷梦水："感君别具骊黄手，选入不登大雅堂。将化腐朽为神奇，彰幽发潜在公方。"

"彰幽发潜在公方"正是对雷梦水高贵品质的真实写照。著名藏书家姜德明在一篇忆文中提到一件事情，说1994年9月26日，自己收到雷梦水的信函谈及欲捐赠两部书："弟年事已高，有一桩大事与兄商量，即弟旧存之两卷经卷，想献于政府，未悉给哪个单位比较合适？根据咱们的生活情况，应该有什么要求，做得要圆满一些。我总想不好，敬恳吾兄在百忙中帮我拟个呈文草稿……"

原来这两卷经卷，一是北魏写本《道行经》，另一是唐以前所写《妙法莲华经》，均属重要的佛教经典。两卷经卷是怎么得来的呢？雷梦水曾在一篇回忆录中写道："那时正值时局动荡不定，百业萧条衰落，古书业更遭受了厄运，大批的古书，整卡车的运往造纸厂，做了纸浆，爱读书的人们都苦笑着称这种纸为'还魂纸'。花这几十元，按说在当时不算什么，但是拿我这个穷店员来说，还不是个很容易的事，只好紧紧裤腰带，节衣省食了。"

由此可见，雷梦水是从古旧书店滚爬出来的版本学家，能够慧眼识珠。

像这样的故事在雷梦水的生命中举不胜举，从中可以看出他对古旧书业的无比执着与专业，他也因此成为诸多名人笔下的书友专家。

二

　　那么，雷梦水又是如何从一位卖书的升级到兼写书的？他在晚年的一篇回忆录中这样描述："先师舅舅孙殿起先生只念了3年书，经过苦心钻研，很有成就，我念了6年书，应该不会比他更困难吧。"有了这样的念头后，雷梦水也时常得到一些大文人的鼓励与支持。他说，自己坚定写书信心是在与著名学者、清华大学国文系主任朱自清教授深入交谈后。"有一次我在给朱先生送书时，先生忽然和我讲起写作的问题来。他说，'雷梦水，你也可以锻炼锻炼写作呀！'我说，'我是一个卖书的，文化程度又很低，哪能写出东西来？'朱先生正言厉色对我说，'唉！你看宋代的陈起，你的舅父孙耀卿，不都是卖书的吗？只要自己能树立雄心壮志，肯刻苦学习，还得要坚持，锻炼锻炼，不就行了吗？'他还告诉我：'写文用字要用日常语言所用的字，语言声调也要用日常语言所用的声调……写完后再请文化程度较高的人予以改正，不就可以了吗？'"

　　除了朱自清还有国家文物局局长王冶秋屡次鼓励雷梦水编写文章，他的大部分书就是在王冶秋亲切关怀指导下编写出版的。他在《我和古书》文章中写道："1960年邓拓同志倡议恢复琉璃厂文化街，适我整理先师遗著《琉璃厂小志》方才脱稿，由王冶秋同志介绍与邓拓同志，在征求了有关意见后由北京出版社出版。"

　　郭纪森说，公私合营后和雷梦水等人都并入中国书店，其中雷梦水负责古籍审读工作。对于这项工作，雷梦水称"正投我所好，得以博览群书，提高业务水平"。

孙殿起病逝，其著作《琉璃厂小志》尚未脱稿，雷梦水决意继承先师未竟之遗志，不辞辛苦，开始整理孙殿起遗稿。由于种种原因，孙殿起的手稿较零乱，往往一张纸上，一段文中既有琉璃厂资料，又有竹枝词，或者是某种书的版本情况等，他逐一梳篇理页，分类编排，终于使其得以重见天日，于1962年由北京出版社出版。

雷梦水贩书一生，对古旧书业怀有深厚的情感，正是在古书收购过程中，养成了读书读史做笔记的习惯，这成为他写书的最大资本。他的儿子雷向前在追忆文章中写道："在单位，不是理书就是看书；下班回家，不是查资料就是写文章……我记得他在重病期间，仍在床上围着被子写作。很多文章和书稿，就是这样写出来的。"

雷梦水所经手的古书成千上万，对过眼之书，详记其特点，在辑录、校勘书目时十分严谨，能在阅读通史、断代史、纪传体史书的基础上，对来自不同途径的资料，进行纵横分析，久而久之，积累下数万张卡片的资料，用以积累资料的笔记本，摞起来有2米多高。在此过程中就形成了一定的规律，他总结出写书基础工作的"方法论"和"三部曲"。首先，将搜集的资料，找到原始出处，一个地名一个地名核对，以确保其资料的准确性；其次，将搜集到的历史事件集中起来，按汉语拼音的顺序或历史事件发生的时间顺序及特征排列归类；最后，对史料中尤其是古籍版本中的牵强附会之处，提出自己认为正确的看法，再请教专家、学者、老师傅们。

就这样，雷梦水一生代先师孙殿起编写、整理了《琉璃厂小志》外，还有《庚午南游记》《记伦哲如先生》《慈仁寺志》《贩书偶记续编》《北京风俗杂咏》，自著出版了《琉璃厂书肆四记》《古书经眼录》《室名别号索引补编》《隆福寺书肆记》《慈仁寺考略》《贩书偶记校记》《北京风俗杂咏续编》《书林琐记》《先师孙耀卿先生年谱》等书籍。读过的人无不惊叹其版本目录知识的丰富和对古旧书业掌故的熟悉，赞誉他是"古书先生"。

笔者还有一本常来树先生持赠的《书林琐记》，再现了雷梦水半个多世纪以来的卖书生涯中与许多专家学者建立起来的深情厚谊，他用58篇文章向外界展现了北京琉璃厂、隆福寺等古旧书肆见闻以及书商的翔实资料，诸如书铺创始年月、店主姓氏、经营特色、购书逸闻、古籍刊印等，甚至有同业之间明争暗斗、互助合作等等，描绘生动传神，犹如一套古旧书业的"民间故事"，亦对当今的古旧书发行有着重要借鉴作用。

郭纪森说，雷梦水在晚年被北京市政协聘为文史资料研究委员会委员，获得国务院政府特殊津贴，协助中国书店编写《我国古籍简介》的丛书部分，退休后仍孜孜不倦。

1994年10月26日，雷梦水在京病逝，享年74岁。有学者感慨："雷梦水的去世，标志着中国书店一个时代的结束。"

雷梦水去世后，尚有大量遗稿未出版，郭纪森先生唯恐家属管理不善，便从中协调邀请中国书店出面予以出版，其中包括珍贵的《贩书偶记（附续编）》一书，笔者藏有一册。

三

讲完了雷梦水的故事，再说说他的胞弟雷梦辰。

比雷梦水小8岁的雷梦辰，曾在家乡读过5年书。1944年，被舅舅孙殿起从老家安排进了北京琉璃厂，这一年雷梦辰15岁。他先在富晋书社拜经理王富晋为师，后又到隆福寺东雅堂书店师从经理张德恒学徒。后来阴差阳错去了天津，1945年2月在茹芗阁书店开启了他的津门古书生涯，师从经理杨永维，之后设"梦辰书社"专门买卖古版书籍。公私合营时并入天津市新华书店古籍门市部（1978年更名天津市古籍书店），1990年退休。2003年6月27日，病逝于天津，享年74岁。

50年来，雷梦辰也是凭着自己的眼力，收集了一大批富有价值的古代典籍，成为津门古旧书业的佼佼者。上世纪四十年代末，雷梦辰赴山东收购古书，在书堆里无意中发现了一部书法雅洁不凡的诗词稿本，他从墨迹、纸张、装帧上分析，断定其为《聊斋志异》作者蒲松龄的手笔，尚未付梓，弥足珍贵，传为一段书林佳话。

雷梦辰经常说，搞学问的离不开卖书的，卖书的离不开搞学问的。卖书的必须懂书，并且窥知读书人的心理需要，主动提供图书目录和线索，介绍有价值的学术资料，使读书人受益，这才是高层次的书商。

天津古籍书店的书业史研究者曹式哲先生曾跟笔者说过，"雷梦辰不只在鉴定古书上有他的独到之处，而且也能像他的舅舅孙殿起、兄长雷梦水一样，在著书立说上也颇有成果"。雷梦辰儿子雷向坤曾跟曹式哲说过一段话："受他俩（指孙殿起、雷梦水）影响，父亲重点写津门书肆几十年的经营状况和变迁史，他掌握的史料很多，有这个优势。"又说："1980年左右，大爷来津探望奶奶，住在我家。老哥俩坐在一起没有闲白，谈话内容都与古旧书有关。奶奶在世时，大爷从北京每次来我家，都与父亲谈论古旧书，直至深夜。我一觉醒来，见他俩还在交谈中。"

雷梦辰深知琉璃厂四部"书肆记"（李文藻《琉璃厂书肆记》、缪荃孙《琉璃厂书肆后记》、孙殿起《琉璃厂书肆三记》、雷梦水《琉璃厂书肆四记》）的重要性，前后连缀合读，可视为一部琉璃厂书肆数百年的信史。有感于此，他开始对天津古旧书肆倍加关注，体例即仿琉璃厂书肆记，耗时十余年先后撰文成稿《津门书肆记》《天津三大商场书肆记》《晚清至解放前天津书坊刻印本书籍知见录》《直隶书局创办始末考》《近代天津私人藏书述略》等。

其中，《津门书肆记》所记书店，从光绪二十年（1894）天津始有专业古旧书店起，至1949年解放前止，叙述次序为先记旧城厢区内外，再记河北一带，后记旧法租界，记录了来自全国各地的书业商人在津从业贩书的盛衰聚散。

《天津三大商场书肆记》记录了设于旧法租界的泰康商场、劝业商场、天祥市场三大商场内的书店，从1924年建场起，至1949年天津解放为止。

《近代天津私人藏书述略》犹如一部近现代天津私人藏书家人名辞典。

《津门书肆二记》，系雷梦辰遗稿，由曹式哲先生根据其遗稿和卡片整理，介绍的是解放后至公私合营阶段津门书肆活动。

2014年8月，曹式哲将雷梦水生前的所有文集整理，以《津门书肆记》为名由天津古籍出版社出版，从而为业界同仁提供了一部天津书业文化史难得的珍贵文献，填补了书业史、藏书史和文献学上的一项空白，捍卫了津门书业地位。由此业界评论雷梦辰是"勾勒津门书业文化史第一人"。

从琉璃厂走出的亲兄弟，用"书"书写了京津两地的"古书传奇"。

（原载《北京纪事》2023年第10期，原题为《京津书肆见证的同袍之情》）

刘仝保（1980— ），生于河北衡水。现为新华社《瞭望周刊》民族品牌工程办公室一部副主任，曾在《人民日报》海外版、《经济》杂志、《当代中国》画报开设访谈专栏，著有《文化的力量——与智者对话的思考》。

一件棉袍

◎ 江　子

一

　　同事W爱穿袍子，直襟直统，衣长过膝。她经常穿的一件是黑底红花，交领，右衽，扣子是一字盘扣。袍子的黑底并非深黑，而是厂家着意做旧，仿佛是穿过多次，经过反复洗涤后的颜色，黑中带黄，这就显得特别有历史感。袍子也的确被W穿过多次，W说买下来至今已经有些年份了。听W这么介绍，再看这件袍子，就感觉到了时间的力道。

　　W略比我年长，是已经过天命之年的人了。很早时候，我在乡下教书，爱写作，她是省城某文学刊物编辑，自然，她就是我的老师了。后来我调入省城，与她成了同事，她依然是我敬重的老师。与我爱瞎折腾不同，W是个安静而有定力的人，说得文气一点，是一个心中有道的人。她独来独往，少交际，无意惹尘埃，所谓办公室政治、市井恩怨，于她是无关的。单位领导换几任了，但对她有了解的真是少。她却对阅读与写作始终如一，爱用一双冷眼暗察人世。她的文字，写草木，写虫鱼，写街头所见、巷弄悲欢，常于无声处听惊雷，于灰烬中见珍宝，于寒凉中藏温热，在凡常间现深情与大义。她还真写过一篇《珍宝的灰烬》的文章，写她经常路遇的一个有着傻儿子的白发母亲。她如此写这位母亲在寺庙里的神色："她的背影肃穆得就像是只有她一个人，她是一个人站立在空阔的原野上，站在离上苍那些能够洞察人世苦难并可解救他们的菩萨最近的地方。""生活的火焰并不能够总是燃烧得旺盛与鲜艳。尤其对于小人物而言，更多的时候，它是灰烬的代价和化身。然而，当你于灰烬里埋头寻找，尘灰扑面呛人的刹那，你能发现的，总有一块心一样形状的钻石或珍宝，让你怦然心动。"

　　她这样的人，与袍子结缘，是早晚的事——这件源自久远、相比其他服饰十分严实并有凛然力道的袍子于她就是一堵墙，或者是一座让她获得安全感的微型庙宇，而她是这庙宇里的信徒。靠着这袍子，她隐于市井，隐于凡尘，得到了自在，成了不被打搅的、遵从内心秩序的人。她在《珍宝的灰烬》里写的寺庙里的，"背影肃穆得就像是只有她一个人，她是一个人站立在空阔的原野上"的老人，何尝不是她自己。

二

　　"百度百科"如此解释"袍"：直腰身、过膝的中式外衣，一般有衬里，是中国传统服装——汉服的重要品种，男女皆可穿用。

　　袍在中国的历史很长，东周时期的墓葬品中就有袍的记载。中国《诗经》《国语》中已出现"袍"的名称——《诗经·秦风·无衣》："岂曰无衣？与子同袍。"袍子见证了战友的生死之交。

《国语》："袍以朝见也。秦始皇三品以上绿袍、深衣，庶人白袍，皆以绢为之。"指出袍是官员与百姓共同的服饰，却以颜色区分等级。袍分龙袍、官袍和民袍。龙袍为皇帝专用，袍为官家朝服乃是东汉永平二年（59）后的事，以所佩印绶为主要官品标志。民袍乃民间在日常生活中所穿。

这里专说民袍，也就是直襟直统的长袍。

东周开始，袍活了两千多年。有过两千多年历史的袍，自然就有了性格，有了魂。我们说到袍，除了衣襟之用，肯定还与文化之类有关。

刘义庆的《世说新语》中有《王子猷雪夜访戴》："乘小舟就之。经宿方至，造门不前而返。"如此放浪不羁的王子猷，想必是穿着袍的。袍子还得是新的，色泽还深，袍领和袖口甚至还缀了保暖的兽毛。

苏轼的《记承天寺夜游》："元丰六年十月十二日夜，解衣欲睡，月色入户，欣然起行。念无与为乐者，遂至承天寺寻张怀民。怀民亦未寝，相与步于中庭。庭下如积水空明，水中藻荇交横，盖竹柏影也。"那晚苏轼与张怀民的穿着，必须是袍子，而且是色浅而薄层、风吹起来有飘荡感的袍子才对。

张岱《湖心亭看雪》中，张岱自然也是穿袍子的，而且是厚袍子，衬里缀了很厚的棉絮，否则抵御不了西湖的风雪，担不起文中的天云山水和湖心之亭："余拏一小舟，拥毳衣炉火，独往湖心亭看雪。雾淞沆砀，天与云与山与水，上下一白。湖上影子，惟长堤一痕、湖心亭一点，与余舟一芥，舟中人两三粒而已。"

……

在古代中国服饰文化里，袍子关乎斯文、教养、态度、责任，乃至更广阔的精神指向。换句话说，袍子即人。一个灵魂没有分量的人，是担不起袍子的。

三

近百年前的中国，当是袍子的世界。

蔡元培、胡适、林语堂、朱自清、钱穆、沈从文、陈寅恪……他们都是穿袍子的。他们袍子上的立领，从来都凛然竖立，领下和右肩上的布扣，从来都严严实实。袍子是他们的民族、国籍、语言、时代，也是他们共同的性格、风度、操守与运命。穿着袍子的他们，就像是同一个家族的子孙。

中国现代文明启蒙先驱胡适曾是师从著名哲学家约翰·杜威的留美学生，美国哥伦比亚大学哲学博士。他后来还担任过中国驻美大使。他毕生着力倡导民主、自由思想和理性主义，称得上是二十世纪中国最为洋派的人，也是最有资格穿西服的人。

胡适先生当然经常西装革履。穿着白色衬衫、深色西装、打着领带、戴着圆框眼镜的胡适先生，挥洒自如，风度翩翩。他以西装为标榜，站在时代前沿，批判中国传统，在世界外交舞台驰骋。

可是他经常穿着袍子。西装和袍子，两种完全不同价值观的服饰，奇妙地统一在一个人身上。看他的诸多照片，袍子穿在他的身上，竟和西装一样妥帖——不，比西装更妥帖。

与他同样有很深西学背景的是林语堂。林语堂的父亲是个牧师，母亲是虔诚的基督徒。他最早接受的是西式教育，17岁入上海圣约翰大学就读，后又在美国和德国留学，先后获哈佛大学文学硕士和莱比锡大学语言学博士学位。回国后，他先后任教于清华大学、北京大学、厦门大学，所教科目也多是外文。他还任过北京女子师范大学教务长和英文系主任、外交部秘书、上海东吴大学法律学院英文教授等。他后来的经历，也与西方文化有关：1948年，他赴巴黎出任联合国教科文组织艺文组主任。1954年，他到新加坡筹建南洋大学，任校长。1975年，他被推举为国际笔会副会长。

林语堂几乎一辈子与西方文化打交道，他说英语比母语还要流利，懂欧美胜过中国，有一个故事充分说明了这一点：他直到30岁执教北大才知中国孟姜女哭长城的传说。如此西化程度的林语堂，按理应该是长年穿洋装的。可网上搜索林语堂，其穿袍子的照片数量竟远远超过穿西装的。就连其祖籍福建漳州市芗城区天宝镇五里沙村的林语堂纪念馆前他的塑像，也是穿着袍子的造型。

一个人的着装往往暗示着他对自己的身份认同。我想胡适、林语堂虽然有各种身份，但他们认定袍子才是他们真正的自己。或者说，他们同样热爱西装，但西装于他们不过是一场场旅行，而袍子才是他们出发和最终要抵达的故乡。

在现代中国文化的语境里，鲁迅绝对是个异数。他是被解读最多的人，也可能是被误读最多的人。认同他的人们，把他当作以笔为刀的思想者、革命者、民主斗士，当作"民族魂"。不认同他的人，说他性格偏执阴郁，对中国传统（包括中医）的批判过于凌厉无情，对与他论争过的人，"一个都不宽恕"。

真正的鲁迅是怎样的，只要看他留下来的许多照片就知道了。照片里，他都穿着袍子，中国的袍子。

他只有赴日本留学时穿着制服。那该是学校的校服，短装，铜扣，挺括而生涩。但那时候，他还不叫鲁迅，叫周樟寿。

袍子应该是鲁迅认知中国的起点，也可能是终点。他几乎终生穿着袍子，也终生审视袍子。袍子是他的精神母体，也是他要反抗的敌人。袍子是他渴望突围的囚室，也是他驰骋一生的战场。袍子于他，也可能是思想的悬崖——袍子耸峙，他的目光与思考，正建立在这布帛的危险的悬崖之上。

袍子也是他的铠甲。他一生得罪人无数，是袍子护卫着他，让他免于伤害。

鲁迅穿着袍子，参加朋友的宴会，给穿着校服的学生讲课，看戏，回故乡，在书桌上完成各种报刊的稿约，给年轻作者的新作写序，订正准备付样的书稿，躺在摇椅上与前来拜访的萧红有一句没一句地聊天。天气很热，他也不松开脖子下的那粒布扣，忙的时候，却会挽起宽大的袖管，露出青筋暴出的、指间被烟卷熏得焦黄的手。烟灰落在袍子上，他会手忙脚乱地拍打袍子。一辈子，他与袍子相生相克，直到最后，袍子也就成了他的墓碑。

有一张照片是他与英国戏剧家萧伯纳的合影。那是1933年初萧伯纳到上海访问时的合影。照片里，77岁的萧伯纳身板硬朗，个子魁梧，风度翩翩。他白发、白眉、白胡子，穿着一套笔挺的西服，打着领带，左手握住右腕，样子俨然一位战功卓著解甲归田的老将军。这个老头子，气场真是强大得很！

而相比萧伯纳，鲁迅太矮了，也委实普通。从照片看，鲁迅只到萧伯纳的脖子处，相当于比萧伯纳矮了一个头。鲁迅平头，一字胡，发须皆黑，两手叉开，右手指间夹着烟，分明就是一名中国寻常老伯的样子。与相貌堂堂的萧伯纳同框，鲁迅的风度，眼看着要被萧伯纳比下去了。

可是鲁迅穿着袍子。那件袍子浑朴绵厚，却又威风凛凛。穿着袍子的鲁迅，样子就像是一座石塑的雕像，一块古老的碑。萧伯纳个子再高，发须再酷，也根本压不住他。

上世纪二三十年代的中国，军阀混战，列强逼迫，民众如同蝼蚁，国家衰弱到了极点。袍子们纷纷奋起，从课堂、书斋走向街头，走向面目模糊的民众，走向无尽的远方。他们眉头紧锁，目光机警，步履匆匆。在街头临时搭起的演讲台上，他们慷慨陈词，袍子宛如风中高举的旗。在风声鹤唳的巷道里，他们匆匆走过，衣袖里可能藏着秘密的情报，一张通知某个群体秘密转移的字条……为防被人认出，他们戴着礼帽，帽檐压得很低。为防风雨，他们把油纸伞握在手里。有奋起就会有牺牲，关于袍子让人悲伤的消息纷纷传来：一件叫陈独秀的袍子，被投进了监狱；一件叫李大钊的袍子，被绞死在绞刑架上；一件叫闻一多的袍子，被子弹打出了十几个窟窿；……

四

1938年2月，一群袍子领着千名学生从长沙出发，开启了终点为云南昆明、路途为近两千公里的远征。

他们的身份，是国立北京大学、国立清华大学、私立南开大学的教员。他们怎么从北方流落到了长沙，又为何要领着学生从长沙前往昆明？

事情的前因后果关乎国运：1935年，北京的局势日益危急，为了防止突发的不利情况，清华大学秘密预备将学校转移至长沙，拨巨款在长沙岳麓山下的左家垄修建一整套的校舍，预计在1938年初即可全部完工交付使用；并在该年冬秘密南运几列车图书、仪器等教学研究必需品，到湖北汉口暂时保存，随时准备运往新校址。

1937年不仅是中国的多事之秋，也是中国教育的多事之秋。该年7月7日卢沟桥事变，7月29日和30日，南开大学遭到日机轰炸，大部校舍被焚毁。考虑到北京大学、清华大学、南开大学三所大学的安全，鉴于清华大学此前为预备转校在长沙所作的努力以及长沙当时的太平局势，教育部分别授函三所学校的校长，令三校在长沙合并成长沙临时大学。

三所学校的1600名师生经过长途跋涉陆续抵达长沙，开启了乱世中的文明重构之旅。11月1日，国立长沙临时大学正式开学。学校租借圣经学院和涵德女校，本部择于长沙城东的韭菜园——韭菜园，多好的名字，正对应着人们的期盼：即使烽火连天，中国的人才，依然可以像具有强大再生能力的韭菜一样，一茬又一茬地生长出来。

可是局势在几个月后发生急转，南京失守，华北沦陷，中原动荡，画着红色膏药旗的飞机一次次往长沙市区扔炸弹，学校是办不下去了。1938年初，教育部决定，国立长沙临时大学西迁昆明。

师生们出发了。他们的迁徙何其艰难：他们分成三路，第一路走水路，部分老教授领着女同学从长沙小吴门的粤汉铁路上车，坐火车南下广州转道香港，再从香港上船，坐船到越南海防，再坐火车经过滇越铁路到达昆明。第二路师生坐汽车，从长沙走湘桂公路，经过桂林、南宁、镇南关，到达越南河内，再在越南河内上火车，经过滇越铁路达到昆明。

最悲壮的是第三路，一群中青年教授领着男学生，336人编成3个连，以湘黔滇旅行团的名义从长沙出发，靠着两只脚一步步经益阳、常德、沅陵进入贵州，跨越湘黔滇三省，费时68天于1938年4月28日到达昆明。

这是无比仓皇的流亡之旅。正是初春，天气寒冷，又是三千多里远的征程，袍子们的遭遇可想而知。无法正常洗涤、晾晒，在长沙时整齐的袍子，到昆明就邋遢了。在长沙时还算崭新的袍子，到昆明就暗旧了。在长沙时还散发着太阳香味，到昆明就臭烘烘的了。出发时是柔弱的、蓬松的、温顺的，到后来就铁一般硬了。一路上的风霜、泥泞、汗水、菜渍、烟味，都可能在上面留下痕迹，一路奔波造成的脱扣、掉线、破洞、起味、改色，也是时有发生。昆明人见到他们，肯定会认为，他们和叫花子差不了多少，真正是有辱斯文！

可是没有人不对他们肃然起敬。他们虽然手无寸铁，但他们是真正的战士。他们进行了一场真正意义上的战斗。他们为文明而战。他们的流亡，乃是为文明的图存。他们衣衫不整，却是乱世中国的文明引擎。那一件件脏兮兮的袍子，乃是英雄的史诗，威风凛凛的战袍。毫无疑问，今天的我们，依然受它们的庇护。

应该记住这些袍子的名字。他们每一个名字，于今天都是传奇，都是绝响。他们的体温，至今让我们深感温热：梅贻琦、汤用彤、冯友兰、金岳霖、吴宓、陈铨、吴达元、钱锺书、杨业治、傅恩龄、刘泽荣、朱光潜、叶公超、朱自清、罗常培、罗庸、魏建功、胡适、杨振声、刘文典、闻一多、王力、浦江清、唐兰、游国恩、许维遹、陈梦家、吴有训、陈寅恪、傅斯年、钱穆、萧涤非、余冠英、贺麟、黄钰先、袁复礼、李继侗、曾昭抡、吴征镒、陈岱孙、华罗庚、陈省身、吴大猷……

五

——我承认今天的弯子绕得有点长。我必须赶紧打住来说正题。我其实要说的是另一件袍子，一件蓝色的棉袍。它才是我这篇文章的主角。它是传统标准制式，交领，右衽，一字盘扣，白领口和袖口，直腰身，下摆过膝。袍子宽大，显见是按照身材高大挺拔的人的身高做的。袖口衣厚，有夹层，衣服表面，有细细的棉絮从针脚处探头探脑，可以想见夹层里铺了厚厚的棉。这使得这件袍子，特别有质感，特别煞有介事和义正词严。

袍子崭新，应该是成衣后没有洗过，布面还发着光呢。

平心而论，今天的袍子，已经很少见了。从二十世纪初至今，中国发生了太多的事情。西装、夹克、裙子、裤装，各行其道。只是少数像我的同事W那样的人，才会是它的忠实信徒。只有演艺界需要塑造特殊的时代、特殊的人群时，才会煞有介事地把袍子穿上——那时它有另外一个说法，叫作道具。

这一件棉袍还真是一件道具。它穿在一个宋姓的先生身上。

正当花甲之年的宋先生是我生活的N城颇有名气的表演艺术家。他个子高大，仪表堂堂，国字脸，一字胡，发型中分，两鬓斑白，双目炯炯，两道剑眉让整张脸显得特别有力道。我知他在不少电影、电视剧里饰演过让人印象深刻的角色。那些角色，有老谋深算的警察卧底、虽千万人吾往矣的古装英雄、久经磨难不肯屈服的江湖侠客、铁骨柔情的边防军人以及古道热肠的邻家老伯。

他也多次在N城排演的话剧里担任主角。话剧中他饰演最成功的一个角色，是方志敏。

宋先生这次是受邀来参加我的文化单位举办的一个诗歌朗诵会。朗诵会以百年中国为主题，十余首诗歌作品由不同的朗诵者担纲演绎，面向社会公演，网络同步直播。宋先生朗诵的诗作，关乎民族大义，洋溢着旧中国志士的慷慨激情。几次彩排，我都在现场关注着宋先生的表演，他时而紧锁眉头，时而举起拳头，时而昂起头颅，完全是烽火岁月里为苍生为民族请命的人的灵魂附体。他的声音略带沙哑，越发接近那个特定年代胸怀大义、无惧生死者的本真。

正式演出在晚七点半，此刻才六点多。我们——包括所有演职人员和我这样的工作人员都已用过盒饭。天色尚早，在等待演出的时段，我和穿着袍子抽着纸烟的宋先生有一句没一句地聊着天。我们说到袍子，首先说到他身上的袍子。他告诉我说是与他们有着长期租借关系的道具公司专为他本次演出量体裁衣订制，他穿起来觉得特别合身，款式、布料和针脚也特别让他满意。然后我们说到袍的功用、品行与文化，说到中国古代袍子之所以流行两千年，肯定是因为袍子和中国自然与文化的高度契合。它上下一体，衣长过膝，适合遮风御寒。它从领到袖到下摆都严严实实，正是含蓄、隐忍、崇礼、中庸的中国文化在服饰上的表达。它是美的，是适合入中国山水画的，想想如果中国山水画中的文人墨客，都是西装领带，或者T恤夹克，那会成何体统！它的退场，对于我们说不定是一次遗憾……

宋先生发现了我对袍子耿耿于怀，突然说，这件袍子，你要不要试试——

说话间，他就作势要脱给我。

老实说，我的确对他身上的袍子充满了觊觎，就像我对那个时代的志士充满了向往。可是我突然间感觉到了一股强大力量的逼迫。我知道这件袍子对于真正的袍子来说不过是个仿品。可是难道它仅仅是仿品吗？它经过宋先生的数次彩排，已经与原生态的关乎袍子的精神谱系接上了头。它虽然崭新，但它已经有了这个谱系里的袍子的魂魄与脾性。也就是说，它已经住进了灵魂。我配穿上这样一件袍子吗？——我是否准备好了，接纳这样一件袍子，随时准备成为这样一件袍子中的人？

慌乱中，我冲宋先生摆了摆手。

（原载《北京文学》精彩阅读·原创版2023年第10期）

江子（1971—　），本名曾清生，生于江西吉水，现任江西省作家协会副主席，著有长篇散文《青花帝国》及散文集《回乡记》《去林芝看桃花》《田园将芜——后乡村时代纪事》《苍山如海——井冈山往事》等。

一个人的现场

◎宁　肯

　　经年写作，总是一个人，一个人的写作现场：长篇小说、短篇小说、中篇小说、散文或新散文、非虚构，或者一个人的旅途（旅途某种意义也是一种文体），这些构成了我，我就是现场。下面这些文字发生在上述文体的字里行间，有什么思考、感悟立刻停下，写在长篇小说的边上、短篇小说的边上、散文边上、非虚构的边上、偶尔的旅途上。不是创作谈，不是创作随笔，而是发生或发生学。不是事后。事后与现场有很大区别，事后常常此情可待成追忆，只是当时已惘然，这就是为什么有的人创作谈谈得很好，看他的作品完全不是那么回事。不是说他不诚实，而是写作是一回事，创作谈是另一回事，创作谈实际上离写作很远，干脆说是另一种创作。反正我现在越来越不相信事后的创作谈，我自己就写了许多创作谈，我知道是怎么回事。我不是说它们没价值，它们有价值，但是另外的价值，比如理论价值或广告价值，总之不管什么价值都与写作现场无关。我不是说我这些文字多有价值，不是，我绝不是这个意思。我只是说它们来自现场、瞬间、字里行间，来自发生，与写作密切相关，包括与错误、荒谬、呓语密切相关。创作谈都是正确的，现场则有许多错误、测不准、不完备，但意义也正在此。

经　验

经验不全是肉，有时是一块骨头，把骨头啃好，啃得有滋有味、细致确切、庖丁解牛才叫真功夫。童年甚至更早的经验缥缈、不确切，但有味，它们就是经验中的骨头，啃好了会成为真品，啃不好会到处是齿痕。

普通事物

写普通事物不能普通地来。相反，神奇的事倒应普通地来，随意地提起，比如写沙漠可以这样开始：我坐在沙漠里闭目养神。

感　觉

在对感觉的勘探中呈现思想，排列词语，发现秘密。清晰的思想或意思往往是表层的或公共的，只有深入晦暗的感觉深处，才会发现思想般的星星、星星般的思想。那里有许多你个人的星星，是你之所在。

经验与奇闻

准确的（个体的）经验一旦被发现，就会变成公共的。如果变不成公共的，也就谈不上经验。一些奇闻轶事，一些所谓的

"现象"，之所以不被接受，就是因为谈不上"经验"。凡经验都有公共性，但又必须是个体发现的。

灵魂结构与戏剧结构

看王晓鹰导演的《萨勒姆的女巫》震撼一如十年前看此剧，但又有不同。十年前精神生态尚不至此，如今感觉更加复杂。这是三大灵魂剧之一，不仅揭示而且建构，这是戏剧与小说不同之处。戏剧的建筑感不仅体现在结构上，也体现在灵魂上，而灵魂结构与戏剧结构事实上又是同一的。戏剧结构或许可以企及，灵魂结构我们能企及吗？但如果灵魂结构我们不能企及，又怎么能企及戏剧结构？这是问题的根本所在。看看《一步之遥》那一堆精神乱码，我们就该知道我们的精神有多难，有多少种不可能。

通　顺

通顺，永远是个问题，是最日常的、最基本的，又是最终的问题。总是在通顺上花大量工夫，这让自己时常感到自己很笨：怎么写了这么多年连通顺还没解决？对于举重若轻的人来说，似乎通顺从来不是问题，其行文一气呵成，十分流畅。对于举轻若重的人来说，情况正相反，通顺总是问题。这就如高速公路与挖隧道的区别，前者可一气呵成，后者吭哧吭哧地盾构，是黑暗中前行。盾构的通顺与地面的通顺当然不同。

突然，无意义

突然，一种对自己，也是对生命，甚至世界的否定感，无意义。虽然只是片刻，接下来会继续惯常，甚至挥汗如雨操劳，但那道瞬间的伤口永远存在，难以愈合。时而那伤口会像闪电照亮自己。不是具体否定什么，而是根本性的。然而，根本并不能取代所有的具体，因此，事实上，对没有闪电的人，闪电才是重要的。

空间叙事

空间是生活，时间是故事，时间是统摄性的。在我看来，时间是为空间服务的，而不是相反：空间为时间服务。空间是分析性的，亦是古典小说与现代小说的分野。作为古典的时间艺术，即按照时间顺序展开故事，这时空间也是随着时间展开而展开。然而现代小说更强调空间，往往通过空间的转换、调度、拆解，打破时间线性结构，进而构成生活的立体结构。立体结构比线性结构更能真实地表现生活，线性则常常扭曲或简化了生活，进而也奴役了小说。

洞穿感觉

深入内心，洞穿感觉，就是到了事物的下面。在这个意义上，写作者是地下工作者，写作不是在明处而是在暗处。平庸的写作者通常是地上工作者，这方面特别容易表现在散文、随笔或言说这类文体上。小说因为还有人物、故事依托要好一些，依托语言的散文无可依托，散文如果不是地下工作者就像没穿衣裳一样。

耐心与写作才能

耐心是最重要的写作才能，一再地端详，改，让感觉饱满并且均衡有序，如河流中的沙洲、沙洲中的河流，自然，井然，这都需要耐心。有些人的才能表现在河流源头，像诗人；有些人表现在中流，大河滔滔；有些人则表现在入海，河网密布，沙洲纵流，浩浩汤汤，一种最具耐心的结果。

风中黎明

风中黎明，楼群幢幢，城市也有原乡。虽然和乡村意义的原乡不同，但也有另一种东西：明暗、几何、透视、天。在没有这些时事实上它是原乡的另一面：梦一般的存在。如今现实有了，与乡村成为一面完整的镜子。

泉　水

停留，尽可能地停留，当感到笔端有重要意味，却又一时说不出，一定要停下来。这种停类似修行、参、悟，等待语言慢慢渗出，一如泉水渗出。在这个意义上，意味如一口干井，它出现了就一定会有水渗出。但是需要等待，停下。如果匆忙而去，养成习惯，你会丢下很多东西。相反，在等待中泉水一旦渗透出，你会收获许多自己。

叙事是历史学家的事

心理产生记忆，当两者不可分的时候，就是既原汁又准确的经验。这是最散文的，但却往往是散文家无力追寻的。这是最小说的，但在我们的小说中也同样较少看到这种"人"的最细微的原汁的东西。某种意义叙事是历史学家的事，心理才是小说家甚至散文家的事。

散文腔

在散文中去掉散文腔，至关重要。小说也有小说腔，但不如散文明显。去腔就是去掉一切既定的常用的语态、语式、成语，包括起承转合的常用词，甚至时态。不可能全去掉，但尽可能，这样下来会有不同。

艺术家的眼睛

一种风格就是一种眼睛，一个诗人、一个画家，都是提供一种眼睛的人，借助他们的眼睛我们才能"看"到某些事物。具象不必说，抽象也如此。

还原能力

小说有一种还原能力，这是散文无论如何也无法相比的。但如果散文有意识地与小说较量一下，会使散文有所不同。还原不仅是细节的或细致的，更是心理的，散文的细与小说的细最大不同在于小说的细是心理的，心理源自人物。散文的细是作者的细，是发散的。意识到这点，散文亦可与小说一较，仍会有所不同。

诗意即准确

诗意即准确，放大的准确，飞翔的准确，创造性的准确。一旦离开准确，诗意什么都不是，是一堆毛病、干净的垃圾。垃圾有时很干净，但仍是垃圾，或分了类的垃圾。诗是去蔽、剥离、提取、构成，但有人将诗人剥离的部分当成诗意，有人发出赞美也是用剥离部分。

旧居，最后的拆

北京，故地，旧居，最后的拆。2015年3月12日，午后4点，地点：宣武，琉璃厂外，前青厂，周家大院。2001年开始拆，现接近尾声。多年前的车报废在这儿，人不知去哪儿。残存的门洞外即高楼大厦，周边也是。这是最后的消失的老北京。一只无主人的狗在树下徘徊，警惕，欲接近。你动作稍快，它飞跑而去，消失在废墟中。我在此生活近三十年，老屋刚被拆，还能见树下一点残垣，邻居还在屹立——那发黄的房子，已非常孤立。微博上奇遇周百义先生，见我微博述周家大院我的旧居拆迁，回复："此是吾十三世祖购置。父子四人均为清嘉庆进士。三子周祖培咸丰年间任体仁阁大学士，兼管户部。家国不幸，人事已非矣！"真是奇遇！

质变，但平和

习惯了不看外面，但是天亮得越来越早，越来越像天走近你，甚至几乎快要与我同步。有些事就是这样，越不管它越会朝你走来。现在不得不注意一下外面，虽然仍开着灯，仍是两个世界，仍过着冬天。但春天已来，甚至亮度已说明问题，应快到春分了吧？一年中最喜欢的还有秋分，这两个日子质变，但平和、无声、清晰。

公共性与个人色彩

没有什么是不能叙述的，许多时候力量体现在不能叙述之叙述上，比如会议、超市、商场、购物、公园、小商品市场，诸如此类，它们的规定性很强，人们又如此烂熟，你怎么能叙述得既有公共性又有个人色彩？它们排斥个人化，你如何战胜这排斥？但一旦战胜，力量反而毕现。

书面语是视觉的

口语与书面语不同在于，前者是声音的，后者是视觉的。写时是声音的，落纸面上是视觉的。变成视觉的就该把有些声音去掉，比如"一切对我来说都有些不同"，声音是这样，没问题，落成文字就该把"来说"去掉，变成"一切对我都有些不同"。视觉比声音快，所以要简、净，"来说"就显得多余。因此，修改往往是声音与视觉的谈判。

北方的南方

多年没有连绵的春雨，今年有些特殊。南方的阳凉与北方的阳气有了一种罕见的平衡，尽管如此感觉已是偏南，若是再持续几天，北京真的会如同南方。那就再给北京几天南方的天气，让冷更冷一点，让凉再凉一点，但无论如何是南方的凉，阳气还在上升的凉。北方的南方是最好的北方，反之亦然吗？

春天的单纯

听到两种虫子，一种一叫一串，一种唧唧，两者一应一答，在同一草丛，疑心是同一种虫子，性别不同。春天的重奏或者就是这么单纯，春天，就这两种性别。而秋天的虫曲非常盛大辉煌，层层叠叠的虫子，仿佛世界所有的乐队，一齐演奏。春天的单纯与秋天的盛大到底什么关系让人费解。

背对文坛

高蹈的精神气质与精微的捕捉，精神与科学的结合，一个局部都让人望洋兴叹，如开罐头盒。必须拥有这一切才能和世界对话。背对文坛，朝向地平线，别无选择。

旧 梦

午后，这是北京藏得最深的一个大院，院套院，院内如同街道。多年前北京有不少这样的大院，包括刚拆掉不久的我所住的周家大院，有百十户人家。现在这里静悄悄的，仿佛守着老北京的旧日形制。在这儿走一走，恍如梦境，幸好是现实。或者这里其实就是保留了个做梦的地方。

真正的叙事

记忆中有许多印象、感受、感觉性的东西。叙事不难，难的是将叙事中如岩石的矿藏的印象、感觉、心理澄清分解出来。这种澄清本身又构成了叙事，这才是真正的叙事。

简洁主要是对可视的要求

阅读主要通过视觉进行，不需要声音，甚至语调，去掉"可有可无的字"就是去掉一些无关紧要的语气，充分发挥视觉功能，唯此才能真正做到简洁。简洁主要是对可视的要求，越简越可视，特别是汉语是一种双重的视觉语言，字即画，句子是字构成的画。当然，小说除外。

将虚无雕刻成经验

有些感觉是需要雕刻的，将一种虚无雕刻成形，就成为经验。有些感觉太险，雕出来很怪异。对怪异再重新雕刻会成为一种新的东西，脱离了原始感觉，上升为一种创造。但过于艰险，会导致壅塞，这时又需要一种删繁就简的刀法，大刀阔斧砍掉什么，比如一只手。但不能一开始就砍掉，一定是有了之后再砍，如罗丹。

经验深藏感觉之中，没有不可言传的，只有刀法不力的。

着陆点

西藏、挪威、冰岛，都是可以想象地球之外的地方。若有外星人来地球，这也是着陆点。

视觉不仅仅是视觉

所谓记忆，更多的时候是印象。比如像北京图书馆、美术馆，这些20世纪七八十年代标志性的"公共事物"，与那时的生活密切相关，简单记述一两件事情不足应对丰富的印象。这些印象更多是视觉的，但视觉中又饱含了许多活性的东西，又不仅仅是视觉。不把这些东西叙述出来，会让本来觉得是富翁的自己变成一个穷人。

图书馆阅读的孤独

如何写出早年图书馆阅读的孤独感？清晰地记得阅览室里全是人的寂静与孤独，那种青春，秘密地相关又各自绽放，看上去毫无关系。空间飘荡着花粉，但绿是一种无可争议的沉默，只得回到文字间。如是，并不宁静，事实上一天下来效率很低。但回过头来，那时读了什么其实并不重要，真值得玩味的是那种存在感。比如，坐在窗边的椅子上看书，前后几十排椅子都没有一个人，左手边两排书架间站着一位姑娘，最远处的窗是一帘光幕，只看得到姑娘的黑影在光中舞动，书架隔成了隧道，大多是不宁静的沉默。

一个感觉写对了

一个感觉写对了，会让下面的写作非常顺畅。对散文而言是已经很充分很细腻的东西，对小说而言却往往是局部，刚开始。散文无论怎样细，整体是概述的，而非还原的，小说则是后者。

近乡情更怯

北京图书馆与美术馆是记忆中最重要的两个情结，之所以说情结是因为它们的分量重，凝结着许多东西。美术馆，包括星星美展、北岛江河，不敢轻易碰，近乡情更怯。完成北图之后，美术馆如记忆中的兵马俑二号坑，准备启动。有人说到北图是朝圣。美术馆也是。20世纪80年代让人朝圣的地方还有哪儿？王府井新华书店？差不多。

从硅谷角度看文学

创新一定是包含两方面的：内容与形式。两者可逆，从内容溢出新的形式，或一种形式导致新的内容。与当今科学技术的创新冲动相比，文学的创新实在是暮气沉沉，乏善可陈。硅谷的口号是欢迎失败，欢庆胜利。首先要有创新的意识，连意识都没有，自然暮气沉沉。需要从外部世界看看文学，比如从科技、硅谷。创新不是任性，是抓住一点可能性，哪怕是抓住一根稻草，做大做强。老天敞开一点点缝隙你就要钻进去，创造一片天，是为天赐。

小说精神

不是小说表现了什么，而是什么表现了小说，这就是小说精神。我们总是缺少小说精神，总是把小说当成工具，而没把小说当成主体。在很多事物上我们都是相反的，写得好的也是碰巧，而非自觉。

大　鸟

此刻，黎明如暮霭，松间，鸟叫如婴啼，仿佛在讨吃的。显然是一只大型的小鸟，松鸡或喜鹊。真正的小鸟是细碎的、无差别的，永远是背景。唯有大鸟在这个季节、这个月份，类婴啼，叫得拐着弯儿，有韵律，甚是可爱，仿佛大地山野都饿了。

根

看着这些胡同、老院墙、门楼，多么亲切，历史、成长、沧桑、印象、记忆，都在其中。没有异己感，一切都是融合的，身体与这里一体，不可分割，拆掉这里就是拆了人，拆了自己。北京还有多少这样的地方？这样的我们自己？这是城市的根，希望别再刨这些根了，这些记忆，这些老根。多么斑驳，静穆——树，台阶，院门，小狗，光。

没有尽头的修改

没有尽头的修改，望而生畏。不改又全是毛病。散文更依赖语言。小说还可依赖语感、贯口、排比、串话、语言流，散文不行。散文是书面语，特别是思辨性的散文一定是书面语。书面语本质上是一种视觉语言，有着严格的甚至唯一的语言秩序，必须尽可能将口语即声音排除掉，是静静的"视与思"。

清晰度

如果说小说尚且可以允许芜杂，散文绝不允许。因为任何芜杂都会导致散文的阅读中断，这就是散文的难。散文始终是高清的，没有语言的清晰度就没有散文。另外，结构上必须经常断臂、加速，过于缠绕同样不被允许，因此简洁不光是语言问题，也是结构问题。结构不简洁语言再简洁也腻，疏密有致乃结构简洁的途径。

质　感

写老北京的质地，比如写胡同不会迷路光直说强调没用，说小时如何如何熟悉胡同，根本不可能迷路也无济于事。口述历史可以，有声音效果，但口述一诉诸文字往往立显贫乏。因此需要书面语的精准的联想，比如可以说"不能想象鹿或兔子会在森林迷路，我们在胡同里的本能也像它们在森林里一样不会迷路"。

老地方的潜意识

其实老地方，常常有许多潜意识的东西，散文就是要将其呈现出来。比如当你来到一堵墙前，墙上有一扇关着的大门，你会无意识地看一下旁边的二楼，这两个动作有一个模糊的联系，但是一般不察。类似的还有。福柯将监狱、学校、病院放一起谈，发展出理论，我们很少这么干，但不意味着我们不存在。

复活记忆

一点一点复活记忆，从一个早点铺、一个小食品店，从酒、醋、烟复活，从一个大火烧，一个焦圈儿、豆包复活。一个少年经过路口，早点铺与食品店是去得最多的地方，光是买过哪些东西就充满回忆。20世纪70年代北京的小胡同口某种意义上也是一种乡村，那种单纯、简至、黑白，是一个谱系。

必须节省着用

一个散文家问我："你怎么才写小时经历？我们早写过了。"一时很难回答。光顾写小说了，这是个原因。另外，对一个写小说的而言，没有比构成散文的经历或经验更值得珍惜了，必须节省着用。

考古与复原

散文是考古，小说是复原。前者再细也细不过小说，因为工作性质不同，前者是理性、科学、研究，甚至修复，后者是发芽、抽丝、重新生长。各种各样的生长，各种角度的生长，细胞一般的生长。

北京图书馆

必须使某些关键极致的感觉清澈，条分缕析，推上去，虽然水很深，但上下透明，一鉴到底。那些难以表达的青春之孤独，图书馆的孤独，叹息书的浩瀚，女孩如一朵幽花：本应开在自然，却开在图书馆，如何不让人黯然神伤？这些感觉一如深潭，虽深却透明，虽透明却无以表达。我上的大学没有操场、宿舍、树林、礼堂、阶梯教室，没有图书馆、草坪，甚至没有教授，看闭路电视教学，只有班主任。只一座四层楼、一个篮球场、一张大门，一个临时板房食堂。这都不重要，重要的是我有了四年时间，读了大量书，是北京图书馆常客。没有一所大学比得上北京图书馆，北海边上，那个老北图。

大海是颗彗星

同样，窗子也是对统一的分解，分解中又有着自身的统一。

33 年前我非常年轻，站在夜晚烟台的海边，看着层层白色波浪，想到大海是个伤兵。年轻时会有许多悲剧性想象，而现在会想到大海是颗彗星。

两码事

把生活写得津津有味便是小说。散文最难做到的一点便是津津有味，但做到了便又是小说了。这也正是小说有时很像散文，但又绝对不是的原因所在。津津有味也有一种丝丝入扣，但又不是故事的丝丝入扣，这是两码事。

准确与陌生

陌生化——首先是语言的陌生化，是最难的。最准确的语言常常就是最陌生的语言，但准确的语言经过磨损、过度使用会失效，变成陈词。因此一定意义上准确的语言又是新的语言，新是准确的原则。但在抵达新的道路上又充满歧途，过犹不及。因此需要相当的节制。节制会使新带来客观性，如刀再锋利也来自客观而强大的刀背。有自己的语言风格，也是一种陌生化的方式。但语言风格也是在追逐陌生、准确与不同的过程中形成的，并非一朝一夕的事。

微写作

微写作，类似古代的简写作，是古代与现代奇妙的结合。

混乱的开始

大雾迷漫，看来未入冬，但冬已至。本是秋高气爽的传统季，但现在就连季节都已不清晰，如此模糊，这究竟意味着什么？季节的混乱证明着时间的混乱，而时间的混乱，或许是真正混乱的开始。

（原载《芙蓉》2023年第1期，此为节选）

宁肯（1959—　），本名宁民庆，祖籍河北河间，生于北京，北京作家协会副主席、驻会作家，出版《宁肯文集》八卷，包括长篇小说《天·藏》《蒙面之城》《三个三重奏》《环形山》《沉默之门》与散文集《北京：城与年》《我的二十世纪》以及非虚构文学作品《中关村笔记》。

涂大红嘴巴的可爱女人

◎ 王占黑

一

我的床边摆着一本《花生漫画》日历，每日四格，上演着长不大的查理·布朗和他的朋友们还有狗的故事。但我翻得不算勤快，难得一日一页，大部分时候要一次补好多页。恰好漫画情节也是有短有长的，常常一路看得出神，不知不觉就翻过了头，索性停在那个未来的日期里，静候它到来。读《日日杂记》也是这种节奏。

从《富士日记》到《日日杂记》，武田百合子对生活的记录已不拘泥于具体的日期了。日期是科学和俗约给予的人的区间，对走过大半生的百合子来说，无非是日月又交接了一班。因此每看到只有"一天"这两个字的段落单独出现，就知道自己又随着百合子翻到了新的一天。有时她兴致上来，写了很多，电影啦，点菜啦，广告啦，我只扫过几行，有时她寥寥几笔，我却一口气读了好多个"一天"，甚至隐约感受到了季节的转换。

坦白说，刚拿到《日日杂记》时，我还未摆脱隔离生活所引发的精神涣散的后劲，难以拾起另一个时空里的妇人笔下的芝麻和西瓜。看到书的背面写着四行字：一天/阿球没了呼吸/按人类的年龄/它一百岁了，心下只觉得无聊。直到在匆忙疲惫的某日随手一翻，就像钻进大小合身的洞穴，终于读了进去。啊，迟到也是好的，和晚翻许多页的日历是一样的。

二

读百合子的日记，我最常在字句间留下的笔记是这样几种：hhh/wow/T_T。

第一种当然是笑了，噗嗤一声或者会心一笑。百合子常常在毫无征兆的情况下突然宕开一笔，像一串衔接处有点怪异却又不影响稳固的珠子。比如新年开窗看到一对夫妇出门，男士日常，女士盛装，她想，"不爱自己老婆的男人，正月里头三天可不好过呀"。比如颇为自信地讲美食的创新吃法，下一句是，"过了一会儿，开始不舒服"。这天戛然结束。比如在看纪录片时，"听到旁白不停地穿插着讲天皇是个多好的人，让人感到，他说不定不是个好人"。随处可见她的脑筋急转弯，我的hhh。

第二种是忽闪而过的念头所引燃的火花，无需推敲斟酌，信手一记，却感到别开生面，被众人所夸赞的散文家手笔大概也在这里吧，自然又灵动。置身于影院，"空气中仿佛飘满了煮豆子的气味，是满座观众的呼吸味儿"。回家路上，"云朵匀速移过月亮的表面，像拔了一把野兽腹部的绒毛吹散到天上"。怀念故人时，"我飞快地把这一切看了一圈，像点眼药水那样将其收进眼底，然后回来了"。诸如此类，常常叫人脖子一抖，眼前一亮。原谅我的笨拙，请相信，我的意思绝不仅仅在说她是感官比喻大师而已。

第三种是悲从中来。《日日杂记》的扉页本就写着：致离世的人们。丈夫死后，丈夫生前的友人同好们也渐渐被岁月带走。百合子回忆他们在世时那些微不足道的事情，也记下来自陌生人的插曲。扫烟囱的人讲述多年前同行的意外坠落，开出租车的人在等红灯时突然呜呜地哭起来，抱怨生活艰难，当然还有无可避免地走向死亡的花猫阿球。

书背后的那四句话，放在"一天""一天"的篇幅里看，就像温泉突然变成喷发的火山。平时的细节，阿球吃饭，阿球发呆，阿球呜咽，如同常驻演员的常规表演，不会谢幕。

"那就把最旧的、把手坏了还在用的那个扔掉……"说到这里，我偶然一瞥走廊，只见阿球正往里面的房间走到一半，它的右前脚掌刚要往前踏出一步，就那么把脚悬在半空，僵在原地，仿佛魇住了一般。三角形的耳朵拧向我这边。旧？……扔掉？……是在讲我吗？它好像在说。

十九岁的阿球，张开嘴，露出鱼骨一样的牙，火腿色的小舌头，朝着我无声地叫了一声："……"。大妈，我为什么在这儿呀，好舒服呀，我要再活一阵。

喂，你没事吧，要长寿啊。终于，我对阿球讲起了无论是对别人还是对自己都没说过的话。

阿球的这，阿球的那，构成病床边的心电图里细密折叠着的直线，差别甚小，最终迎来了一条平坦的横线，那四句话就是这条横线。一天，阿球没了呼吸。按人类的年龄，它一百岁了。这四句话就是这样的分量。

不过在悲伤之外，百合子似乎更喜欢记下一些提振士气的话。一天，母女俩出门采买年货，百合子在餐馆的展示橱窗里看到食物模型。

我仔细地看去，（那里面煮久了的关东煮萝卜就像起了一层鸡皮疙瘩似的，做得逼真），突然，一股情绪像热水一样涌上来，死后的世界应该很寂寥吧。那个世界没有这样的热闹吧。我还想在充斥着这些东西的世界里再活一阵！

直到回家看电视，人物说了一句有名的台词：我对浮世产生了眷恋。百合子再度想起了白天所见，她说：

我对浮世的眷恋，就是那一排蜡做的食物模型。

一天，百合子在公园里听到一群老妇人聊天，她把听到的对话都记了下来，然后说：

她们在聊电视节目，出国旅行，孙辈，腌菜，劳苦与道德，癌症，糖尿病，抄经——我以为，无论多么热烈的谈话，中间都会有忽然中断的一刻，中断的那几秒钟，叫做"天使经过"。然而，大妈们和奶奶们闯过了人生的风浪，无论是天使还是恶魔，她们的对话都不存在让其通过的间隙。大妈们停下来小憩，她们从袋子里拿出夏橘和亲手制作的糖果，相互传递，她们的眼神专注，以一种"摄取营养"的架势品尝，吃完后（在吃的过程中，还在聊某人经营公寓被人骗了，又聊到假牙），她们站起身，又开始兜圈子。

这一段真的很感人，字句间流动着饱满的精气神。一个人从一群人身上撷取到能量，另一群人又从这个人的描述中撷取到能量，就像文中提到的柑橘和糖果一样，相互传递着，传递下去，没有间隙。

三

武田百合子最早是默音推荐给我的，严格来说，作为《日日杂记》的译者，默音把这位作者推荐给了中文世界的所有读者。在《单读》的一辑《明亮的时刻》里，默音以非虚构的方式书写了百合子的一生（《口述笔记员的声音》）。年轻的百合子在咖啡馆工作时认识了武田泰淳，他和他的同好们日后成为战后第一代的文学大师。经历四次流产后，百合子与武田泰淳结婚，并生下女儿花。和很多传统男性作者一样，妻子的真实经历被反复糅合进丈夫的小说创作，也和很多传统贤内助一样，百合子的生活是围着武田泰淳转的——她成了丈夫的秘书、会计、司机、抄写员、家政工，并在丈夫的提议下开始写日记。一开始是约定好轮流写的，丈夫却半途而废了，还在自己的小说创作中"借用"了百合子的日记段落。直到后来为了照顾重病的丈夫，以及担任他的口述笔记员，百合子暂停了写日记。

武田泰淳去世后，在丈夫友人的鼓励和帮助下，百合子出版了自己的第一本书。被认为是作家伴侣精心提点所得的说法并不少——这样的事情，中文世界的读者也不算耳生，萧红就是经典的例子。但也不乏真正喜欢和认可百合子的才华的声音，无论是当时还是现在。默音就曾在自己的小说《梦城》里用近未来的故事框架开启了这种设想——当人们可以从沉浸式电视剧里自由选择时，更多观众选择的是百合子，而非她丈夫的叙述版本。

百合子就这样一路写日记，写游记，《日日杂记》作为第五本书，已然成熟且充满个人风格了。不过后记里的百合子依然带着谦逊和惶恐的礼貌，她说，书的内容没什么进步，在此低着头呈现给大家。早些时候，丈夫的友人识辨出她的弧光，并鼓励她写一点"真正的小说"时，她也并未因此产生一点点所谓的志向或说野心，继续记录着自己想记录的事情。

是伍尔夫还是谁，原谅我查来查去都查不到确切的出处，反正总有那样一位聪慧又勇敢的女性，曾质疑厨房里的写作相比于政治议题为什么总被认为是无关紧要的。不过武田百合子不曾有过这样的呼喊。她始终低着头，写厨房里的事，电视机里的事，身边的事，回忆的事，丈夫、女儿和猫的事。直率，坦诚，对自己和自己的文本都一如既往地敞开怀抱。时至今日，大家仍喜欢她，喜欢这个可爱的、保持着活络心思的妇女。正如默音在译后记里所说的那样，百合子所撷取到手中的生活的枝与叶，是会呼吸的。这是最珍贵的，尤其是当更多写作的人将枝与叶理所当然地视为标本的时候。

四

我在网上见过几张武田百合子的照片，她长得很好看，不是清汤挂面、人淡如菊的那种，是很有光彩，看起来很有主张的那种。百合子喜欢涂口红，对此她是这样说的：

涂了口红就会有朝气，如果必须去某个可能会争执的地方，那就不用说了，去派出所或警察局的时候，去税务署的时候，写字的时候，我都会先涂口红。

养成这样的习惯，是在战后不久。我当时的工作是在街上兜售从驻日美军的小卖部流出来的进口化妆品，便试着用了销售的口红。那是开端。我喜欢美国叫左米切尔的硬质口红。就算别人对我说，你的口红有点太浓了，你这是堕落了，我还是每天把嘴唇涂得红通通的，兴高采烈。

读完这段，我深吸一口气，在旁边标注了一个大大的 wow。

（原载 2022 年 10 月 18 日《文汇报》笔会副刊）

王占黑（1991— ），生于浙江嘉兴，复旦大学文学硕士，现居上海，已出版小说集《空响炮》《街道江湖》《小花旦》等。

我们和火星，隔着一个梦

◎ 耿　立

　　当到达珠海太空中心时，我想到少年时坐在故乡屋顶的那些日子。

　　哪个少年没有飞翔的梦呢？那时候，除掉梦里腾云驾雾飞越平原、河流、乡镇，就是早晨或者黄昏，爬到家里的屋顶，坐在最高处，遥望头顶的天空，有时夜里也爬上去，望着"勺子"北斗星、织女星，还有似乎有水声的银河。这时萌出的是少年的天问。遥远的星球，有类似人类一样的文明么？还是人类是宇宙孤儿？

　　工作后的夏日夜间，我和中文系老主任、莫逆的郭先生，躺在大学校园宽阔的操场上，用来训练攀爬的那些钢铁架子、离地几米的可躺一个人的平台上，老主任躺在另一个平台，望着满天的星斗，问我："耿立，我们是否在笼子里？地球的笼子里。我们人类是否永远居住在地球？"

　　我和那些闪烁的星斗隔着老主任的疑问。我们是否永远居住在地球上？想到了我们民族那些的创世的神话嫦娥奔月、夸父逐日，先人何尝一直想居住在地球？

　　一直喜欢李商隐的诗，他诗的多义、隐晦、朦胧，都令人痴迷。他有一首《嫦娥》。喜欢这诗里古人的那种孤独：

云母屏风烛影深，长河渐落晓星沉。

嫦娥应悔偷灵药，碧海青天夜夜心。

嫦娥后悔奔月吗？云母屏风的清冷，烛光的黯幽，这是背景，在这孤灯自守的深夜，主人公夜深不寐，他抬头望天，只见河汉西渡，晓星渐沉，天色甫明。遥望星空的主人公，又度过了一个不眠之夜。

诗里说嫦娥后悔偷了灵药飞天，我是不认同的，嫦娥是飞天的践行者，替我们人类迈出了一步，从地球到月亮。

现在，嫦娥的故乡人，也来到了天上。

在珠海太空中心，最惹眼的就是"天宫"T形1∶1展示舱空间站，这空间站整体呈T字形结构，有3个对接口和2个停泊口，停泊口用于问天实验舱、梦天实验舱与天和核心舱组装成空间站组合体，对接口则用于神舟飞船、天舟飞船以及其他飞行器访问空间站。天和核心舱是空间站的主要部分，用于空间站的统一管理和控制以及航天员生活区域，问天实验舱和梦天实验舱主要用于开展空间科学与应用实验。

我走到空间站内部，长久驻足观看，怕漏掉每一个细节，航天员如何工作、休息、吃饭、洗澡，还看到从地球上带来的种子；看到了航天员的睡眠区，如同火车卧铺。我想，如果回到故乡，见到了八十岁的老主任郭先生，我说，人类已经可以不居住在地球上了，并且告诉老主任，在空间站里，人可以站着睡觉。

徘徊复徘徊，我在睡眠区待的时间最长，触了触航天员的睡袋，因为太空失重，所以躺着、站着睡都行，航天员在休息时需要把自己固定在睡袋里，不然就会飘到空中。

设想一下，一个人如羽毛飘浮，那是什么感觉？他们回望地球家园，是那么小的一颗蓝色星球。浩瀚的宇宙，小小的地球，我想到老主任说的，也许外星人看我们地球人，就是一群蝼蚁，无论生命的体积还是生命的长度。什么功名利禄，犬马声色，奔竞者、钻营者争争斗斗，还是那些躺平者、佛系者，一想到浩瀚的宇宙，很多人会重新思索自己的来路与意义。

我喜欢康德的那段话，并时时警醒着我自己，我也想起我和老主任夏夜的对话，我们地球人是否永远居住在地球上？康德说："有两样东西，越是经常而持久地对它们进行反复思考，它们就越是使心灵充满常新而日益增长的惊赞和敬畏：我头上的星空和我心中的道德法则。我不可以把这二者当作遮蔽在黑暗中的或者在越界的东西中的，而在我的视野之外去寻求和纯然猜测它们；我看到它们在我眼前，并把它们直接与对我的实存的意识联结起来。前者从我在外部感官世界中所占有的位置开始，并把我处于其中的联结扩展到具有世界之上的世界、星系组成的星系的无垠范围，此外还扩展到它们的周期性运动及其开始和延续的无限时间。"

头上的星空和心中的道德法则，是人敬畏的，头上的星空，不只是古人，不只是康德，在我老家曹濮平原深处的一个夏夜，一个中文系长者和我，也是仰望者，有陈子昂登幽州台那样的望天地之悠悠，独怆然而涕下的孤独感。

在航空中心，我在模拟的月球表面，如宇航员阿姆斯特朗在月球表面留下了人类的第一枚脚印，我也留下了自己的足迹。我走在月球的表面，一脚踏下去，想到的是鲁迅那句地上本没有路。是的，只有勇敢者，才会走出第一步。当我的脚印清晰地印在月球表面的时候，我让同伴帮我把这个过程记录下来，我随口说了一句："阿姆斯特朗，谢谢你！"

1969年，载有阿姆斯特朗和奥尔德林两名宇航员的"阿波罗"11号飞船，降落在月球静海附近。然后，阿姆斯特朗迈出登月舱，在月球表面留下了人类的第一枚脚印。他在全球直播中说道："这是一个人的一小步，却是人类的一大步。"

一个人的一小步，却是人类的一大步。我们到了月球，那么火星呢？银河系呢？嫦娥神话中的一小步，却是人类不再局域于地球而挣扎出的一大步。

我想起里尔克所写巴黎动物园的豹，身陷铁栅，心困围墙，望蓝天白日，吼一声苦痛，外面的人类还有深山里的同类听到了么？

所幸，人类已迈出地球的栅栏，这打开的心，正如翁加雷蒂所写的最短的诗：

我破晓
无远弗届

（原载 2023 年 2 月 15 日《珠海特区报》第 12 版·湾韵）

耿立（1965— ），本名石耿立，山东鄄城人，散文家，诗人，现居珠海，广东科技职业学院创意写作教授。出版有散文集《绕不过的肉身》《向泥土敬礼》《缅想的灵地》《暗夜里的灯盏烛光》等。

在普者黑看见一匹马

◎ 兴　安

马在蒙古族人的心目中，就是家庭成员之一，是不会说话的亲人。这句话道出了蒙古族人与马的关系。

我虽然生长在城市，但对马的感情似乎是与生俱来。那个年代，马车或者牧民骑马，还被允许走在我们那个小城的马路上。看着酒后的牧民歪坐在马背上打盹儿，随着马蹄踩踏石子路的声音，前后摇摆，我会咯咯地笑出声来。

让我记忆深刻的是马的眼睛，在"蒙古五畜"中，马的眼睛是最接近人的眼睛的，羊的眼睛过于含混，牛的眼睛过于呆直，骆驼的眼睛过于缥缈。只有马的眼睛，让人感到亲近、熟识和生动，就像是蒙古族女人的眼睛，充满了温情和善意。我当时看到那匹马的时候，发现它的眼睛像极了我在西索木草原上的一个姐姐。这只眼睛深深地印在了我的脑海中，伴随着我进入了当晚的睡梦中。后来我把我的这一发现告诉了那个姐姐，她神秘地言道："马的眼睛就是人的眼睛变的，小心哦，少看它，它会让人上瘾的。"她的话果然没错，我之后多次被马的眼神吸引，并且不自觉地长时间驻足观看。

其中一次是在鄂尔多斯的苏伯罕草原，同行的朋友都在屋里喝奶茶吃羊肉，我一个人跑出来，来到一匹被拴在木桩上的马的跟前，看了许久。马都有些害羞了，不停地绕着桩子转圈，逃避着我，我则一直跟随它，盯着它的眼睛，当然也盯着它的臀部、四肢、马鬃和马尾。我后来用水墨画马，用心最多的就是画马的眼睛，眼睛画好了，整个马的气象也就呼之欲出。

　　不久前，我在云南文山县的普者黑①，一个彝族山寨，看见了一匹马。那天早上，我吃了早餐，一个人在村子里闲逛。这是一座经过旅游开发的山寨，时尚民宿与古老的房舍并存，彼此相连，新与旧、现代与传统，在这里得到巧妙的融合。寨子被水塘三面环绕，水中绽放着无数株鲜艳的荷花。四周没有人，水雾飘浮，仿若仙境。我走着走着感觉像走进了《桃花源记》，迷失了方向。我恍惚拐进了一条小巷。小雨刚过，巷中空无一人，除了远处传来的鸟鸣，一片寂静。冷不丁，在我前方的一个窗洞里伸出了一只马头。马向外拉伸着脖子，眼眸盯着我，像是一种召唤。我赶忙迎过去。这是一匹北方马，不是云南的"滇马"，颜色接近棕红色，虽不如西洋马高大，但是很结实，头颅健硕，胸宽鬃长。这一系列特征，尤其是它的眼睛，告诉我这是一匹蒙古马，而且应该是一匹漂亮的科尔沁蒙古马，因为在那熟悉的眼眸中我又看到了那位姐姐的眼神。我的心头一热，感觉在遥远的异乡见到了久违的亲人。

　　在内蒙古草原上，马几乎是半野生状态，马群撒出去几天甚至一个月也不用管它，它们成群结队，自由地游荡在草原上，觅食撒欢。即使在白雪皑皑的严冬，它们也会用蹄子刨开厚雪，吃

---

　　① 普者黑：彝族语意为盛满鱼虾的湖泊。

被雪滋润的枯草。如果遇到狼的袭击，它会用坚硬的蹄子，将狼的脑壳踢碎。而眼前的这匹蒙古马，却被关在空间窄小的楼洞里，只能从窗口伸出脑袋，呼吸新鲜的空气。窗洞原本是一个窗户，被主人卸掉了窗框，为了防止马越窗而出，窗沿还摞了几层青砖，马只能将下颚抵在青砖上，翕动着鼻翼向外张望。我有些心酸，想象它如何从几千里之外的草原，背井离乡来到这里。它的心境如何？它想念不想念它的故乡？那渴望的眼神，明明是希望有人将它解救出来。可是我只能呆呆地看着它，看着旁边大门上的锁头，无能为力。马似乎觉察了我的怯懦，无望地缩回头，转过身，咀嚼起马槽里的草料，将浑圆的臀部朝向我，浓密的马尾向我怄气似的甩动两下。可是，它一边吃着草料，一边还转过头，偷偷地瞄我一眼。那眼神在黑暗中只是微弱的一闪，只有我能觉察到。

　　雨又下起来了。我准备离开，嘴里本能地冒出了一句告别的蒙古语"拜日泰"。可是当我走出差不多十米远的时候，突然听见身后一阵响鼻。我回过头，只见那匹马伸长了脖子，张开鼻孔，睁着溜圆的眼珠望着我。我急忙回身又来到它的面前。马见我回来，几乎将整个脖子伸出窗外，张开黑黝黝的鼻孔翕动着，喘着粗气，然后又深深地打了两个响鼻。我伸出手，试图抚摸它的前额，可是它下意识地躲开，用那只没被鬃发遮住的眼睛，哀怨地看着我。此时那只眼睛，比刚才更亮，也更湿润和晶莹。我的眼睛也开始潮湿了，我捋了捋它的鬃发，感觉鬃丝很涩，油腻腻的，已经粘连成一片，它就像是很久很久没有洗头的流浪汉。它晃动了几下耳朵，侧过身去，大概是想让我给它捋一下整个马鬃，或者抚摸一下它的腰背。但是，隔着窗洞，我无法伸过手去，这时，我看见它的背部，一直到两边的肚子上，有两条很深的疤痕，这是长期驾辕拉车留下的印记。

雨下大了，我的衣服已经湿透，我不得不离开。趁它还没回过身，我悄悄地挪动脚步，但我的头侧着，用眼睛的余光观察那个窗洞。马的听觉是非常灵敏的，它能觉察任何风吹草动。我隐约看见它又伸出了头，和刚才一样的姿势，张大鼻孔，溜圆的眼珠望着我。

我没停下脚步，拐进了一家烟酒小店。老板娘是一位彝族中年妇女，肤色黝黑，面容俊秀，目光明亮而热情。我买了一包香烟，然后向她打听那匹马的情况。老板娘告诉我，这匹马被主人买来已经很久了，具体多少年，她也记不清了，主要是用来拉花车的，就是那种旅游马车。可是这两年因为疫情，来这里旅游的人少了，所以马几乎天天被关在屋子里。我问，主人不常领它出来遛遛，或者代步骑行吗？在来这里之前，我查过资料，彝族人在历史上与马的关系，和蒙古族人有很多相近之处，彝族谚语里就有"上山赶牛群为乐，出门骑骏马为荣"的句子。他们从小就练习骑马，每年都要举办火把节和赛马会。而且他们制作黑漆马鞍的技术也非常独到。刚到文山的时候，接待我们的天保出入境边防检查站的尹站长，他的老家就是普者黑。他向我介绍了家乡的草马节。每年的农历八、九月的属马日，村里的每一家人都要用茅草扎一匹马，摆在村口，以此祭奠祖先神灵。可老板娘的回答让我有些失落。她说，现在我们这里的人很少骑马了，家家都有摩托，或者汽车，如果不搞旅游花车，马真是一点儿用处也没有了。我沮丧地告别老板娘，感觉她说的马的遭遇就像是在说我自己一样难以接受。

我这几年画马，对马的历史、形态和现状都有过研究。我喜欢画非常态的马，奔跑中的马，我画得很少，一个原因是这种姿态的马已经被前人画得太多了，没了新意，也没有挑战性。另一个原因是，我发现马其实更多的时间是静态的，低头吃草或者在河边饮水，或者缓步行走。还有我喜欢卧马，尤其喜欢在草地上打滚的马，这是马最自在最生动，也最难把握的姿态，古人称之为"滚尘"。我觉得特别有境界，它隐喻了中国文人蔑视权贵和世俗的性情，也表达了他们追求自由和洁身自好的理想。古希腊的色诺芬说过："马是一种美妙的生物。只要它展示出自己的光彩，人们就会目不转睛而不知疲累地看着它。"这句话，契合了我对马的偏爱。但这句话是两千年前的古人说的，它在今天还有意义吗？有人曾预言，二十世纪是马的最后一个世纪。这是基于现代工业革命后，机器代替了马的很多功用，马失去了速度和高效的优势，人与马的相互依存的共同体关系开始分离。马成了社会和历史进程中的"失败者"，就像文学史上的"多余人"一样，这是马这个物种的悲剧。但是，我还是要重复我在《风鬣霜蹄马王出》一文所引用的意大利人费班尼斯的话——既然我们已经不再需要马来确保我们的日常生存需要，那我们就去爱它们，了解它们。

临走，老板娘告诉我：明天是我们彝族一年一度的草马节，一定有不少游客会来，这匹马该派上用场了。我有点儿半信半疑。在走出小店的时候，我向不远处的窗洞看过去。窗洞空空，马再没有露头，但我隐约听见马蹄刨地的声响。

第二天，我早早就来到村口，看着村民们将扎好的草马有序地立在路边的草丛里。草马的背部驮着用瓜叶做成的马箩，里面撒了灶火灰和野草籽。马身上插满了五颜六色的野花，有个头大的草马身上还插上了荷花和莲蓬。村民们互相打着招呼，比试着各自扎草马的手艺，昨天还寂静的普者黑终于人声鼎沸起来。小孩子们淘气地在草马之间穿梭奔跑嬉闹，有的还想趁机骑在草马上，被大人嗔怪后跳开。

我心不在焉地浏览了一圈这些草马，不得不赞叹这些村民的巧手和想象力，但是我更想看到真实的马——那匹被关在楼洞里的马。我站在路边，期待着马拉花车的到来。不一会儿，前方一阵喧哗，接着是一阵吆喝和马蹄声，我挤过人群去，原来是一匹黄栗色的矮脚马，也就是我前面提到的滇马，拉的车是双轮马车，车上坐了五六个游客，车篷的顶部缀满了五颜六色的野花。这就是普者黑山寨远近闻名的旅游花车。我没画过黄栗色的马，这种颜色的马不多见，在内蒙古草原偶尔才能见到。蒙古族民歌中有很多关于马的歌，但多半是白马、枣骝马或者黑骏马，我记得有一首《扎鬃花的黄马》中唱道："扎鬃花的黄毛马，缓缓迎面跑过来，呀——嗬咿。瓷碗美酒要斟满哟，欢聚赞歌唱起来，嗬咿。"这是一曲长调，在我几年前的画展闭幕式上，蒙古长调传承人乌仁其木格曾经现场唱过这首歌，也只有用蒙古语唱才能品出它歌词的韵味。眼前这匹栗色矮脚马让我想起了这首民歌，但是我有些不解，这匹马的鬃毛为什么被剪得整整齐齐，连刘海都是平的，像一匹骡子，没有了野性，甚至还有点滑稽。

正在这时，前方一片喧哗，人群两面散开，站在路边翘首张望。只见一匹高大的棕色红马，扬着长长的黑色鬃发，缓步而来。

最夺目的是马颈下的圆球形的红缨和胸前的金黄色的套包，在阳光下熠熠生辉。这种装饰和红色金黄色的颜色搭配，我以前只在唐代的绘画中见过。套包是马驾车的实用配件，有固定车辕的作用，而红缨在古代绝对是身份尊贵的象征，唐代人为它起了一个奇怪的名称"踢胸"①。红棕马步伐迈得很大，速度也不快，仿佛就是为了让两边的人检阅、拍照，甚至欢呼。我终于认出来了，它就是我昨天还为它牵肠挂肚的那匹蒙古马。它似乎也在人群中看见了我，头稍稍往我的方向侧偏了一下，溜圆的眼珠看了我一眼，打了两声响鼻，一晃而过。我看到了它身后的四轮马车，还有坐在车内招手欢笑的人们。这真是一辆我在国内见过的最漂亮的花车之一，辕和车厢全部由金属制成，车轮的钢圈也都被主人涂上金黄色，上面还绘着吉祥花纹，车篷是翠绿色，里外都挂满了粉红色的鲜花，花瓣还有绿叶映衬。花车匆匆而过，可我的脑海中依然闪现着那匹马的光彩和豪迈。在它的眼神中，我看到了自信和骄傲，而昨天窗洞中的哀怨和孤独，已经一扫而光。这一刻，我感到释然。

马作为被人类驯化最晚的一种牲畜（牛被驯化差不多9000年，羊大约1万年），伴随我们已经6000年。专家曾对比马与牛羊的饮食和消化系统的差异，还有身体构造及生活方式的优势，确定了它与人类一样具有很强的适应能力。艺术理论家阿尔布莱希特·萨弗尔在《雕塑艺术：骏马和骑手的形象呈现》一书中写道："在

---

① 踢胸：中国古代的一种马饰，表示马主人的尊贵。古语有"所骑之马悬踢胸者贵"一说。

所有的动物中，只有马有着悲伤的外表。"而"马之所以悲伤，是因为它不得不放弃了它自己的意志和自由"。萨弗尔对比了狗的驯化经验，虽然狗也同样没有了意志和自由，但是它对此完全没有感知，它心甘情愿地为主人效劳。相反马是清醒的，天性想让它无拘无束、自由自在，但是宿命又让它被囚禁在永恒的奴役之中，无休止地听从于人类的支配，这种状态颇似阿尔贝·加缪解读的古希腊神话中的西西弗斯。假如西西弗斯每次推巨石到山顶之后就会失忆，忘记巨石将滚落下来，那么每一次推巨石对他来说都是第一次，这就变得毫无悲剧性可言了。而在马的存在中，叛逆、对自由的坚持和逃脱的欲望已经失去可能性，只能成为一种遥远的记忆，或者命运轮回。这种悲剧的循环比我前面说到的马在现代历史中的退出和被抛弃，更具有存在意义上的悲剧性。科学家弗雷德·科特莱尔在《能量与社会》一书中提出了"能量转换器"的理论，他认为，马天生就是能量转换器，它吸收植物中所储存的能量，然后将其转化成为动能（奔跑、牵引、驮载），为人类所用——这确实是个有趣味的观点。而从自然和生态主义者的角度，我忽然感觉现代社会人与马的分离，不光促成了农耕社会占主导地位的旧世界的终结，同时客观上也开启了新世界全球性的生态危机的魔瓶。从这个立场，我想到了马与自然和生态的关系，作为"能量转换器"，作为动物界的素食主义者，马同样也是环保主义者。它吃的是牧草，而牧草是可再生资源，但是现代工业革命以来的所有机器和动力机械，无一不消耗着我们地球上有限的不可再生的资源。这当然是我关于自然与生态主义理念的一个遐想，但由此我更进一步地理解了马在人类历史进程中的象征性价值。

回到北京已经两个月了。普者黑的那匹红棕马一直占据着我的记忆，挥之不去。逐渐地，它已幻化成为两个影像：一个从黑暗的窗洞里伸长了脖颈，眼眸哀怨忧伤；一个高昂着头颅奔走，气宇轩昂。我无法确定哪一个才是真实的它，但直觉告诉我，我与那个眼眸哀怨且忧伤的它在情感上更能惺惺相惜。于是，我把它画了出来。

（原载《民族文学》2023年第1期）

兴安（1962—　　），蒙古族，文学评论家、作家、画家，北京作家协会理事，作家出版社编审，著有散文集《伴酒一生》《在碎片中寻找》及评论近百万字，主编有《九十年代中国小说精品荟萃》《女性的狂欢：最新中国女性小说选》《蔚蓝色天空的黄金：当代中国60年代出生代表性作家展示·小说卷》等。

国家公园里的大熊猫

◎ 李青松

    秦岭是南方的北方,秦岭是北方的南方。秦岭把南方与北方对接缝合在一起,于是,有了雄浑而辽阔的中国版图的自然格局。我曾数次到过秦岭,为了探究大熊猫,也为了探究这个奇特的物种在秦岭能够生存下来的原因。

    20世纪80年代,某日,雪,纷纷扬扬,潘文石正在追踪一只大熊猫。渐渐地,熊猫的脚印被雪覆盖了。潘文石有些沮丧,一上午的追踪可能又成徒劳。不知什么时候,雪停了。山林,寂静得出奇。累、困、饿一起向他袭来,他摇落芭茅丛上的雪,放下睡袋倒头便睡。一个小时过去了,"咔——"一声脆响把他惊醒。雪将一棵松树枝压断了。断枝落在离他5米远的地方,溅起的雪块,弹片一样向四面八方乱撞。

    "大熊猫!"——他心里一喜。

    当这只"大熊猫"走出竹林,完全暴露在他的视野之内,他瞪大眼睛,惊呆了。原来,不是大熊猫,是一只斑纹清晰的金钱豹。金钱豹继续往前走,离潘文石越来越近。潘文石的腿有些颤抖——是跑?是爬上那棵断枝的松树?他选择的是不动。金钱豹在距他约6米处停了下来。潘文石的眼睛盯着金钱豹的眼睛,金钱豹的眼睛盯着潘文石的眼睛。双方僵持约40秒钟,金钱豹转身走了。

潘文石舒了一口气，睡意全无。他背着仪器踏着积雪爬上了面前那座大山。山顶的风刀子似的，直往身上割。这座山的竹林里有4只大熊猫，信号不停地送来，时强时弱，潘文石不停地记录着、记录着，竟然忘记了时间。

夜幕就要降临了，潘文石跌跌撞撞地下山，大头鞋从来没有今天这样沉重。"扑通！"潘文石被竹根绊了一跤，站立未稳，迷离目眩地跌下悬崖。他只觉得自己连同世界都在向下坠。一准要死了，刹那间，他本能地抓住了崖壁上一株横生的杜鹃树。——"咔嚓！"树断了，潘文石跌落下来。当他就要与地面撞击的瞬间，怀里的杜鹃树，却将他弹到一边，力的方向的改变，创造了潘文石的另一个传奇——他居然活了下来。

潘文石是大熊猫研究专家、北京大学教授。20世纪80年代初期，他带领一个多学科的研究小组，对秦岭大熊猫的历史演化以及现在的分布与数量的关系进行综合性研究，取得了重要成果。1988年，饱含着情感并带着体温的《秦岭大熊猫的自然庇护所》一书出版。书中详尽分析了秦岭成为大熊猫庇护所的原因，提出了保护野生动物，首先要保护好栖息地的理论。

除此，潘文石和他的学生吕植还在秦岭获得两个重要发现。一个是，他们发现秦岭南坡的一些山谷在百余年前曾一度繁荣，人口增多，大熊猫退向高山。后来，人们又纷纷离去，这里又成为大熊猫的重要栖息场所。于是，潘文石提出，如果在这些地区科学地控制生态平衡，就有可能争取大熊猫和人类在共同的环境中一起生存下去。第二个重要发现是，1985年3月26日，他和他的学生吕植在一条小河边发现一只毛色棕白相间的大熊猫，并且成功地把它从患病中解救出来。这一重大发现，为现代大熊猫种群可能存在二态性提供了实证依据。

在野外看到大熊猫是相当难的，即便是祖祖辈辈生活在秦岭山里的山民，真正见到大熊猫的，也没有几个人。

吕植讲述了头一次在秦岭看到大熊猫的情形。那是一个冬天，是潘文石先看见的——"大熊猫！看那里！"他指着秦岭深处一片竹林说。"哪儿呢？哪儿呢？看不见。"吕植跷脚看，还是看不见。潘文石又指："那里！那里！"吕植终于看到了——一团棉花像是在前方山坡竹林里晃动。渐渐地，那团棉花从竹林里晃出来了，变成了轮廓清晰的大熊猫。

吕植："怎么是棕白色呢？"

潘文石："也许身上蹭上了泥巴吧！"

此时，那只棕白色的大熊猫也看见了他们，但它并不慌张，也不跑，只是悠然地走着。它停下来甩甩头，然后，就坐下来，像人一样，用一只前掌扶着一棵树，漫不经心地环顾着四周；嘴巴不断地咀嚼着，不时似乎还有口水流出，白白的，泛着亮光。吕植偷儿一样摸过去，刚走几步，忽然间她旁边的一块大石头上又出现了一只大熊猫，离她是那么近，甚至都能看清闪亮的眸子。

吕植瞪大眼睛，惊呆了。

大熊猫是一种非常特别的动物。它高深莫测而又孩子般的脸庞，浑圆的身态，稚拙却又无不灵巧的动作，使得所有的人都情不自禁地喜欢它。

春秋战国时期，有一部地理著作叫《山海经》，记载了熊猫，说它的毛色是黑白的，产于邛崃山区，说它牙齿很特别，专吃铜和铁。所以大熊猫最初的名字不叫大熊猫，而叫食铁兽。西汉初年，《尔雅》中，把它叫貘，说它的毛皮很厚，坐卧时垫上，可防湿防潮。唐朝李世民对大熊猫格外推崇，对打仗的有功之臣的最高奖赏就是熊猫皮一张。白居易在自己家中屏风上专门请人画了一张熊猫图（是不是吴道子画的，有待考证），说是这东西驱邪。我的本家药王李时珍在《本草纲目》中，也记述了熊猫，说它的尿加水后，喝进肚子里，可以把肚子里误食的金属溶解。瞧瞧，这该有多大的劲儿啊！第一个把大熊猫当做国礼送给外国人的是武则天。这位女皇出手很大方，一次就送出去了两只活体（一对），还外加70张熊猫皮。送给谁了呢？日本的天武天皇。

最早在中国发现大熊猫并给熊猫起名字的外国人是法国神甫戴维。时间是1869年，地点是四川宝兴。接着，俄国人、英国人、德国人、美国人或以传教士名义，或以商人名义，来中国四川宝兴、平武、汶川、卧龙等地捕猎熊猫或收购皮张。美国总统西奥多·罗斯福和他的弟弟，于1829年（未当总统之前）曾来中国宝兴戴维发现熊猫的地方捕猎熊猫，结果一无所获，后经康定、泸定转到越西，猎获了一只熊猫（那张熊猫皮和其他标本，至今还保存在美国芝加哥的自然博物馆里）。后来，罗斯福成了坚定的生态保护主义者。这与他心中之于熊猫的隐痛和愧疚是否有关系呢？不得而知。

1972年，美国总统尼克松访华，中国政府送给美国一对大熊猫。基辛格曾幽默地说："中美关系的大门是熊猫打开的。"1984年，洛杉矶奥运会上，美国特邀中国政府送去一对熊猫"永永"

和"新新"在洛杉矶借展。在熊猫借展期间,洛杉矶动物园里,人山人海,盛况空前。"熊猫出尽了风头,甚至都盖过了奥运会。"

研究生物形态进化的科学家对熊猫可爱之处,做了一番探究。他们发现,熊猫的眼睛亮亮、耳朵圆圆、脚爪胖胖、步态蹒跚,如此等等,这一切恰好符合人类心中的可爱标准。科学家指出,这正是熊猫的聪明之处,可爱其实是进化的需要——只有展示可爱的一面,才能让人爱怜,得到同情、关心与保护。

也许,这就是熊猫的秘密!

秦岭是地球上最美的地区之一。秦岭北缘是太白山巨大高耸的山体,如同一道坚固的屏障,阻挡了北方南侵的寒流。而南坡的气候却温暖适宜,林木茂盛,生物多样性丰富,成为大熊猫最理想的栖息地。

如今,秦岭的广大地域都被划入大熊猫国家公园保护范围。大熊猫的价值是难以估量的。如果这一物种在今天灭绝了,那将是全人类的损失。我们所生活的世界,并非只是我们的世界。一切活着的生命,都在为求食而生存、为传种而进食。人是例外的,在危机和灾难面前,人类除了拯救自己之外,还承担着拯救世界的使命。

大熊猫不仅仅作为一个物种而存在,它已经作为人类伦理准则的一个化身从动物界中独立出来。大熊猫象征着和平、善良、童稚。它的存在激励着人类对自然的亲善和关爱。人类的繁衍发达、社会的文明进步,同自然界的万物相伴相生。当人类处于古猿阶段时,大熊猫也已在地球上出现了。物竞天择,适者生存。大熊猫是以怎样的特殊方式延续至今的呢?这一直是未解之谜。

而对大熊猫保护来说，无疑，秦岭具有特殊的意义。

忽然想起贾平凹说过的一段话——"一条龙脉，横亘在那里，提携了黄河长江，统领着北方南方。这就是秦岭，中国最伟大的山。"

（原载《天山时报》2023年3月31日第4版百园副刊）

李青松（1963— ），辽宁彰武人，在内蒙古东部度过少年时代。毕业于中国政法大学法律系，供职于国家林业和草原局。长期从事生态文学研究与创作，主要作品有《智慧之翼》《粒粒饱满》《遥远的虎啸》《一种精神》《茶油时代》《大兴安岭时间》《开国林垦部长》等。

风吹过村庄

◎ 汤成难

词　语

　　有的词语天生就是钻石，绚丽、璀璨、熠熠生辉。常常想起一个词语，这个词语就缠了过来，怎么也不能让人定下心。这个夏天和秋天，重新认识了很多词语，比如"麻麻亮"，比如"霞光"，比如"破晓"，比如"暮霭"……它们变得生动和亲切，我把它们记在备忘录里，像一个收集词语的人。

　　每天傍晚，我都要被天边的那抹颜色吸引，红色、橙色、淡紫、赭石、群青……我比从前任何时候都更留意天空。搬到苍颉村后，逐渐恢复了跑步，原本每天早晨围着一块漂亮的花圃转圈，每次跑十圈，怕记不住，便每跑一圈捡一片树叶放角落里。扫地的大妈看见了，歪着头对着树叶琢磨半天，大概以为我摆的是八卦阵什么的，对我充满好奇和崇拜。

　　后来我改成沿着乡间小路跑，每天选不同的路，看看究竟有多少条路通往所谓的外面的世界。

　　花花整天和我形影不离，就连我在洗手间，它都要挤到我的脚旁。当然，花花最喜欢的还是去野外。只要我说一声"走"，它就嗖地蹿出门去。午后没有阳光，到处雾蒙蒙的，想起电影《带着动物们去旅行》，电影里从头到尾弥漫着雾气，铁轨、小火车、木屋、奶牛……都在雾气里虚化了，最后，女主人划着船带着动物们回到她从小生长的地方。画面很美。我也多想有一艘小船啊，带上花花，在水路纵横的乡野穿行。

一天下午，我和花花找到一个僻静处。其实，这里到处都是僻静的。落叶满空山。发现一个石碾子，好像在等我到来，于是坐在上面虚度半日，感觉甚好。看着树叶、枝条、浅岸、花苞、婆婆纳……无数的词语向我涌来。花花到处闻闻，咬两口植物，像神农那样尝百草。有时突然冲到我身边躲起来，吓我一跳——每当遇到可怕的事物时，它都会藏到我身后。我原谅了它，毕竟它是条母狗。有一阵花花不见了，不知钻到哪儿去了，当它再出现时身上沾满苍耳、鬼针草、狗牙根，还有我说不上名字的草籽儿。花花带回来很多词语。

花花玩累了也乖乖地坐着，我们各自看着远方，安静得仿佛对一切都了无牵挂。

晚饭后我们还会去跑步。在乡村跑步不像在城里，密密匝匝的人围着一个毫无生机的湖。而这里，大地辽阔，只恨腿不够用。月光落在庄稼上，水盈盈的，一边跑步一边感叹着路两侧庄稼的好孬，草重了，秧稀了，地里旱着呢……突然觉得自己像一个经验丰富的农民担心起收成来。

已经有青蛙咕咕叫了，还有一种奇怪的叫声掺杂其中，不知道是什么。父亲曾固执地说是蚯蚓，小时候我总嘟哝说，就没见过蚯蚓张开过嘴巴。后来读汪曾祺的散文，才知是一种叫蝼蛄的小东西。然而，当确定不是蚯蚓的叫声后，顿觉兴趣索然，若是蚯蚓的叫声才有意思哩，它会把自己拉直得像一支长笛吗？

蚯蚓真是一个奇怪的东西，比如它们吃的是土，拉的还是土，多么高级。那些拉出来的土都开出了小花，我称之为泥花。我曾经认为蚯蚓一定是有志向的，即它们要改变地球的形状。现在再看那一颗颗土粒，谁说不是蚯蚓收集的词语哩。

跑　步

稻子吸饱了阳光，已经金灿灿的了，河面、田野里升起了雾气。

花花喜欢和我到田野里去，它对农民放在田头咿咿呀呀唱戏的收音机感兴趣。几分钟之前，我还在担心迷路了怎么回去，转身看到花花，心里就有底气了。

没有雾的清晨，少了灵气，就连跑步的我都觉得身子不够轻盈。喜欢现在的天气，还没到"相逢不出手"的时候，树叶尚未泛黄，野花还能闹嚷嚷地开着。昨天在路边和一个大姐打个招呼，她正在割山芋藤，热情的大姐非要给我一些山芋。我说不要不要，她愣是装了一袋递给我，盛情难却。又问我，是在附近厂里上班的吧？我连忙说是的。后来我迷路了，怎么也走不到原来的路上，我怕她看着我在这儿绕来绕去是不是还想讨山芋，不得不穿过一片农田和荆棘。

刚走到路上，远远地看见一个卖手抓饼的摊子，心想，这在城里卖的玩意儿，怎么跑到我们乡下来了？再往前走，发现真的是大马路了。这条路繁忙得令人沮丧。这是乡村通往城里的公路，电瓶车、自行车、汽车，呼啸而过，让人觉得时间也在快马扬鞭。

又有一天，我发现了一座小桥，独木桥，架在一条安静的小河上。我在桥边停下了，没有继续向前。我不想很快走完所有乡道或田埂，我希望认识这儿的过程是缓慢的，是每天带着发现般的欣喜的。

喜欢阳光明媚，也喜欢云雾缥缈，只不过这两种景象不会同时出现。带着花花走在鲜少有人经过的小路，总觉得这些路是我的，它们构成我生活里很重要的部分，它们正等待我的到来。我常常在夜深人静时带花花去一处无人问津的健身器材区——那是花花喜欢的地方，可能因为有其他狗味儿。我在"太空漫步"的器材上扒拉一下腿脚，想起"大步流星""步履不停"这样的词语，真的，这种感觉很妙，尽管秋天重得压得我喘不过气，但此时却觉得身子无比轻盈。

只有一天跑步没带花花，因为它犯了错，躲起来了。少了花花的晨跑乏味很多，路有种走不到头的感觉。乡路纵横，每一条路都伸向我所不知道的地方。听人讲，过去这一带被称为山上，因为地势起伏，有点丘陵的意思。一路看见好几个大姐在挖山芋，是山芋丰收的时候了。我也没好意思上前打招呼，生怕大姐们又要塞给我山芋。今天一直跑到了文昌路，这是扬州的主干道，车轮滚滚，多么陌生，仿佛它们在推动这个世界旋转。

往回走，经过河边，发现倒映在河里的树叶又明亮了些，树叶一寸寸黄了。透过树叶，远远地看那些佝着腰的菜农，他们坐在田埂上，休息，抽烟，像落日一样庄严又平静。

很快进入收割季节，收割机张狂地驶进稻田。花花胆小，看见收割机、汽车、狭路相逢的狗，哪怕是一只鸡，都不敢继续向前，站在原地向我求助。早稻已经割掉了，一天工夫，地里就剩下稻茬了，心里既觉得空落落的，似乎也有一点收获的喜悦？

连续阴雨，好久没跑步，再出来时，大地的颜色已经绚烂。一棵乌桕就撑起秋天的颜值。在村里走，总是遇见很多狗，它们对我好奇又很友好，在我鞋上嗅嗅再目送一阵才离开。刨了山芋的地里栽下了油菜，它们需要经过一个寒冬到明年春上才能让大地一片金黄；蚕豆要经过一个冬天；油菜要经过一个冬天；枇杷要经过一个冬天；麦子要经过一个冬天……想到这些将陪自己一起度过寒冬的植物，心里突然踏实了许多。

花　草

院子外面的菜地没有一分属于我，却与我有关。我每天都会走过去，看日落，看野花，看麦田，看倦鸟归林。这里的冬天我还没见过，只见过春天的样子，桃花盛开，杏花盛开，油菜花盛开……对得住"春意盎然"四字。发现河边竟长了很多板栗树和枇杷树，板栗结了，都是瘪子儿；枇杷树的花开得很好，明年应该丰收。这让人感到某种希望，虽然这希望仍不能改变什么，一切照旧。

每天都有一群狗来找花花和小黄，然后串通好了去田野里撒欢儿。在这个村里整日闲荡的，除了这些狗，就是我了。我每天都有躺平的感觉，沮丧，浑浑噩噩，既不快乐，也不忧伤，然而在田野上的时候，却感到快乐而又忧伤。朋友来玩，说是想看稻田和落日。我骑车带她在村里疾驰，太阳落得太快，车拐个弯就沉去几丈。回来时天已半黑，风吹在身上瑟瑟冷。我们经过一片荷塘，据说是宝应人承包的。夏天，从这里经过，我会放慢车速，或者干脆停下来看一看。我喜欢荷花并非因为它出淤泥而不染，而是喜欢它傻乎乎开那么大，以及欧阳修和友人用荷花行酒令，让人觉得荷花不那么孤傲了，有了烟火气和酒气。还没到踩藕的季节。好一个"踩"字，因为得用脚在淤泥里寸寸移动来感知藕的大小和方位。完整的藕价格会高一点儿，所以踩藕是技术活儿。

我从没见过那个宝应人。荷塘安静得很，荷花静静地开。也难怪，养藕和养鸡、养鸭、养牛、养羊不一样，无须放牧，也无须看管，莲子在荷塘里兀自生长，生生灭灭。农历十一月后就要踩藕了，当宝应人踩藕时我要来看一看，顺便告诉他，这个夏天，因为这一塘荷花，变得不太一样了。我要谢谢他。

中午，我把院墙外的荒地清理一下，太杂乱了，找来铁锹、锄头、钉耙。干农活儿我是好把式。四周特别安静，不远处的装修声早停了，好像一切都在沉睡，就连花花不小心踢碎土坷垃的声音都有点惊心动魄。偶尔，有一阵风，杨树阔大的叶子啪啪鼓掌，很快复归平静。突然，身后传来咔咔两声，像是骨头断裂的声音。这比方或许不对，因为我不知道骨头断裂是怎样的声音，仿佛冬夜枯枝被大雪压断。我立即转身，寻找声音来源，是一片枯叶从树枝剥脱了。咔咔——声音是寒冷的，像刀子蒙上了锈，声音里带着某种竭尽全力和意难平。

树叶过于阔大了，即使变成了焦黄，也没有萎缩多少。从树上到地面，它悠悠地——中途被几个枝丫挡了一下——缓慢又安然地摇到了地面。我愣在那儿，手僵在半空，原来，落叶是有声音的，这咔咔声从我心上划过。

很长一段时间我都没法继续干活儿，想搜寻一两句读过的句子来抚慰此时的自己，然而脑子里反复跳出一句"阿难白佛言"。是啊，我好像还有很多不明白，即使活到了不惑，仍在迷茫。四十不惑也许不是指活到了四十就明白一切，而是没有明白的就无需再明白了。人生短暂，百代之过客也。

放下铁锹，坐在石头上，看着眼前的花花草草，心里突然生出许多感激。格桑花打苞一个多礼拜才开，月季打苞半个多月才开，龙胆花打苞两个月才开，茶梅打苞三个月……还没开。这些竭尽全力绽放的草木抚慰了我，枯枯荣荣，生生不息？

友　谊

每天和蚂蚁斗智斗勇。悄悄吃一个苹果，把果皮收拾干净，不承想那一丝甜味儿还吸引来了蚂蚁，它们从草地一路爬上窗台，再从窗台逶迤而下，找到了那一丝甜味儿。

小时候做连词题，辛勤的什么，后面一定连接"蜜蜂"，觉得没有比蜜蜂更勤劳的生命了。现在我告诉你们，错，是蚂蚁。我从来没看见蚂蚁停在哪里休息，它们永远步履不停，行色匆匆。蜜蜂干的是技术活儿，蚂蚁干的则是体力活儿，不是在搬运，就是在去往搬运的路上，它们才是大自然的搬运工。

有一次地上落了一个臭虫尸体，我没有及时清理掉，再看时，几十只蚂蚁已经将臭虫抬走了。每天最难对付的就是蚂蚁了，餐桌上，水池边，锅台上，它们有组织地搬运它们感兴趣的东西。我不忍心把它们弄死，总是用扫帚或手指一只只将它们遣送得远远的。尽管如此，这仍然使我难过，它们被我进行了乾坤大挪移，在落入草地的那一刻，它们会不会发出哲学三问：我是谁？我来自哪里？我去向何处？

常常半夜就醒了，鸡叫个不停。这难道是鸡圈的内卷？起来上厕所，发现天亮了，看手表才三点多钟。乡下的夜色太亮，恍惚是黎明。

去后面的村庄走一走。村里每家每户都有狗，果然，七八条狗蹿出来，长得像洪七公和江南七怪。我穿了两条裤子，不怕咬，再说我的狗缘很好，想到昨晚跑步回来，也有五条狗出来迎接我，你们一定没体验过五条狗从远处向你狂奔而来迎接的那种盛况。

神似洪七公的狗冲我叫了几声，它毛发遮面，不得不仰着头才能看见我。后来它也不叫了，一直虔诚地跟着，我怀疑我身上某种气质征服了它。

在田边枯坐一个上午，什么事也没干。最近不能集中精神，每天的阅读计划也不能完成，垒在床头的五本书，给了自己十五天时间，但总是分神。田头的半日光阴，很安静，很安然，看一群大雁飞向南方；看四五列火车呼啸而过；把春天种下的扫帚树编成扫帚；看一群鹅在狭窄的河面来来回回游得毫无死角；和那条长得像洪七公的小狗对视片刻，又留下它狗生里第一张照片……阳光软绵绵的，风也软绵绵的，就连寒冷都变得软绵绵的。离开乡村这么多年，身体变得不禁冻，一点点寒冷都会瑟瑟发抖。

然而在麦地里的午后却是温暖的。我喜欢此时的麦苗，它的颜色很沉稳，是此时乡村萧索光景里最令人踏实的颜色。小时候在麦地里奔跑，被我们踩踏得不成样子的麦苗第二年照样能抽出麦穗。想到这些，突然有些感动。

当我绕了一圈回到家时，发现那十几条狗早已在我家门口候着。它们无不虔诚友善地看着我。这场景差点让人潸然泪下，我总是获得这种单纯又真诚的友谊。

小　黄

河里的野鸭已经到了无比任性的地步，把两边的菜地吃得精光。花花每次看到野鸭、鸟、鸡，都要跟它们追逐一番。但这些有翅膀的动物很不屑，毕竟人家曾属于天空。阳光很好，没有风，天蓝得很纯粹。麦田越来越好看了，又长高几分，那些我躺平的日子里，麦子并没闲着。

搬到仓颉村后我结识的第一个朋友就是小黄，她是一条流浪狗。基于我对小黄的特殊感情，请允许我用"她"而非"它"。

小黄的名字是我取的，取名这事我毫不擅长。比如花花，因为是一条小花狗，故而叫花花。由此可见，小黄是黄色的。听说小黄有两个姐妹，一个是黑色，饿死了；一个是花色，不知所终。这三种大相径庭的颜色让我很好奇它们父母的毛色。

邻居说小黄以吃菜叶为生，她看见过很多次。我愿意收养小黄，但她对人特别惧怕，喂食物时，也只会在三四米之外，不敢靠近。我将她慢慢往家引，每次快到门口，她就跑掉了。几天下来，她已经敢试探着在我院子里玩耍了。

小黄吃饱后，若再喂她食物，她会将食物埋到土里藏起来。就这一点，可见智商比花花高多了。没有比较就没有伤害，所以我现在对花花常常嗔怪：你过着养尊处优的生活，而小黄这么小就能自食其力。此时的花花便露出一副可怜相，除了装可怜花花啥也不会。这些年来，花花大概已经忘记自己也曾是流浪狗，不由自主地散发出一股慵懒劲和贵气。

快要降温了，我很担心小黄，几次晚上唤她，发现是从草丛里蹿出来的，抖一抖身上的灰便向我走来。所以我想尽快让她对我建立信任，睡到屋里来。半个月后，她已经敢吃我手上的食物了，常常围着我绕圈，或者故意撞我一下，是的，她想跟我亲近。又过几天，我已经可以摸她的小脑袋了，抚摸时，那张小脸又紧张又享受。一天晚上，在她让我抚摸时，我把她抱了回来，那一刻我有点激动，在客厅里来回走了很久。

我准备好一个简易箱子，但小黄特别害怕箱子，这是我后来才发现的。她死活不进去，给她喂肉粒，嘴也咬得紧紧的，绝不看我。那一刻我有点难过，我想我离开，你就该睡觉了吧。当我从监控里看她，她仍然不睡，坐在门口地砖上看黑黑的外面，非常倔强。这样僵持很久，直到半夜，我觉得这种强硬挽留的方式不对，便开门让她走。小黄跑出院门，离开前长久地看了我一眼，那眼神令我心碎，仿佛永久告别，然后头也不回地向远处而去。

两天后小黄又出现了，我以为她离开后再也不会回来了，但她早早地在门口叫唤。我冲下楼，喂她食物，但她已经对我又戒备了，不敢靠近，又像最初那样离得远远的。我很难过，那么久建立的信任全部没了。后来我也自我安慰，我为什么要拥有它？是，我怕她夜里冻死，可如果她有这生存能力，我就该给她自由，我负责食物就行。建立信任和情感需要漫长的时间，我愿意慢慢等。

我曾悄悄寻找她睡觉的地方，但她居无定所，我在可能的地方都放了棉衣或纸箱或稻草，却发现但凡我干预之处，她再也不睡了，她对人的警惕很深。连续两天下雨，早晨看她活蹦乱跳地跑来，我会舒一口气，终究没有冻死。她和花花已经成了好朋友，花花也让着她。唯有一次，小黄叼起花花的玩具，被花花追扑上去。花花对自己的玩具很上心，那是朋友送的一个非常奇怪的毛绒老鼠，摁住它会怪异地叫。看见花花睡在干净暖和的窝里，而小黄睡在月色里的草叶上，我很心疼。晚上下起了雨，我在小黄的常睡处搭了一个简易窝，从村里找来一些稻草。可依旧是那样，我干预过的"窝"，她再也不睡了。这让我想到人与人的关系，有一种无力感，也有种释然。

昨晚开始下雪，不知道小黄去了哪里，非常担忧，这是一个没有草堆的地方，不像从前，狗有温暖的草堆和灶膛口。

我决定出门找小黄，带了两根火腿肠，一路喊叫，一路寂静。当我沮丧地回到家，发现小黄已在院子里了。她身上毛湿了，瑟瑟发抖，见到我很开心，蹦跳着要吃。现在，即便用强硬方法，我也想把她关进屋内。我先用食物引诱她，但她绝不靠近门，有时进来一两步，立马又迅速退回去。有一次我看她进来了，迅速去关门，没想到她动作更快。门夹到她了。这一来，小黄更警觉了，连门边都不靠近。就这样慢慢引诱，慢慢哄骗，慢慢期待，周旋一个多小时，才将她骗进客厅。关上门那刻，她一脸恐慌，嘴里的食物也吐掉了。她离我远远的，或和我绕着桌子走。不知道明天出去后她会不会对这里产生恐惧和抵触。管不了那么多了。

朋友告诉我说可以让花花跟小黄交流，狗和狗之间是有语言的。我觉得这种可能性不大，不是不相信动物有语言，而是不相信花花有谈话能力。花花内向、木讷、爱沉思，和我很像，估计在谈话这方面也极不擅长，和小黄玩耍时，除了傻乎乎你追我赶，绝不会有什么心灵交流。小黄来后，我觉得我有点偏袒她。这让我想起妈妈对待我和姐姐。妈妈常说会尽量做到一碗水端平。但其实很难，比如我和姐姐吵架从来没有赢过，妈妈每次都对我说，你让着她一点儿。我问为什么，妈妈会说因为你吵不过她，怕你吃亏。小时候不理解，现在觉得也算是策略，既然吵不过，那就让啊。我把手伸向小黄，小黄不敢靠近，花花便急急跑来，在我手掌蹭来蹭去。花花是在向小黄显摆，显摆自己不怕我。晚上小黄只吃了一点儿，她想把食物藏起来，却发现地砖不好刨，小脑袋似乎在思索什么。早晨我把门打开，她飞快蹿出去，好在不跑远，就在门口晃荡，但不再进来了。为了她可能进来，我的大门一直开着，风呼呼往里蹿，家里的一点儿热气被搜刮尽了。从窗口看小黄把昨晚的食物一块块藏到雪地里，忍不住想笑，未雨绸缪啊。

小黄对这扇门是有戒备的，因为她不知道我将她关住是怕她夜里冻死，她以为我将她关起来一定非常危险。这是我和她之间的误会，因为两个不同的脑袋思考了同一个问题。但这样的误会难道不常见吗？人与人之间尽是误会。

小黄已经知道自己叫小黄了。真好。来院子里的狗越来越多，我给一只白色的狗取名叫小白，黑色的狗叫小黑。我取名的智商也就这么高了。下雨那几天，不知道小黄睡哪儿，有时发现她躺在潮湿的菜地里，心里刺刺地疼。一天喂小黄时，她大概得意忘形了，竟把小爪子放在我手掌上，被我一把捉住。我把她抱到临时铺的小窝上，告诉她以后就睡这儿。她看我一眼，便把目光移开了。我认为她应该听懂了，因为到了傍晚，我坐在沙发上看书，发现她悄悄进来，一直走到她的"窝"躺下。花花把心爱的玩具奉献出来，小黄也常常从外面衔来坏玉米棒，友谊的小船就这么扬帆起航了。

　　每天早晨我从院门的空当里挤出来，到田野里走一走。出门时要把花花和小黄给甩掉，我想走远一点儿，如此会比较方便。刚走上田埂，看见花花正从院子里往这儿瞧，我赶紧蹲下，让一团枯枝挡住我。花花和小黄已经相处融洽了，小黄进食时，花花在一旁看着，让着她。小黄埋东西时，花花也在一旁看着，如果埋的是骨头花花是不屑的。只有埋下火腿肠时，花花才会趁小黄不在悄悄扒开吃了。我常常笑花花和小黄，一天中所有的意义就是在乞求食物、寻找食物、争夺食物、埋藏食物。可是，人不也是吗？民以食为天。

　　很久没到村里走走了，仔细看树上最细的枝条，不久前还是灰褐色，如今已经泛黄了，那是春意在枝条里萌动。盼着春天快点儿到来，盼着花红柳绿，可又害怕它们到来，春天太盛大了，轰轰烈烈，倾覆一样。有几年特别害怕春天，尤其是菜花盛开的时候。老家有种说法，说每年菜花盛开的时候都会疯掉几个。我总害怕我就是那其中之一。一个冬天过去，麦子长出最泼辣的样子来，人在麦地里奔跑，被踩弯的麦子会很快挺直身子，那些重力只会让麦子的根插得更深、更牢固，这多少令颓废的我有些感动。

很久没有看见这样的蓝天白云了。太阳仿佛走失了，几天后才混混沌沌爬上头顶。越过一片田埂，风忽然大起来，吹得脸皮子疼。槐树、梧桐树、榆树枯瘦的枝条上都冒出了芽点，像一个个逗号。常常发现一些身姿漂亮的树矗立在荒野上，每一个枝条都竭尽完美。走一圈，心情好很多，在这儿总能获得某种喜悦和感动，觉得这个世界毕竟还是可以期待和应该期待的。

花花像一个心思细密、情感丰富的小女孩儿，而小黄就是战士，小小的身体里积聚了无穷力量。从年前到现在，她失踪过三次。第一次是在除夕，早上还喂了她，之后就不见了。那两天我心情非常沮丧，甚至悲痛。她如果因为厌倦而离开，我不会很难过，只要她活着就好。但我坚信她是喜欢这里的。我担心她被打狗的带走，担心她吃了什么药，担心她闯进哪个门里去躲雨，而房子主人回城过年了，将门锁了，等来年人家回来，她已经饿死在里面。我时刻在胡思乱想。除夕晚上打着手机电筒到处找，一遍一遍唤小黄名字，每个门洞、花丛、垃圾堆、杂物堆、地下室，所有曾被我忽略的地方都使劲叫唤。每遇见一个人，开口就是："你可曾看见一只黄狗，她矮矮的……"那一刻觉得自己像祥林嫂。万般悲伤。

第二天傍晚，为了让内心平静一些，逼迫自己画画，可一停笔，心里便奔涌出悲痛。突然，听见花花在狂吠，从监控里看到一个小东西正从篱笆墙钻进来。我立马扔下笔，奔出去，果真是小黄，毫发无损地回来了。真想揍她一顿。喜极而泣。

小黄接连几次失踪，让我终于找到了规律。她害怕鞭炮声，附近人家除夕的鞭炮，初五迎财神的鞭炮，元宵节的鞭炮。她害怕。我也曾想把小黄关在屋里，不让她出去，但小黄在家里时不吃不喝不睡，躲得远远的，绕着我走，尤其是门关上的刹那，我似乎能看到她整个身子一沉，原本跟花花在嬉闹，突然就吓得躲起来。有一次，我把她围住，逼到旮旯里，终于将她抱起来，想给她一点儿抚慰。可她一动不动，僵着脖子。我想把她脑袋掰过来，看着我，她却用力抵抗，不理睬。这种倔强里包含着胆怯。每天晚上把她骗进屋来，要花费九牛二虎之力，有时我也感到泄气。发现她在隔壁的草窝里午睡，我悄悄添了一个"屋顶"，她就再也不来了。

小黄喜欢和花花在院子里追逐嬉戏。有一次，我从书房窗户看见花花和小黄跑到油菜田里去了。我打开窗户一声吼："花花，小黄，回来!"两个小东西听见了，一愣，赶紧往回奔。我的话还是管用的。一天夜里，我睡得正沉，先生将我推醒。他打开手机，让我看监控里的院子。外面正下雨，雨珠纷纷，小黄来了，正在门前转来转去。花花在屋内叫，小黄在屋外叫。我掀开被子冲下楼，打开门，小黄石块一样撞在我腿上，身上湿乎乎的。她是聪明的，当感到不能在外生存时，就来向我求救。我回到床上，睡意全无，心怦怦跳，为刚刚开门出去感到害怕，平时夜里去卫生间我都会胆怯。怕鬼。但小黄来了，心里的温暖抵消了胆怯。先生常感叹，小黄养不熟，毕竟是条野狗。他说小黄让人心寒，对

242

她再好都没用。我反驳，心寒是因为想占有她。可是为什么要有这样的想法呢，我给她温饱、安全，以及自由。希望这也是人类和狗的相处方式。

我把一天中的很多时间花在小黄和花花身上，换回的是内心的纯净和平静。一日将尽，太阳匆匆撤退，在落入地平线之前，似乎要搞出一些动静，整个天边都被烧红了，绚烂无比。晚霞、春光、烟花、青春、爱情、狗与人的陪伴……是啊，美好的事物都无法久存。太阳落下后，把寂静归还天空，天边涌出明净的蓝色，仿佛重生。

（原载《鸭绿江》2023年8月号，此为节选）

汤成难（1979— ），女，江苏扬州人。曾为建筑师。中国作协会员，江苏省作家协会签约作家。出版有长篇小说《一个人的抗战》《只有一只乳房的女人》《比邻而居》，中短篇小说集《一棵大树想要飞》《J先生》《月光宝盒》。

隐匿的面孔

◎ 指　尖

　　我怀疑六轴沟是因六轴子这种植物果实得名，但时隔多年，已没有机会向管村人求证了。

　　作为一个外乡人，很难打入管村紧密有致的秩序当中，更莫说它包裹隐秘的内部。虽然我常常出现在村里，偶尔，被一两个同龄女孩相邀，去往她们低矮的居屋，坐在黑漆炕沿边上。她们炙热而羡慕的目光让人心神不宁。她们和她们的母亲不停地向我打听村庄以外的山河，我满含羞愧，但不能明说，自己其实跟她们一样，也是生活在另一个封闭小村里的人，而管村，是我对外乡的初次体验。在尴尬叠着尴尬的气氛中，我端着一张涨红的脸，慌张无力地在不停的挽留声中告别。从她们家低矮破败的门出来，站在坑坑洼洼的村路上。春天的风沙像鞭子，狠狠地抽打着我。当然，其后我对这个村庄逐渐熟悉。开始认识坐在街门前晒日头的老人、他的诨号和他的家人，学走路的婴孩和他的母亲。

　　晚上，管村的少年和青年们，都会爬上那道漫长的土坡，挤到林场会议室看电视。他们或站或坐在后面，即便最前面那条长椅上空无一人。乃至倘若没有林场工人去触碰电视机开关，他们也会永远悄无声息地等在那里，似乎千年万年也不是问题。我在无数次从村庄往返村庄的过程中，渐渐变得大胆且左顾右盼。我跟同屋女伴儿已经有胆量乘坐公共车，在车上，我们认识了售票的女孩，而她恰巧也是管村人。这种莫名的亲切感，源于一个村庄而连接成牢固的关系，甚至我们的聊天内容，会触及绣花图案，或者有没有对象这种女伴儿间私密的话题。我们去县城，逛书店，看电影，靠在百货大楼的楼梯上，来来往往的顾客从我们身边走过，直到午后，坐在候车室里，乱糟糟的声音淹没我们的好奇。不到两年时间，我就对面前这个不是故乡的村庄，渐渐生出厌弃和逃离之心。六轴沟里，是否有种植物果实叫六轴子，对我来说，尤为不重要了。

　　林场的二十多间平房，以及阔大的场院、院墙，其实均是六轴沟范围内的建筑物，但六轴沟的建筑物远不止这些。春天，管村的人，会扛着锄头和铁锹，沿着崎岖蜿蜒的沟渠，进入六轴沟；他们在这里，将一块又一块青色的石头，用红泥牢牢夯住，堆砌成一个他们眼中满意的圆形墓地。通常墓地砌好后，他们家的老人会拄着拐杖，跌跌撞撞亲自前来视察一番。当他们从林场铁门前经过，那个最老的人，脸上总是带着一股满足而急迫的神情。

　　我们从未因跟那些死去的管村灵魂为邻而恐惧过。尽管在冬天，会有老人往生，人们抬着黑棺，吹着唢呐将那个僵冷的躯体安顿到六轴沟，留下一些花花绿绿的冥币和小旗子，在风中凌乱。对于远方他乡的陌生幽灵，我们总是因无知无解而忽略他的存在，乃至亦有极大的耐心，跟他们和平相处。就像书里涉及鬼怪的故事，总是发生在旅途或他乡一样，似乎他乡不只增加旅人的阅历，还会加速旅人的成长。猫头鹰整夜整夜在六轴沟嘶鸣，清冷的月色下，我们冒着春天的寒意起夜，踩在白寡寡的场院，犹如在白云中穿行自如。

推开林场的角门，就可以看见六轴沟成片田地，一半紧靠东山，一半延伸出去，那些长条田地上，缀满起起伏伏的坟包，白天阳光下，并不会有鬼魅之气。差不多每天下午，我跟女伴儿都会跨过陡峭的沟渠，向对面裹着万丈尘灰和泥垢的东山爬去。山腰处，有一片林场工人新植的油松，这些幼小的生命，作为试验品，不得不远离熟悉可爱的故乡，无奈定居于此，艰难存活。我们就坐在它们中间，像它们一样，看着对面同样枯败的山峰，远处飘移的山岚，看月亮缓慢升起来，太阳沉沉落下去，想念自己的家人和村庄。

透山水沿着颠簸不平的沟渠流出，在一些低洼平坦处停下来，形成一个池沼。夏天，蜻蜓喜欢穿过茂盛的荆棘和蒿草，向林场的院墙飞去，但我们从未在院子里遇见过蜻蜓。倒是有蝴蝶和蜜蜂，在场院的木瓜树、山楂树、李子树间忽隐忽现。有次贪玩，我们两个人一直向山上爬，一直爬到了山顶。山顶上，是一人高的蒿草和荆棘，虽然夏日万物郁郁葱葱，但它们并不欣欣向荣，而是勾缠一处，仿佛一群绝望中拥抱在一起的人，延延展展，覆盖了整个山顶，散发出浓郁的死亡气息。我们惊恐地转身下山，却早已找不到来时小路，从断崖处战战兢兢地下来，穿荆棘，被刺伤，女伴儿还崴了脚，在这种慌不择路之下，那片熟悉的油松林竟然也从我们视线中消失了。直到听到流水声，视线中隐约出现场部的半面墙，我们的心才安稳下来。

天已昏暗，我们拍打掉身上的灰尘，胡乱将衣襟和裤腿上的鬼圪针扯掉，探身在水里洗去手上的灰，再抬头，便被眼前迷人的景象惊呆了。那是几十乃至上百只萤火虫啊，它们的身体上上下下浮动，小尾巴上的火，在这种有序的浮动中，竟构成一张完美的菱形图网，这张网，一会儿扯向东，一会儿扯向西，每一次移动，都会带起一小股微风，轻轻掀起我鬓角的碎发。但奇怪的是，无论扯到东南西北任何方向，最终，它们都会缩回到原有的位置上。好像在某个看不见的地方，有一根指挥棒，一架定位仪，或者一块吸铁石。

青蛙急吼吼的叫声喊醒我们，夜已降临，该回去了。我们顶着半弯月明爬出沟渠，穿过窄条玉米地，回到角门那儿时，脑子里，还被那萤火虫网罩得死死的。忍不住回头，面前除去黑漆漆的东山，空无一物。猫头鹰不时叫起来。

我做了一个奇怪的梦，梦里，我蹲在六轴沟晦暗的池沼边，看见了碎石和淤泥，青苔和绿藻，蝌蚪和孑孓。我似乎在等待萤火虫和蜻蜓，好像跟它们在某个机缘里有过一个约定，但又不确定，我就那样百无聊赖地等，花喜鹊从头顶飞过去了，树叶也飞过。飞过去的似乎还有一些东西，沙土、石头、花瓣，但它们均让人心烦意乱，定睛时，人蹲在故乡的温河边，河底晃荡着细石和流沙，一些烂树枝和破抹布滞留其间，我试图将那些树枝和抹布扯开，让它们随水流走。但这肯定是件特别艰难的事，因为我挑起一块抹布，下面还有一块，拨开一些树枝，与之重叠的还有一些，恍惚它们下面有个涨白的物体。随着我的拨弄，水越来越细，六轴沟凹凸不平、布满锋利岩层的池沼里，石头和淤泥中间，树枝和破布下，挤出一张平展展的人脸……

这个梦让我迷惑好久。我还查过解析梦的书，反复求证过，但没结果。

女伴儿说："难保那些居住在六轴沟的鬼魂，不以另外的面目呈现在梦境之中。但也或许，那天我们回来太晚，惊扰了他们平静的生活，作为警告，托梦给你？"

"那为什么没托梦给你？"

我不敢问。

照例月底放假。回家那天，林凤刚淹死在温河里。

温河是一条温暖而亲切的河流，虽然在夏秋之际洪水泛滥，淹没过田地、河坝和道路，以及河滩的树木和黑渣坡。我们也在温河里见过从上游冲下来的木头、农具、家畜，但在我的记忆中，从未有人跌落溺死其中。

母亲说："林凤的死，是意外。"

没有一种死亡不是意外的，即便有人提前做好了准备。我的祖母在三十多岁就置办了绸缎，用了五年时间，做好她的锦袄、绣裙、缎面绣花鞋、黑绸帽。这些跟寻常穿着完全不同材质和式样的衣服，是为死亡那场盛典准备的。之后她用四十多个夏天来掀翻它们，晾晒它们，怕虫蛀，怕水浸，怕火烧，提心吊胆，从初时的欣喜，渐渐转为平淡，乃至失望。她预备好的四十九岁，六十三岁，均平安度过后，她彻底丧失了对时间的信赖，并渐渐放松对死亡的警惕，在人前，坦称自己是老不死的。她年老时，要求我母亲给她购买一件水红的衬衣，一条粉花的秋裤，这些在她那个年月里从未出现的衣物，让她眼热。她为死亡做了四十多年准备，当萦绕她等待死亡登门的局促感渐渐淡去时，她却毫无征兆地死去了。这种意外，不只令活着的人，即便死者本人也还是无法招架的。

林凤这个名字是我们村最好听的名字，好像树林里嬉戏的一只美丽小鸟，它会伫立于树尖婉转歌唱，也会徜徉于树下草地，姿态优雅，带着一股出尘的气韵。当然，他本人的形象与我们的想象大相径庭。他低矮瘦小，脸色青白，沉默寡言，体弱多病，在农村，这样的人，不堪重任。他的身影很少出现在村里任何地方，就像一张雪白透明的粉连纸。他家有一扇石磨，偶尔祖母带我去他家磨面，他的弟弟妹妹出出进进，但我从未见过他。林凤作为一个不到三十岁的年轻人，从未预备应对死亡的来临，亦无体面而笃定地规划死亡的过程，在他死后，家人没有替他购置新衣。尸体经过流水的浸泡，已经肿胀不堪，没有一件衣服可以成功地将他安放进去，家人用一张毯子盖在了他身上。如此敷衍了事，将他送过温河，埋在远离祖坟的地方。据说他是下地时遇见了河头。这也是模棱两可的猜测。他临终前那段时间里，被队里安排在饲养处打下手，那么，他下地的机会基本是零，这个理由就不成立。还有种说法，说他是为了抢救一匹骡子，不小心掉在水里淹死了。但他抢救了哪匹骡子，也是个谜。

我一直觉得，他或许是自己把自己淹死的，想让自己的身体随流水消亡，化成游鱼、沙子或者任何一种河底生物。但随着假期结束，我离开村庄，渐渐把这件事弃之脑后。

我们这些进场不到一年的工人，最大不过二十，最小的我仅仅十六，毫无工作经验和社会经验，并不被师傅们看好，他们之所以隐忍不发，耐着性子容忍我们的幼稚轻浮，是因我们中有他们的子弟。那些年轻点的师傅，因孩子尚未长大，无法享受这样的优待，便会阴阳怪气地跟我们说话。

我跟一个女孩，被安排到食堂帮厨，另一个女孩比我们大几岁，去帮忙养貂。每次，当我把盛满的饭碗，递出那个狭小的窗口时，就会联想到那些水貂们的眼神，充满不信任乃至嘲弄，让人极不舒服。我想，我们三个是平等的，都在做同样的工作，只是对象不同罢了。男孩子中，有一个给司机当徒弟，另一个去了小料加工车间。

我们小心翼翼地适应着来自师傅们的冷嘲热讽，但同时，也享受来自管村人投来的羡慕眼光。但没有人知道，在刚刚来场里的几个夜里，当我从睡梦中醒来，身下冰凉，伸手时，发觉自己不知什么时候从床上掉下来了。对于习惯睡在暖烘烘热炕上的人来说，一张床的范围，太小太窄了。另一天晚上，我被物品掉落的声音惊醒，朦胧中，听见她们的对话，原来是两个人都掉下去了。

男孩子也好不到哪里去。有一天早上醒来，小司机找不到小木匠了，明明房门朝里插着，窗户也关得好好的，人哪去了呢？他就怀着这样的疑惑，上了厕所，去食堂打洗脸水，回来时，一眼看到小木匠裹着被子睡在床底下。

男孩子不懂掩藏，好像也不怕羞，到早上开饭，所有人都知道他在床下睡过一夜的事实。我们三个女孩非常默契地掩藏着自己羞愧的秘密，紧紧地攥着，不放开。

一年之后，我们已经学会如何矜持而优雅地睡在床上，半夜不会掉下去了。

小木匠熟练地跟师傅拉大锯，师傅还教会他如何使用刨子。

他每天将扁扁的木工笔夹在耳朵上，提着墨盒出来进去，挂着一张笑脸。他把第一张做好的小板凳送给我们。我们没有笑话他。小板凳做得粗糙，也不知是宿舍的地不平还是板凳的腿不平，反正它常常会倒下，除非人坐上去。有天我回到宿舍，看到它又歪倒在阳光里，好像上面附着了什么东西，微细的光芒一闪一闪的，到近旁，才看到板凳底部有字，当然是小木匠的手笔。场里生活无聊得能掐出水来，我们用这样的时间来练字，女伴儿回村时借来一本《古诗十九首》，我们边抄边背。而小木匠用木工笔写下的，就是其中一首：

> 涉江采芙蓉，兰泽多芳草。
> 采之欲遗谁，所思在远道。
> 还顾望旧乡，长路漫浩浩。
> 同心而离居，忧伤以终老。

恍惚觉得他是写给我的，又怀疑他不过无聊无意之举。但在其后半年多时间里，我的床头、枕边，我看过的书里，都会出现一些纸片，上面写着一些诗句，其中，是否有他自己写的诗，不得而知。我悄悄把它们擦掉，撕掉，好像自己从未见过般羞愧难言，故作姿态。两个人碰到，各自跑开，并无问询和答言。

养貂的女孩正在谈对象，每周都会骑自行车去县城，在那里有她的同学和对象。他们会做什么？像电影里那样，热烈地讨论，拉手风琴唱歌，朗诵诗歌？还是在林荫小道散步？不知道，反正每次她回来，总是很兴奋，眼睛里闪着光，黑红的脸上，露着久久不散的笑意。但夜里，她会叹气，仿佛黑夜带着浓重的雾将她遮盖。在她眼里，显然我跟另外的女孩还是小娃娃，所以她不会倾吐自己的烦忧，只有像黑夜一样，慢慢将愁绪加深加厚，直到抛进梦的深渊。

不久，她借调到县城某单位，并派往省里培训。她走的那天，我们到管村车站送行。那弯弯曲曲的公路，像一个大大的迷宫，汽车这个咆哮的猛兽，很早就在我们视线不达的地方开始轰鸣，越来越近，响声越来越大。东面的车吭哧吭哧上坡，西面的车呼啸下坡，尘沙弥漫，久久不散。直到我们被尘沙打成灰人，日头移到头顶，她乘坐的长途公共车才出现。她从车窗里探身出来，跟我们打招呼，约定回来见。新烫的满头小卷，让她的脸显得更圆更大，那张脸，后来随着公共车再次缓慢地启动，渐渐融进陌生的背影里。

我们沉默不语。说不清有什么样的感觉。尘沙漫过我们的身体，有液体，正在缓慢地挤出胸腔。

漫长的午睡，我们被外面的大呼小叫声惊醒。场院里，那些师傅们都笑而不语，脸上带着鄙视。不远处，小司机像一只惊骇的小狗，绕着院子慌张地奔跑，前额那绺头发，像一面小旗子般招摇着。他身后，是手持大棒的师傅，风从敞着的衣襟穿过去，后背鼓鼓的。前面那个边哭边跑，后面这个边骂边赶。直到师傅终于气喘吁吁撵上了小司机，手里的大棒从他头顶擦过，打在背上，他终于大哭起来。

师傅眼中，闪过寒冰般的冷酷，扯着喊着问："你敢不敢了，敢不敢了？"被棒子逮住的徒弟，终于站在那里开始抽泣，他的脑袋耷拉着，垂在胸前，"不敢了，师傅。"众人这才知道，小司机悄悄将解放车开到管村，在供销社那边跟人炫耀了半天，才美滋滋又开回来。他以为师傅回家了，大中午不会返回林场，没想到，在林场门口，正遇推着自行车的师傅，所以才有这一出。

"没有出师的徒弟，未经师傅允准，是不能随便显露身手的。这是大人们的规矩和底线。看，这就是下场。"离开燠热的院子，回到宿舍，同伴儿说。

傍晚，开始下大雨了。夜里，哗哗的流水声将我从梦里一次又一次叫醒过来。有一次，我错以为自己回到了家，那声音，来自暗夜的温河。第二天早上起来，雨还没有停，场里的院墙被雨水冲出一个口子。哗哗的流水，从六轴沟的沟渠里溢出来，裹挟着草根和淤泥，在院子里横冲直撞。

这场雨下了好几天。我们的宿舍开始漏水，小木匠他们宿舍的地上陷下一个坑。雨停后，工人开始收拾院子和院墙，师傅说："小木匠他们的宿舍地面需要重新用灰渣打一遍。"小木匠和小司机担了十几担灰渣，师傅在里面掺水和好，只待明天铺地。

第二天，小司机早上起来，又寻不见小木匠了。他这次也不急，蹲下身来，准备从床下将小木匠拉出来，这一蹲不要紧，倒把他吓了一跳，他看见小木匠的床下，有一个大洞，而小木匠，正裹着被子，睡在里面。他拉门出来，大喊。

小木匠隐隐听到喊声，觉得该起床了，但周围依旧黯淡无光，便又转身睡去。一根长棍子捅得他生疼，他才发觉，所有人都倒立在自己的头顶，他以为是梦，揉揉眼，再看，还是，他惊得坐起来。于是，他看到蒙尘的棺椁、生锈的灯盏、砖头、小瓮子和香炉。

原来，不只六轴沟，包括我们床铺下面，都住着管村人祖先的骸骨。

单位给小木匠和小司机换了宿舍。但这事让小木匠害怕了很久，乃至萌生离开之念。小木匠不再写诗，那支扁扁的木工笔，被扔在一旁，像要被遗忘。

借调出去的女孩，再也没有回来过。我们等待吃她的喜糖，等了好几年，终于吃上时，跟她结婚的并不是当初恩爱的人。她依旧烫着小卷的头发，消瘦的黑脸上，那双眼睛显得很大很大，眼周全是深深浅浅的瘀痕；跟我同龄的女孩嫁给了他们村一个瘸腿的赤脚医生，他会吹笛子、会编席子、会唱歌、会修收音机，有几年，我在集贸市场常遇到他们，他们租了一个服装摊子，卖小孩的衣服；小木匠后来当了一家公司的经理，当然，跟木匠无关，有次我们乘坐同一辆车，除去上车打了声招呼，从始至终，他都没有看我一眼；只有小司机留在了林场，他娶了管村的姑娘，他们育有一儿一女。有时候，我们也会偶然遇见，比如在街头、医院，或者旅游区，但我们五个人从没有真正地聚过一次，像人群中任何一张毫无表情的面孔，渐渐成为彼此记忆宫殿里缀满锈斑的墙石。

（原载《回族文学》2023年第3期）

指尖（1967—　），本名贾彩青，山西盂县人，中国作家协会会员，山西省女作家协会副主席，出版有《槛外梨花》《花酿》《河流里的母亲》《雪线上的空响》等多部散文集。

贵港幽秘

◎ 王威廉

一

从广州去往贵港的途中，我被这趟旅程本身的神秘所吸引。我此前并未去过贵港，对它几乎一无所知。中国城市名中含"港"字的其实并不多，首先想到的肯定是香港，然后再在数百座城市当中寻觅一番，也只找到三座：一座是江苏的连云港，剩下的两座都在广西，一座是防城港，一座便是贵港。香港、连云港、防城港都靠海，贵港也靠海吗？点开地图，发现它并不靠海，但它的确有港口，而且是内河大港，是珠江水系首个内河亿吨大港。

于是，贵港成了全国唯一一座以内河港得名的城市。

我从广州到贵港，尽管乘坐高铁，但也相当于从珠江入海口溯流而上，是一趟海港到河港的探寻之旅。

贵港作为地级市的历史并不久。它1995年才诞生，迄今才二十八岁，比我都小，完全是个血气方刚的小伙子。贵港面积不小，辖港北区、港南区、覃塘区和平南县，代管县级桂平市，差不多一万平方公里。但这方土地上的历史并不短暂，而是相当悠久和耀眼。秦统一后，在岭南设立三郡，其中桂林郡的郡治便在这里，虽然具体位置尚有争议——目前主要有两个观点，一个在贵港城区，一个在桂平市（县）——但都在这一万平方公里内。

古城桂林郡的位置究竟在哪里重要吗？似乎不重要，似乎又是重要的。历史的命名若没有遗物的证明，变得充满了虚构的意味。如果能证明它的位置在哪里，其实还会涉及一个更大的证明，那就是桂林郡是否真的存在？这显然是致命的一问，让很多人措手不及。因为中国人相信历史典籍，历史的典籍一般情况下也都是真的，但是并非全真，也有错漏，也有伪饰。在大地上寻找到事情发生过的证据，再拿去印证典籍的记载，不仅是证明典籍的正确，更是在重新恢复词与物的关系。这是人类与世界的根本性关系。人类以怎样的方式在占有世界？吃得再好也与动物没有区别，我们是在建构一个自身的符号世界，语言是符号中的符号，是符号之源。命名是在符号与物质之间进行焊接。

从这个意义上说，"桂林郡"目前成了一个依然在漂泊的符号，它在寻找着大地上的落脚点。在完全落地的那天，这个符号才会释放出全部的能量。

我不是当地人，不会因为我的家离哪个"落脚点"更近，我就更热衷于相信那个地方，就可以分享其中的荣耀。对我这个远观者而言，这个"落脚点"反而是确定无疑的，它就在这一万平方公里的土地上，因为距离产生了不同的分辨率，一万平方公里的土地对远观者来说就是一个小点。由此我想到的是，这一万平方公里的地方早早就被文明开发了，文明的火种是从这里烧旺，然后再被引至周边的四野八荒。所以，毫无疑问，这里一定会留下火种更浓重的痕迹。这在随后的博物馆参观中被立刻证实，贵港居然发现了多座汉墓，有些墓葬还属于西汉早期，里边的出土文物也极为贵重。这便是不容置疑的物质证据。

说到"文明的火种"，便想起还有另一种滚烫的甚至难以命名的"火种"。贵港的另一处地名，让我心中一颤：金田。就是那个号称"天国"的火种最先烧着的地方吗？确实是的。如此一来，相较于秦朝郡治究竟在贵港哪个地方的细节问题，金田这个地址的确定性是如此坚固，因为那场历史事件距离我们此刻非常之近，还不足两百年，词与物还紧紧铆在一起，几乎没有缝隙。甚至说，在这组"词与物"的关系中，"词"还在雪崩般地爆发、裹挟，还没有像"桂林郡"那样安静下来。

二

事情在我的脑袋里变得好玩起来，贵港对我来说不再是个地图上的扁平之地，时间的维度开始凸显和膨胀，一个历史地理的立体空间隐约出现，我独自走了进去，看到的已经是多年以前的一天。准确地说，那是1844年，也就是一百七十九年前的某日，那个叫洪秀全的人，也是从广州启程前往贵港。那个时候贵港还不叫贵港，但这一点也不重要，还是那句老话，反正就是这一万平方公里的土地。那个时候，路非常难走，不可能像乘高铁这样风驰电掣，几个小时就到。洪秀全这一路上吃了不少苦，费了很大力气，才到了这个地方。

那一年，洪秀全刚刚三十岁，但他已经认为自己与众不同，是上帝的儿子、耶稣的弟弟，他"出游天下"，要传播"上帝真道"。在这之前，他四次考秀才都失败了。前三次的失败让他做了一个奇异的梦，梦里的老人对他说："奉上天旨意，命你到人间斩妖除魔。"这个梦也许不是梦，而是他的幻觉。假如有一名精神科医生穿越到他身边，一定会认为这是在巨大的挫折之下，精神出现了问题，他也许会开出奥氮平这样的精神科常用药。然后，洪秀全在吞下一粒白色药片昏睡几天后，便开始认真准备下一次院试。在这里还是有必要一提，对当代人来说，"院试"听上去"高大上"，但那是科考等级最低的一种考试。知道了这一点，我们会更加理解洪秀全的精神痛苦。

可惜没有精神科医生，他在做了那个梦之后，沿着梦的方向就开始建构自己的"宗教"，但他对科举还没死心，又去考了第四次，依然落榜。要说是因为当年考试腐败，洪秀全才名落孙山，我是不相信的。考了四次，还都是考秀才，这都考不上，只能说他在这方面完全没有才华。四次考不中秀才，肯定是一种严重的侮辱，而这种侮辱从反面强烈刺激着他建功立业的雄心：那就彻底否定现有的秩序，因为这套秩序彻底否定了他。第四次落榜后，他彻底走向了反叛之路。假设——虽然历史不容假设——他第四次考中秀才了，那么他一定不会再去铤而走险，而是老死乡间。那种被压抑的力必定会被秀才之名释放大半，参见《儒林外史》中的"范进中举"。

洪秀全去贵港，就是在第四次落榜之后。他先是在广州及周边宣扬自己的那套东西，却全然得不到回应。几个月过去了，眼看希望全无，索性顺着珠江溯流而上。广西的民众果然与广州的不同，很快有一百多人相信了他。但也仅限于此，如果不是他还有个叫冯云山的同行者，他就只是一个招摇撞骗的神棍。冯云山独自一人进入深山进行传教，堪比真正的行者使徒。数年后，冯云山创立了"拜上帝教"，并遥拜洪秀全为教主。冯云山的能力自不必多说，但这里面是不是还有一种人们的心理？如果冯云山说自己是上帝的儿子，传教效果可能就不如他像使徒一样讲述洪秀全的故事来得顺畅，人们还是更愿意相信远方的故事。

再说回洪秀全，他在抵达贵港的当年年底就又回广州花县（今花都区）了，也许是有了一点儿信众，能感到他的内心平静了不少。他开始著书立说，还认真请教美国的传教士罗孝全，并希望受洗。但罗孝全觉得洪秀全还不够格，拒绝了他。对他来说，又是一次侮辱，他便自己给自己洗礼了。

这又是一次历史的岔路，如果他受洗，并选择成为真正的基督徒，也许在反叛中会得到西方的帮助也未可知。

这并不是一篇关于洪秀全的文章，这是一篇写贵港的文章，但我觉得在洪秀全的贵港之行中就隐藏着贵港这个地方的秘密，这才是我特别感兴趣的。

从理性的角度，以及历史学家的文本资料中，洪秀全和冯云山为什么能够在金田传教成功，当然是很容易得到解答的。广州处于珠三角，清末对外贸易十分活跃，经济发达，人民富裕，民智也比较开放，因此不相信洪秀全的那套说辞，而贵港有着大片的深山野林，人们生活贫瘠，民间信仰巫术，很容易被鼓动。但是，为何就偏偏在贵港这片土地上？而不是粤北山区？那里也是苦穷之地，也是巫术横行，他们也曾探足其中。所以这就涉及具体而微的研究了，涉及历史学乃至历史人类学了。

而让我所着迷的是这里面所含有的那种偶然性和必然性交织在一起的迷雾，那迷雾遮蔽的是人性和历史的交汇地带。

三

抵达贵港之后，就被美景、美食轮番轰炸。

欣赏风景如果仅仅停留于观看，那其实辜负了风景。人们喜欢看风景，不是为了看而看，而是在看的过程中享受那种触动。触动是复数的，有很多种类型：或是触景生情，记忆重现；或是风景如画，如痴如醉；或是风景奇特，如入幻境；或是风景古雅，思接千载。凡此种种，不一而足。我喜欢旅行，就是期待着被什么东西触动。这种触动是人在世界中寻找的非物质宝藏。我们向这个世界索取了太多的物质，但这些物质并不能定义世界的性质。这个世界最慷慨的地方并非物质，而是诞生和塑造了生命，让世界的浩瀚显示在生命的意识屏幕上。

我的这番感受就来自这次的贵港之旅。

贵港这几年想要拓展自身的旅游资源，新建的好玩之处颇多，比如露营的帐篷基地、款式多样的房车旅馆等，应该会得到年轻人的喜欢。这些有很多网上的测评文章，不必我多说。给我深刻印象的是几个自然景观。

一个是九凌湖。据说地下有九个泉眼将水泊连接在一起。"凌"是壮族的词汇，体现出了语言的生命也在于不同语言彼此之间的吸纳与连接。人类的文化何止暗藏着九个泉眼，说九十九个泉眼估计都少，而一些旅行的词语就是人类文化的泉眼。一些词语穿越了不同文化，进行了各种变形，但这些词语依然是泉眼，证明着人类文化的一体性，有力阻止着人类文化的割裂。从这个意义上说，它们既是意义的泉眼，又是跨文化的铆钉。

一个是南山、北帝山与西山，三山我合在一起说。

南山并不高，爬到山腰处，忽然被一个山洞拦住，小心翼翼走进山洞，走个几十步，忽然看到一尊大佛金身显现，犹如从虫洞穿越到了雷音寺，当下被棒喝和顿悟。这个洞极为开阔，在暗影中弥漫着一种宗教的氛围，仿佛在呼唤着一种宗教的诞生，甚至让人觉得若人间没有宗教也要发明出一种宗教来。内壁雕刻的佛像与书法也都有些历史年头了。在这里题字的最有名的人是元代的皇帝元文宗。这是元代皇帝中汉学造诣最高的一位，我最早知道他，是在海南岛，他是唯一一个到过"天涯海角"的皇帝。没想到又在贵港的石窟里遭遇了他的踪迹。据说他从海岛北归称帝的路上经过此地，那此地也一定是福地了。

而北帝山实际上是近年来新"开发"的山，以前是"荒山"，但不得不说，北帝山风景绝佳，险峻有华山之风格，奇特有张家界之玄幻。我那天登山时遭遇大雾，在山路雾中看到山体笔直下垂的线条不断变幻，仿佛置身于水墨画的内部，一时不分雨雾，不分虚实，不分人神，不分你我。走累了，靠在山体上，眼睛微闭，竟有腾云驾雾之感，飘飘欲仙，而低眉回望人间的刹那，辨认出一棵树的苍翠身躯，从而得知方向之所在。"山不在高，有仙则名"，但山有真景，即便无"仙"，还是会吸引人们远道而来观看风景。风景已经构成了当代人的人生哲学，虽然与人文道统不再粘连，但与个人的主体性关系越来越紧密。风景的数量与质量似乎构建了主体性的世界基座。在古代，尤其是农业社会，一个人走了多少路，看了多少风景，人们并不羡慕，反而在心中可怜他的漂泊，所谓"游子"，何其仓皇不安；而在今天，谁不羡慕走遍世界的人。古今大变就在这样的细节里边。

西山在桂平，山上有洗石庵、龙华古寺这两座名刹。西山名气极大，是佛教圣地，也是很幽静的所在。西山的大门口有一对很长的对联，气势恢宏：上联"苍梧偏东，邕宁偏南，桂林偏北，惟此地前列平原，后横峻岭，左黔右郁，汇交廿四江河，灵气集中枢，人挺英才天设险"；下联"洗石有庵，乳泉有亭，吏隐有洞，最妙处茶称老树，柳纪半青，文阁慈岩，掩映十八罗汉，游踪来绝顶，眼低层塔足凌云"。上联是当地文人孔文轩所拟，要广州来的邹鲁一行人对出下联方可吃饭，邹鲁不慌不忙，对出妙联，赢得满堂彩。因为邹鲁是中山大学的首任校长，大家都让我赶紧跟对联合影。

我表面微笑，内心发愁，要是换了我就吃不上那顿饭了。

老校长威武！

在登山的途中，还有一则对联特别契合现代人的心灵频率："尘世路间，不觉忙忙终日；碧云天里，何妨息息片时。"题写者为李少莲，道光年间的湖北秀才，他喜爱这里的景色，并在此娶得当地富有才华教养的娇妻，隐居山林，过得相当舒服，还留下了一些文名，让今人可以怀想。李少莲与洪秀全是古代价值主流之外的两个极端，一个隐逸藏身，一个推倒重来。贵港的山水不动声色地同时接纳冰与火。

说完山水，再来说庙宇。

庙宇大多建在山上绝非偶然，山水美学原本就是中国内生的文化精神，从超越性的意义上来说堪比宗教。而佛教自异域而来，只有在和山水的同等位置上，方能与这里的生活真正融为一体。

贵港有名的两座庙宇都在西山。低处的是洗石庵。我特别喜欢这个名字。石头有什么要洗的吗？心里的石头能洗干净吗？心里有石头吗？这朴实的隐喻回味无穷。通向佛堂的石阶陡峭，容不得杂念，但隐喻算杂念吗？这隐喻的石头垒在一起，也如陡峭的山路，通向未可知的境界。

洗石庵藏有特殊的宝物。这里珍藏的三颗灵骨舍利子，是世界上有史可据的第一个比丘尼的。对此神秘之物，不可多言。

作为男子，不宜在庵内久留。从庵中出来，继续上行一段清幽的山路，就到了龙华古寺。这里曾有一名相当有名的住持：巨赞大师。他的这个法名，在网络上一定大受欢迎，不仅是点赞，还是巨赞。在日寇侵略中国时期，他积极组织宗教界抗日，说了一段很有名的话："佛本慈悲，但当今妖孽横行，日寇逆天行道，残害生灵。佛亦要做狮子吼，降魔灭邪，以正天理。"他甚至与日军直接作战，歼灭不少敌人。但他杀生是为了护生。周恩来题写八个字赠他："上马杀贼，下马学佛。"这八个字后来流传颇广。佛原本是在一个更大更高的尺度上来超越善恶，也就是超越人类的有限性，但这种要有"狮子吼"的人间精神让佛与恶直接对视，直接进行斗争。

大雄宝殿前有一方极为聚气的小广场，随意静静站立于角落，放空自我，某种哲思的触动自然生发。

这座寺庙大约建立于宋代，存在了一千年。但它的存在不是一种生命式的存在。比如西山下的那棵老榕树，已经活了一千一百年，假如它有记忆和嘴巴，它将说出无数事情。而古寺在历史中多次重修，犹如"忒休斯之船"。你说它是宋代的寺庙，但它的土木结构的身体已经决定了它不可能是"原装"的，在它身上搜寻到宋代的物件的可能估计小得可怜。但我们不能因为这个理由就否认它始建于宋代，不能否认它的千年历史，因为它的千年历史存在于人的观念与文化当中。人与庙不同，人的生命就像榕树，是必须活着的，虽然人连树的十分之一时间都没有，但在宇宙运转的洪流中，都一样是蜉蝣般短暂。而人类之所以能建构文明，也是以"忒休斯之船"的方式，解决了人类个体生命短暂的问题，并不断修建新的更大的"忒休斯之船"，让文明得以壮大。因此，文明就是反增熵的一种方式。

日月星辰，千年古刹，树犹如此，人何以堪……长久的事物，没那么长久的事物，不长久的事物，各自安置在自身的尺度体系当中。

以人类的目光打量这样的尺度体系，我想象了事物的两种状态：不朽和自由。自由的事物能否不朽？不朽的事物能否重获自由？

四

大藤峡的江水绿如翡翠。乘船观景，两侧山峰陡峭惊险，似要闭合；低头看水，在波浪与波浪之间竟涌出大片静止水面，宛如液态翡翠。在游人眼中这一切都是雄壮大美的，而在沿江老人们之中流传下来的是这么一句话："养儿不用教，大藤峡里走一遭。"这里有多少沉重的人生感慨呀。即便是技术发达的今天，这里的险峻依然可怖。2006年，一艘装载了数百吨水泥的运货船原本理应顺利抵达广东东莞，可在这里撞上了礁石，船破下沉，还造成了航道中断，直到七十多天后才恢复通航。

宋代著名诗人曾几写有《大藤峡》一诗，值得全诗照录：

一洗干戈眼，舟穿乱石间。

不因深避地，何得饱看山。

江溃重围急，天横一线悭。

人言三峡险，此路足追攀。

其中的两个关键词是需要注意的，一个是"干戈"，一个是"深避地"。看来早在宋代，此地的性质就已被认定：出则干戈，入则深避。

在来大藤峡的数小时之前，刚刚参观了金田村。村口居然写着"天国故里"这样的字样，有种奇异的感觉。现在村子已成旅游胜地，建有极为壮阔的"金田起义博物馆"。在博物馆的不远处，当年"天兵"的练兵场依然被完好保存，还立有一座洪秀全的雕像。这才记起，洪秀全的浮雕也是刻在人民英雄纪念碑的基座上的。再走远一些，还是无尽的村落与田地。这里种植着大片的淮山，据说太平军起事的时候就是吃着淮山参加的战斗。淮山的绿色枝叶就像是"词与物"之间的血管，还在源源不断输送着营养。

从金田到大藤峡,驱车穿越了险峻的山路,周围是龙潭国家森林公园。浓雾掩盖,树木拥挤,足以藏兵十万。等到了这悬崖峭壁、深渊环绕的大藤峡,更是心惊胆战,只能暗暗惊叹:洪秀全真是来对地方了。

"金田起义"是距今时间最近的一次传统农民战争,某种历史的残酷,仿佛依然隐藏在这丛林深渊之间。而这背后的历史变数不知隐藏在何处,一个超级量子计算机可以算出这个变数吗?

"变数"一直以一种暴力的方式在这里隐藏。就拿大藤峡来说,这是广西境内最大最长的峡谷,古时有大藤横跨江面,供人攀附渡江。后来又叫"断藤峡""永通峡",这都是跟"干戈"息息相关。尤其是明代立朝以来,这里的"农民起义"就没消停过,侯大苟指挥的瑶兵擅长游击战,官兵一来,就深避之,官兵一退,又追着打过去。后来熟读中国史的毛泽东从这里面得到了关键性的启发,创造性地浓缩成了"十六字诀":"敌进我退,敌驻我扰,敌疲我打,敌退我追。"并写进如何抵御日寇的《论持久战》一书里,成为大战略。但侯大苟不是毛泽东,他终究失败了。成化元年(1465),大将韩雍率军十六万前往镇压,"农民起义军"近七千人被杀,侯大苟被俘牺牲。韩雍砍断大藤,改"大藤峡"为"断藤峡"。后来正德年间又乱了,陈金前往征讨,他倒是心存慈悲,也有谋略,跟叛军协商:凡是过路的都留下"买路钱"是不是就别再捣乱了?叛军想了想,似乎不错,便同意了,故而又改名为"永通峡"。但慢慢地纠纷又起来了,给多给少又没有统一标准,扯皮起来要不到钱啦,干脆又反了吧!反正打不过再躲起来就好了。

这一次的冲动让他们付出了彻底毁灭的代价。这也怪不得他们骄横，而是恰好遇到了五百年才出一个的那种天才。这个天才就是文武兼备的王阳明。

阳明先生这次来广西，其实并非冲着他们来的。当时广西思恩、田州的民族首领卢苏、王受造反，眼看总督姚镆搞不定了，嘉靖皇帝便下旨让王阳明以原任南京兵部尚书兼左都御史，总制两广、江西、湖广军务，前往广西平叛。阳明先生感到身体已经不是太好，同时也觉得招抚的代价更小，便不想去，但朝廷执意让他去，他只得启程。

在启程前夜，阳明先生在天泉桥上给弟子们讲解了四句教法："无善无恶是心之体，有善有恶是意之动，知善知恶是良知，为善去恶是格物。"这也被称为"天泉证道"。"证道"后的王阳明已经堪比圣人，大智慧满载心间。

可他也没想到自己的"气场"已经大到可以不战而屈人之兵。他刚刚到广西境内，卢苏、王受知道他的厉害，直接自缚前来投降，没有费一兵一卒！阳明先生便在南宁开始修建书院，进行文化布道。这时，许多受到"峡贼"所苦的老百姓前来哀求阳明先生，请他出兵大藤峡，打通航道。如果换作一般将领，必须"请旨"等皇帝同意才敢有所动作，但阳明先生考虑到这样一来也许会走漏风声，即便到时有大兵压境，也会损失惨重，或是一无所获。因为"良知"与"格物"这样的信念在心中已如参天大树，于是他暗下决心，要自作主张，出奇兵制胜。当然，他也不知道，这将是他这一生指挥的最后一场战斗。

战争结果毫无悬念，关键是他用兵极少，也无须粮草调动，仅用月余时间便将这里的匪患彻底肃清。他在《平八寨》的诗里也写道："而今止用三千卒，遂尔收功一个月。"这是何等英明神武！可这次杀伐过重，几乎将匪患万人全部斩杀，他也是心有不安的。他在《破断藤峡》一诗中写道："六月徂征非得已，一方流毒已多时。"这是说明自己的迫不得已。末句是"嗟尔有司征往好，好将恩信抚遗黎"，他还是希望能安抚这些边民，最大限度地避免战争。《平八寨》的最后一句也是这样的意思："穷搜极讨非长策，须有恩成化梗顽。"

不过，这次战斗的胜利，让嘉靖皇帝左右为难：没有朕的旨意却敢自行用兵，大逆不道！但没法否认，结果是好的，策略是对的，甚至说堪称大捷，不表彰也不行。于是，王阳明收到了嘉靖皇帝恩赐的五十两白银，犒赏全军。

阳明先生一笑，明白皇帝的小心思。如今大功告成，可以功成身退了。他上疏告老还乡。从广西到北京路途遥远，不知何时皇帝才能看到他的奏章。在等待的日子里，他忽然感到生命的流逝在加快，大限在逼近。等不及了，等不及了，不等了，生死之际，皇帝的命令还有什么意义呢？他告别属下，乘船向故乡的方向驶去。在路过大藤峡的时候，不知他的心情怎样。可以肯定的是，他肯定没有"战功赫赫"这样的念头，而是充满了悲悯之情。

1529年1月9日，那是年初非常寒冷的一天，尤其是水面行舟，风寒刺骨。阳明先生的船驶到了江西境内，他已经虚弱到了无以复加的地步。此时，只有门人周积在身边，他轻声对周积说："吾去矣。"

周积哭着问道："先生有何遗言？"

阳明先生说："此心光明，亦复何言！"

说罢，他闭上了眼睛，阳寿五十七载。

五百年后那个叫贵港的地方，成了阳明先生"证道"后的实践之地。那些诡秘的丛林与不可测度的深渊，也被他心间的光明照亮了一番。但他走后，"遗黎"们并没有被好好安抚，那些丛林中的阴影又开始聚拢，变得透不过阳光。三百多年后，洪秀全和冯云山来到了这片幽暗之中。我们看到冯云山的脚步向幽暗的深处走去，他也是很有才干的，但与阳明先生相反，他能够利用幽暗，"凭空"创造出力量。

后面的一切我们都知道了，这股力量跃出了树木的屏蔽，席卷向无垠的旷野，席卷向那些饥饿而无助的身躯。

五

去贵港的路上，我琢磨的是洪秀全；离开贵港的路上，我想的竟然是王阳明。这种历史空间的大开大合以及秘密通道让我欣喜不已。

谁能把洪秀全和王阳明这两个差异极大的人联系起来呢？

是贵港，是贵港的山水。

这方山水如此浩大，其实已经超越贵港的行政区域，与相邻的几座城市共享。

阳明先生走后，当地人并没有忘记他，有县志记载："民载其德，因立庙此山麓以奉祀之。"可他对当地的改变是非常隐秘的，甚至隐秘到无法察觉。不像洪秀全，他让当地成为"天国故里"，就连水库也被取名为"达开水库"——那个也曾追随他南征北战的翼王的名字。石达开就出生在贵港，如果没有这场浩大的起义，他肯定不知道自己还具备军事才能。不过神奇之处在于这种军事才能在当地仿佛唾手可得。日寇进犯这里的时候，武器简陋的老百姓经过简单组织就跟日本正规军开战，居然还取得了胜利。解放战争时期，在共产党的野战军大部队还没到来之际，这里就率先成立了中国人民解放军"达开纵队"，迅速占领了邻近四县十八乡，为全面解放广西做好了铺垫。

我仿佛已经领悟到了贵港的神经丛是如何律动的。

在贵港的最后一夜，众人落座，等菜上桌。当最后一道菜上桌，一股发酵后的浓郁酒香扑鼻而来。

几天来，每天等待吃饭成了我隐秘不可告人的期待。原本我有些害怕这里的口味不合我意——我并不是美食家，我的食谱很狭窄——但每顿饭都非常可口，大体上说贵港的菜肴得法于粤菜，却因为食材新鲜以及推陈出新而让人口舌难忘。比如煎黑米粽，是先做好黑米粽子，在里边包裹绿豆和五花肉，然后等晾凉了，再切成小片，在油锅里煎至两面微微焦黄，让食物的香气彻底挥发出来。

那么，这酒香浓郁的东西是道什么菜呢？

"红酸糟炒大肠。"主人介绍道。

我沉默了。

"很好吃的，来试试。"

我赶忙摆手，我自幼就不吃动物内脏，完全是生理性的，一旦误食，将会引发严重呕吐。我说了原因，主人却并不气馁，他实在很想让我尝尝这道本地菜的美味。

"那这样吧,"他拿起我的筷子伸向了盘子,"你不吃大肠,只吃红酸糟、酸萝卜和酸辣椒。"他一连说了三个酸东西,我想起贵港街头的小店,它们摆出来的东西也是琳琅满目的,但它们的招牌极其简单、极其凝练概括,就一个字:酸。

在那之前,我从不知道抽象的"酸"也是可以直接售卖的。北方人想吃酸,只能想到醋,而这里是直截了当的"酸",而且有各种各样的食材发酵而成的各种各样的"酸",总有一样满足你的需求。

我的碗里有了三样东西,红白绿三种颜色,倒是赏心悦目。

"先吃沾满了红酸糟的酸萝卜,再吃里面有汁的酸辣椒。"

我顺从了主人的美意,三种不同的酸爽在我口腔里激荡着,是前所未有的滋味,有一种味蕾被打开的刺激。

主人笑着看我一脸酸爽的样子,说:"太平军就爱吃这个。"

我的肉身犹如触电,电流来自历史的幽暗,来自那不可测度的偶然性的味蕾,来自那"词与物"内部的神经细胞。

"不知道王阳明爱不爱吃。"

我忽然没头没尾说了这么一句话,见主人有些蒙,我忙说:"谢谢,等会儿我要敬你一杯酒!"

"贵港的酒才是广西最好喝的酒。"他非常自信,不由得我不信。

在贵港的这几日,天气虽阴冷,但更加接近人的内心,逼迫着你要面对自己的心灵。而夜宴的美食,仿佛隐藏的晴天。

酸爽何尝不是幽秘的一种,又何尝不是一种爆发式的晴天,可以对幽秘进行照亮。

主人说的广西最好的酒端上来了，我看到酒瓶的样子有些吃惊，那造型不正是取自贵港的汉墓里出土的铜鼓吗？那个铜鼓有个很美很长的名字，"翔鹭衔鱼纹铜鼓"，被誉为广西最美的铜鼓。射出十二道光芒的太阳稳居中央，围绕太阳飞翔的是一圈美丽的白鹭，侧面是头戴羽毛的人类在划船、在跳舞、在狂欢。考古学家把这些人称作"羽人"。

这片土地上的人们曾经就是那样生活的，他们隐蔽于丛林与深渊，却向往着光芒的照亮。因此他们插上羽毛，想要飞翔，想要跟神鸟一样围绕着太阳。他们自成一个向心而聚的世界。他们的那个世界在铜鼓的符号中依然生动而完整，是永恒的。

（原载《广州文艺》2023 年第 7 期）

王威廉（1982—　），祖籍陕西西安，生于青海海晏，文学博士，现为中山大学中文系副教授、创意写作教研室主任，出版有小说《野未来》《内脸》《非法入住》《听盐生长的声音》《倒立生活》，文论随笔集《无法游牧的悲伤》等。

天边有片火烧云

◎ 贾志红

　　天边有片火烧云，晚霞的光从云彩缝里挤出来，斜照着我家厨房的小窗户。我妈在窗下的案板上擀面饼。白面的，薄薄的烙饼。一盘炒好的菜被倒扣着的粗瓷碗捂着，没有捂严实，醋熘土豆丝的香味从缝隙间逃出来，被我和弟弟的鼻子捉住。我们细细地闻，深深吸气，排除窗下鸡圈里飘出的鸡粪味的干扰，闻到了让人欣喜的气味，脸上乐开了花。啊，有肉香。我妈准是炒了一点肉丝，那盘被捂得严实的菜肯定是醋熘土豆肉丝。虽然，依着我妈的脾性，整盘菜里也不会有几根肉丝，但肉这个东西就是这么神奇，它具有强大的侵略性，它能挟住跟它混在一起的任何蔬菜，使它们退缩、臣服。我妈深知肉的优点，她说，肉菜嘛，就是吃那个被肉染了味道的菜。我和弟弟也认可她的观点，不认可也不行，那年月，肉是逢年过节才有的奢侈品。我们的味蕾最诚实，从不撒谎，掺了肉丝的土豆丝的确比纯土豆丝好吃一万倍，哪怕肉丝少得能数过来。弟弟兴奋地蹿到我妈背后，踮起脚，搂住她的腰喊着，妈、妈，有肉、有肉。我妈用擀面杖轻轻抽一下他的屁股，说，你俩长着狗鼻子。

　　可不，我们的鼻子尖着呢，不仅尖，还有弯钩，不光能把我家小厨房的饭食味道一丝不漏地勾住，还能把邻居二妗子家的厨房气味搜刮一番。二妗子过日子俭省，她家厨房的气味总是寡淡寡淡的。去地里揪一些红薯叶子就能让二妗子一家人吃好几顿。这会儿，她端一碗红薯叶子糊糊面，坐在台阶上，呼噜呼噜，吃得山响，晚霞也映着她的脸，她乱糟糟的头发像霞光中的一蓬草。西天边的那片火烧云如电影里的漂亮布景，被人用画笔画到天上似的，我们的小院也是满院红彤彤。

二妗子转动碗沿，边喝边吸溜，一碗糊糊面，被她吃得热闹极了。我妈听见二妗子吸溜糊糊面的声音，便倚着厨房的门框打趣说，二嫂，别不舍得吃，你家大母鸡下的蛋，不是光能卖钱，人也能吃。你看，二嫂，天边又有火烧云了，今年的麦子呀，准是个好年景。二妗子咽下一口糊糊面，撇撇嘴说，大妹子，我哪能和你比，你家有在城里挣工资的人，我家可是一屋子泥腿子，年景再好，细粮也不够吃啊。说完她又埋头对付那碗糊糊面，赌气似的，声响更大。我妈抽动嘴角笑了一声，二妗子半是讥讽半是羡慕的话让她忽然有了一些好心情，《朝阳沟》里的小曲顺势就爬上了她的嘴唇，她哼哼呀呀唱了半句，又猛然想起了什么，停了唱，叹口气，闭上嘴。灶膛里的火苗一蹿一蹿的，映照着我妈的脸，她像在想什么大事一样严肃。她总是这样，开心的时候会倏然收了笑容，陷入一种焦虑中或者说忧伤中。二妗子知道我妈在想什么，她起身回她的厨房，小声嘟囔一句：有本事就回城里。

我的心立刻提到了嗓子眼儿，我担心我妈听见这句话，若是听见了，今晚可能就不能吃安生饭了，那该多可惜，让人流口水的醋熘土豆肉丝呀。我便尽力发出很大的声响，比如吆喝我家三只正在吃食的母鸡，以掩盖二妗子嘟囔出的足以引发我妈愤怒的那句话。

　　我妈和二妗子，总是嘻嘻哈哈地说笑话，可是话里话外又暗藏针尖和麦芒，她们互相扎，我分不清她们到底是在打趣还是在斗嘴。其实都是一些琐碎的事情，过日子的事情，锅碗瓢勺的事情。我妈常说，日子过不好就会被笑话，人要硬撑着过好日子。我妈说这话的口气，就好像二妗子是那个专门等着笑话我们的人。不过，我们小孩子不掺和大人们的事儿，二妗子对我们和善，她的针线活儿做得好，她能把裤子上的破洞补出一朵花来。我妈顶服气二妗子的针线活儿。

　　嗯嗯，好，咱们好好过日子。我们顺应着我妈的话，使劲点头。当然要点头，好日子就是吃白面烙饼卷有肉的菜，谁能不顺应呢。傻子才不顺应呢，我和弟弟都不是傻子。

　　九斤黄、大黑和小白，三只母鸡正在鸡窝门口啄食用麸皮拌和的鸡食，鸡喙把装食的破铝盆敲得咚咚响，它们能把半盆麸皮疙瘩啄得一点不剩。在钻进鸡窝前，它们显得恋恋不舍，直到确定我们不会再往盆子里投食，才一步一回头地走向鸡圈的小门，却仍然不肯钻进去，而是在门口徘徊，除了食物，它们大概还留恋这黄昏的光景吧。鸡窝里黑咕隆咚的，那是多让人惧怕的黑色啊。人怕黑，鸡可能也不例外。可是它们又不得不在黑暗的鸡窝里挨过一个个夜晚，与被黄鼠狼叼走或者是咬伤相比，黑暗显得无足轻重。我家的母鸡黄昏时分在鸡窝门口恋恋不舍，它们总是在暮色降临后，才极不情愿地跳上小门的台阶。在钻进鸡窝前，大黑还又回头望了我一眼。小白呢，不仅扭头望着我，还咯咯叫了几声，我和弟弟能听懂小白的咯咯声，那是在说明天见。

小白是一只羞涩的小母鸡，前天才刚刚产下它的处女蛋，白色蛋壳上有几条痛苦的血丝。这枚蛋，是我和弟弟亲眼看着小白产下的。我们趴在它的产房旁边，眼睛直勾勾地盯着它。我家供三只母鸡产蛋的产房，是一个大大的旧篮子，篮子底部铺了一层碎麦秸，像一张柔软的床。九斤黄、大黑和小白，轮流在篮子里产蛋，它们乖得很，有蛋的那天，必会早早地卧进去，一通使劲，再咯咯嗒咯咯嗒地报喜。收捡热乎乎的鸡蛋，是我和弟弟抢着干的美差。而上天仿佛是安排好了似的，它们从来不会抢窝，都是隔两天产一次蛋，我们天天都有鸡蛋收。小白在三只母鸡中年龄最小，就在我们还把它当作一只母鸡小姑娘时，它在我和弟弟惊喜的眼光中学着九斤黄和大黑的样子卧进篮子，这勾起了我们的好奇心，我们想看看一只母鸡是怎样产下它生命中的第一枚蛋的。我们就那样趴在篮子旁边，眼睛像钩子。初产的小白大概又急又羞，鸡冠子憋得发黑，它终于忍受不了我们的眼光了，从篮子里蹦了出来，屁股里夹着那枚蛋，一扭一扭地在院子里跑，没跑多远，憋不住了，小屁股往下一蹲，一枚白色的带着血丝的蛋就在院子中的石板地上骨碌骨碌滚下来。弟弟眼疾手快，迅速抓住那枚蛋，却又害怕它的血丝似的，往我手心里塞。我托着那枚蛋，对着太阳瞄它，还煞有介事地微眯着另一只眼。那枚蛋在阳光下通体发亮，蛋壳仿佛吹弹可破。这枚蛋被我妈放在另一个篮子里，没有和九斤黄、大黑的蛋放在一起，我妈说小白的蛋是乌鸡蛋，要留着。

　　至于留着小白的蛋做什么，我们才不关心呢，这个黄昏，我们只关心卷饼。烙饼卷醋熘土豆肉丝将在这个被晚霞打扮得漂漂亮亮的黄昏，把我和弟弟的胃抚慰得舒舒坦坦。生饼已经被我妈擀好，摊在大面板上，就等着鏊子热了。我妈伸手在鏊子上方试了试热度，说火候还不到，再等等。然后她用尖头的擀面杖拨了拨灶膛里的玉米秸秆，火势仿佛就威猛了一些，火焰蹿得老高，舔着鏊子的底，也照亮我妈的脸。

　　每逢我妈烙饼的傍晚便是我和弟弟兴奋的时刻，我们在厨房门外的空地上疯跑，以释放兴奋情绪。供我们嬉戏的场地实在太小，也就是厨房门口的一块空地，我们根本跑不开，只能像笼里的兔子一样绕圈跑，他跑我追，追上了就用玉米秸秆抽他的屁股，轻轻抽两下，玉米秸秆就软了，但是并不会断，这东西的芯容易糠化，皮却很有韧性，软塌塌的像是一根使不上劲的鞭子。我妈不大愿意让我们到大门外去游戏，那里倒是宽敞。她担心我们和村里的孩子们起纷争。能有什么纷争呢，不过就是打架而已，小拳头打，小拳头还。我们打了架是绝少让我妈知晓的，除非脸上的抓痕或是青肿出卖我们。我妈总是试图让我们明白我们和村里的孩子不一样。怎么不一样呢？我和弟弟一脸的不服气，我们晃晃我们的脑袋，又舞动舞动胳膊，再踢踢腿，证明着我们是健康的孩子，什么零件都不缺失，我们攥着小拳头说遇到欺负就要反击、要打架。其实，每逢有烙饼的黄昏，把我们留在院子里的不是我妈的命令，而是我们惦记着厨房里的烙饼，热饼卷热菜，想想就让我们直咽口水，闻着饼香哪怕在巴掌大的地方嬉闹，心也是宽敞的。另外，我们其实还有任务，我们不能觍着脸白吃饼，我们得惦记着为灶膛添加玉米秸秆以获取我妈的赞扬。

　　烙饼和醋熘土豆肉丝令我和弟弟格外乖巧、殷勤。整个厨房都涌动着暖色，斑驳的窗户、被烟熏黑的墙壁都罩在一层光晕中，我妈的脸颊也是微红的，是晚霞还是灶膛里的火苗染红了她的脸，抑或是尚年轻的我妈本来就该拥有健康的肤色，我还真是说不清楚。

能说清楚的是饼的数量，我数了数，有五张饼。每次烙饼都是五张，好像我妈只认识这个数似的，其实我妈是村小学的算术代课老师，她认识的数字多着呢，成百上千，但她从来不会给我们烙成百上千张饼，她说白面金贵，不能由着性子吃。纵使某个周末，在城里工作的我爸回来，她也不会多烙哪怕一张饼，她说我爸在城里单位食堂有细粮吃，家里的白面要留给我和弟弟，我们贪吃，正长个子。分配的原则是我妈早就定好的，这是我家吃烙饼的惯例。我和弟弟每人吃两张。我们卷了菜，大多数时候是醋熘土豆丝，有时候，也会是我妈自己生发的黄豆芽、绿豆芽，冬天常常是萝卜丝。不管是什么菜，只要卷在柔软的烙饼里，就很香，我们是不挑菜的，也不敢挑。我们端着被醋熘土豆丝撑得饱满的卷饼，像端着个小炮筒子，用两只手捧着，咬一口，菜汁儿顺着嘴角流。剩下的那一张，我妈不吃，我妈自己吃混杂着红薯面或是玉米面的馒头；黑色的，黄色的，黑白相间的，黄白相间的。她把它们掰成小块，泡在热小米粥中，像喝一碗更稠的粥，呼噜呼噜的，与邻居二姈子吃红薯叶子糊糊面发出的声音一样。我和弟弟却是细嚼慢咽，把饼、菜与牙齿、舌头厮磨在一起的时间无限延长。那个时候，我偷偷地想，为什么我妈和二姈子吃粗粮时都能发出粗糙的声音？粗粮粗粮，大概就是因此而得名的吧。

我们眼巴巴地瞅着我妈，希望她把那张剩下的烙饼一分为二均分给我们。其实我们已经吃饱了，打着饱嗝，细粮和热菜令我们的胃无比舒坦。可是我们肚里各有一条贪婪的馋虫，让馋虫满意可不是一件容易的事情，我们管不住馋虫。但是我妈不答应，她能准确地判断自己的孩子是饿还是馋。她说，饿是水缸，几桶水就能装满；馋是村头的那口深井，没法填满。我们听不懂她的话，只能看着她把那张饼收在篮子里，篮子则被挂在房梁上，如诱惑或者说象征般悬于我们的头顶。她留着那张饼，说你们俩谁表现好就奖励给谁。那语气不像是我妈，更像是学校老师。哦，对了，我妈也是老师，别人的老师。老师们总是把表现好、奖励之类的词絮絮叨叨地挂在嘴边。不过，对于孩子而言，遗忘总是比牢记来得更迅捷。被我们惦记的烙饼很快就被我们忽略，它和几个黑色的、黄色的、黑白相间的、黄白相间的馒头厮混在一起，难逃被风干的命运。等到我妈意识到烙饼已经失去奖励的功能时，它已干硬得再也卷不住任何菜而遭到我和弟弟嫌弃，最终被我妈撕碎泡入一碗小米粥中。她在喝这碗小米粥时，呼噜呼噜声果然小了很多。这个感觉被我多次验证之后，我像个小巫婆一样既窃喜又慌张，仿佛不经意间打开了一扇通往秘密的门，而我却被这个门以及门后的未知唬住了，不敢走入门内。

我妈的奖励计谋总是这样不明不白消失于穿堂的风中，而新的烙饼又会在某个黄昏再次热腾腾地问世。

那时，我妈被下放到农村已经好几年了，也就是说我们借住在外婆家的两间老房子里也好几年了。外公外婆和舅舅们，他们获批了新宅基地，建了新院子，盖了新房子，就在离老房子几百米的后街。村里的新房子都在那一片，宽敞、空旷，几乎都是平顶，站在房顶能望见辽阔的麦地，望见通往城里的大路。有一次，说好周末回家的我爸却迟迟没有回来，我妈担心，就让我爬上外婆家的房顶去望着大路。我从傍晚一直望到天黑，终于看见一个骑自行车的人影摇摇摆摆地从大路那头游移过来，我知道那准是我爸，他从城里回来需要骑两个小时自行车，快到家时可不就累得摇摇摆摆了嘛。那天我爸也是从一片红彤彤的云彩里骑出来的，我一直盯着他看，盯得久了，我眼睛发晕、发酸，只好闭上眼，可是眼睛里还是一片红，一片红中还有一个小黑点在游动。

我喜欢待在外婆家的屋顶，傻傻地往远处望。麦田绿油油的时候，穿着白衣、戴着白帽的人挎着篮子在麦地间走，又在一些坟包前跪拜。风吹过，荡起几圈绿浪，把他们头上长长的白带子吹得舞动，像风筝将要起飞时荡在空中的飘带。我极想成为那片绿浪中某个白衣飘飘的人，便缠住我妈说，我也想去上坟。我妈瞪我一眼，说，咱们没有资格上坟，咱们是外姓人。弟弟想必也极想做这样的画中人，也或许他是贪吃篮子里的祭品，我们都知道，上坟用的祭品最终是被活人吃掉的。也果然，我们看到了麦地中的某个孩子，边走边从篮子里掏东西往自己的小嘴巴里填。弟弟急巴巴地说，妈、妈，管他资格不资格，咱们随便找个土堆去磕个头，然后就吃白馍馍。我妈一巴掌轻轻地拍在弟弟的小屁股上。

邻居二妗子是我妈的远房堂嫂，她常常给我妈出主意，说，妹子呀，花些钱把老房子修整修整，或许你爹娘就把这两间老房子给你了呢。我妈眼里便有乌云拂过。我们究竟还要在乡下待多久？这是我妈不敢想的问题。我妈似乎并不想拥有这两间旧房的永久使用权，永久两个字意味着永远回不到城市了。

起先，我家房子的对面有一小块空地，空地的一角堆放玉米秸秆，另一角堆放冬储大白菜和大白萝卜。玉米秸秆上有一层雪，这层雪能覆盖整个冬天，新雪压残雪，绵绵不绝，就如萝卜白菜覆盖我们的日子一样。而夏日的黄昏，支起小方桌，空地就是我家的餐厅了，雪当然早就融化了，连玉米秸秆也没影儿了，整整一大垛，"融化"在我们的灶膛里，化作像晚霞一样的光。后来这块空地物归其主，它被一间房子占领。新房子的主人是我妈的远房堂叔，我妈喊他六叔。依着辈分，我和弟弟喊他六外爷。我知道村子里几乎所有和我妈同姓的人都是我妈的堂亲，他们拥有同一个老祖宗，也曾经分享同一个屋檐下的冷暖以及屋檐上飘散的炊烟。

我喜欢看屋檐，就像喜欢看春天的麦田。尤其有晚霞的傍晚，一缕金光照着屋檐，灰瓦被镀上一层光泽。六外爷家的新房屋檐引来两只燕子做巢。燕子春天来，衔泥筑巢，在檐下养育小燕，秋天又飞走。冬天的雪后初晴，房檐下挂一排冰柱，冰柱折射出七彩的光，又慢慢化掉，滴答滴答敲击出好听的声音。

不过，我妈不喜欢看六外爷家的屋檐，她说六外爷的新房占据了公共空间，她隔窗指着新房对我们说，你们看，他家屋檐滴下的雨是流到公共地界上的，老规矩是不能这样的，屋檐水一定要流在自家的地面上。

我顺着我妈手指的方向望过去，雨蒙蒙中，六外爷家的新房高大气派，比我们的老房子足足高出一头，就连他家屋檐的滴雨也是气势的，噗噗嗒嗒，压着我家的房檐，摔出很响的声音。而我家老屋檐的滴雨，滴滴答答，断线珠子一样，像人的眼泪。

这情景令我莫名地想哭，我抓紧我妈的手，似乎预感到会发生什么，而我妈的眼神是孤单、无助、茫然。弟弟到底是男孩子，他攥紧小拳头说，我们不怕他，我们还有外公外婆和舅舅们，还有一大群表哥表姐呢，他敢欺负我们，我就去搬救兵。

纷争是在几天后的黄昏发生的，那天正是我妈烙饼的日子，我和弟弟依旧难掩兴奋，在窄小的厨房门口疯跑，聒噪之声惊扰了六外爷，他一挑门帘，从屋里出来，大脚板猛地一跺，眼珠子瞪得像牛铃铛，吼道：外姓人，吵啥吵，被人从城里撵回来，还兴个啥！

如一声惊雷炸响，我们当即就被震蒙了，片刻的静止之后，我们随即张着大嘴巴，朝着天，哭得哇哇响，并非干打雷不下雨，眼泪也毫不吝啬，顺着眼角流进耳朵，又越过耳郭掉入脖子。我妈举着擀面杖从厨房冲出来，哽咽着说，六叔，外姓人住你家房了还是吃你家粮了？而后她紧紧抿住嘴，呼吸急促，胸口起伏，双肩颤抖。她用牙齿咬住嘴唇，拼命忍住眼泪，却终于没有忍住，哭声喷薄而出，眼泪如决堤的洪水朝着六外爷奔涌而去。

我和弟弟止住了号哭，我们愣愣地看着我妈，从没有见过我妈这般伤心欲绝。弟弟又攥紧了小拳头，他想起了自己的诺言，在越来越暗的天色中，跑步冲向后街的外婆家。

和我们一起被吓坏的其实还有六外爷，他没有想到他的话触痛了这个堂侄女的伤心事。他像一个挖沟人，掘通了一条释放悲伤的渠。他或许不知道那悲伤其实沉积已久，像湖泊蓄满无处释放的水，早就盼着有一个渠道把它们引出来，把它们宣泄掉。

救兵浩浩荡荡到达的时候，六外爷已经为自己的刻薄话向我妈道了歉。小院再次陷入安静，像什么都没有发生。二妗子坐在台阶上喝一碗黏稠的玉米面糊糊，眼皮都不抬一下。炊烟散了，霞光也散了。

许多天，我妈都没有烙饼，有晚霞的傍晚，她仍然不烙饼，以前，晚霞似乎就是我妈烙饼的信号，并非我妈浪漫，而是晚霞的光能增加厨房的亮度，谁不喜欢在光亮中完成一件烦琐的事情呢？

六外爷病了。二妗子说他得的是糖尿病。糖尿病嘛，据大人们说是慢性病，不会急急地要了人的命，却能缓缓地夺了人的气势和霸道。六外爷的脾性果然好了起来，与我们说话温和了许多。我们终于敢与他对视，这个往常瞪着牛铃铛般眼睛说话的人成了一个干瘦的、背微驼的老头。他常常站在他家气派高大的屋檐下望着燕巢发呆，长吁短叹。我们知道那是因为燕子一家去年秋后飞走后，今年开春竟然没有返回。六外爷从春天等到夏天，又等到秋天，还是不见燕子。六外爷一天比一天虚弱，不过，我和弟弟并不关心他是不是虚弱，我们有更伤心的事情，九斤黄、大黑和小白都病了。先是大块头的九斤黄出现症状，它的大翅膀仿佛变重了，身体带不动翅膀似的，也没有力气收拢它，任由翅膀散着、拖着，懒洋洋地不吃食。我妈盯着九斤黄看了一会儿，说，坏了，它得鸡瘟了。然后她急忙忙地去村兽医家，买了几包药回来，捏住九斤黄的头，掰开它的嘴，把药片塞进去，九斤黄听话地梗梗脖子，把药片咽了下去。我妈又依次给大黑和小白灌了药，还果断采取了隔离措施，她把九斤黄单独关在铁丝笼子里，笼子就放在我们房间的门后。夜里，黑暗中，我听见九斤黄在笼子里扑腾翅膀，一声比一声沉闷，也一声比一声微弱，挣扎似的，无望似的。九斤黄并没有叫，黑暗中我听到抽泣声，是弟弟在哭。第二天，九斤黄死了，第三天大黑死了，第四天小白死了。它们都死在铁丝笼子里，像在篮子里产蛋一样，轮流来，不争不抢。我们把九斤黄、大黑和小白埋在麦地里。弟弟问我妈，妈、妈，我们可不可以来给它们上坟？我妈举起巴掌，却没有拍下去，她也流眼泪了。

小白一共生了四十八个蛋，我妈数完鸡蛋后愣怔了好一会儿，说，以后再也不养鸡了。她把这四十八个蛋都送给了六外爷，她说，六叔，乌鸡蛋有营养。

那天天边又有一片火烧云，半个天空红彤彤。二妗子坐在台阶上趁着霞光补衣服，她对我妈说，大妹子，我家小子昨天和你闺女打架，扯破了衣裳，我估摸着你家闺女的衣裳也破了，拿来吧，我一块儿补补。

我偷眼看看我妈，又朝二妗子使劲摆摆手，示意她别出卖我。二妗子噗的一声笑了，撇撇嘴说，你个厉害妮子，当心长大找不到婆家。

我妈却破天荒地没有责怪我，她像想起来什么似的，揽过我和弟弟，说，妈给你们烙卷饼吃。

（原载《青年文学》2023 年第 10 期）

贾志红（1966—　），女，湖北咸宁人，现居河南洛阳，任河南省地矿局第三地质勘查院会计师，中国作家协会会员，作品见于《人民文学》《散文》《文艺报》《黄河》等报刊，出版有散文集《芒果雨》《人在非洲》。

敬　告

　　由于编选时间仓促、工作量大，未能及时与所选作者一一取得联系，请见谅。现仍有部分作者地址不详，为及时奉上稿酬和样书，请有关作者与责任编辑联系，我们将尽快为您办理，谢谢您的理解和支持。

联系方式：
电　话：024—23284306
E-mail：69729520@qq.com
微信号：13998229823

辽宁人民出版社
2024年1月